OPEN
风度阅读

书 传 递 灵 魂

"文化"可以用四句话表达：植根于内心的修养；
无需提醒的自觉；以拘束为前提的自由；为别人着想
的善良。

国人辩论的表情

梁晓声 著

中华书局

图书在版编目(CIP)数据

国人辩论的表情/梁晓声著. —北京:中华书局,2014.5
ISBN 978 – 7 – 101 – 10066 – 2

Ⅰ.给… Ⅱ.梁… Ⅲ.随笔 – 作品集 – 中国 – 当代
Ⅳ. I267.1

中国版本图书馆 CIP 数据核字(2014)第 061742 号

书 名	国人辩论的表情	
著 者	梁晓声	
责任编辑	焦雅君 何 龙	
出版发行	中华书局	
	(北京市丰台区太平桥西里 38 号 100073)	
	http://www.zhbc.com.cn	
	E-mail:zhbc@zhbc.com.cn	
印 刷	北京天来印务有限公司	
版 次	2014 年 5 月北京第 1 版	
	2014 年 5 月北京第 1 次印刷	
规 格	开本/700×1000 毫米 1/16	
	印张 19½ 插页 2 字数 230 千字	
印 数	1 – 30000 册	
国际书号	ISBN 978 – 7 – 101 – 10066 – 2	
定 价	38.00 元	

中国——娱乐至死的代价

娱乐是人类最自然的习性。

动物也有此习性。

此习性体现于人类，比体现于动物强烈多了。但只有娱乐的习性就不可能有文化。动物界就没有。人类有文化是因为并不满足于习性要求；而动物只满足于习性要求。

二战时期的丘吉尔在战局的巨大压力之下，为了减压，曾和幕僚们玩钻桌子的游戏。然而我们又知道，他是西方优秀文化所化的人，所以他二战之后居然得了诺贝尔文学奖。

中国应该有许许多多这样的少年和青年——他们在发了通追星热狂之后，甫一背过身去，一切关于人的好原则、好教养，立刻便归回内心里；他们在网上宣泄了一通，充当了一次找乐子的看客之后，放下鼠标，静静一想，能在心里对自己说——不管这社会使我愤懑到何种程度，我还是得以好人的活法为情愿的活法。人唯一命，否则我连自己的生命也对不起。

这要求一点儿都不高的少年和青年的好本色，对极少数人可能是天生的，对大多数人却只能是被好文化所化的后天养成。

那么谁来奉献好文化呢？

在娱乐文化、快餐文化、碎片文化、嘻哈文化合流而至的当下，非要进行此种奉献有时不但是一厢情愿的，往往还会是尴尬的，费力不讨好的。即使在大学课堂上，即使特有讲课经验的老师，也没法把课讲到玩疯了的学子们心灵中去。

这是中国大文化面临的大窘境。

然而，总得有人来做——趁我们的下一代还没全都变成"吃货"加"顽主"；趁我们的孩子们还没变成无时不愤的"全天候愤青"。

没有兄弟姐妹的人生是不完整的。

没有欣赏体会的人生是遗憾的。

没有被好文化所化的人生则是可悲的。

我们的经常被亚文化、次文化、劣文化所裹挟的孩子们，以我的眼看来——他们特可怜。

他们抓住娱乐作为精神自足的稻草；连他们自己都清楚，那种娱乐沼泽中的稻草在精神上根本提升不了他们。分明，某些孩子的精神已快陷于没顶之灾了。他们令人心疼。

与大众，特别是与青年们发生广泛精神关系的文化种类，如电影、电视剧、书籍、网络都来在精神上帮帮我们的少年和青年啊！

我们也许水平有限，奉献差强人意——但我们的奉献一定要真诚。

我们的孩子们还没二百五到看不出来我们真诚不真诚，而这应该成为激励我们奉献的动力。

与其辩论孰高孰低，何雅何俗，谁才是文艺工作者而谁不配是，莫如雅俗文化、快餐文化与精品文化、网络文学与字纸书籍一同来对我们的孩子负起责任——在满足他们娱乐本能的同时，切记多少给他们一点儿值得用心灵而不仅仅是用官能来接受的元素。

这样努力了的文学家、艺术家，一切文学艺术从业者，即使被大加嘲讽，那也是光荣的。

因为我们这个民族，我们这个国家，她当下太需要我们这样了！

中国之发展、进步、文明，特需要一些清醒的、理性的、有定力而又有担当自觉的人来推动。胶着于，仅仅满足于享受娱乐文化的青年中，不太可能产生以上一种人。如果我们希望从下一代下下一代中涌现多些的我们所乐见的青年，那么举国上下氤氲一片的娱乐文化的泡沫，将使以上国家希望落空几成定局。而长此以往，三四十年后的中国人，极可能沦为人类亚种……

目录

I 不完美的中国

若以好人文化来化成年人，多难的事啊！但如果这是唯一希望，那么便该有些人来做——特理想主义地做。否则又该怎么办呢？

II 一个时代的入口处

相对于社会情绪，文化有时体现为体恤、同情及抚慰；有时体现为批评和谴责；有时体现为闪耀理性之光的疏导；有时甚至也体现为振聋发聩的当头棒喝……

III 中国将如何开始

人民强大了，伪"公仆"们就渺小了。人民强大了，人民就越来越成为国家的主人了。"公仆"们才能真正复归到为人民服务者的本位……

Ⅰ

不完美的中国

国民心性之我见

这里所言的国民心性，便是我们许多人都很忧虑的国民素质。

中国之国民素质，是否出现了问题呢？

实际上我是很不愿接受这一事实的，却不得不承认，"问题"二字已摆在中国面前。

前些时，我出差外地的短短六七天内，又从电视中看到了关于十岁女中学生虐待邻家一岁半男孩的新闻报道，那些画面着实令我震惊。

并且，我还看到这样一则电视新闻——在一个房间的角落，某市几名以赤背对着镜头的壮汉，在凶殴五名着消防服的新消防队员。拳脚攻击，煞是猛狠。我没听清报道语，但从消防服看，一定是发生在咱们中国的事。我既不愿相信那是真实的新闻，也不愿它被证实又是一条哗众取宠、唯恐天下不乱的假新闻。不论真假，都同样令我不知说什么好。正所谓夫复何言，夫复何言！

回到北京，在出租车里，听交通台节目——提到了相声表演大师侯宝林，言他生前曾说：世界上君子仁人是不多的，坏人恶棍也是不多的，更多是不好不坏的人；他们是各个国家的社会主体。

这话说得符合从古至今的人类基本状况。中国如此，别国也如此。

从古至今之国人中的君子仁人，比之于外国的从古至今各方面素质良好的贵族人士、绅士，半点儿都不逊色。而外国的从古至今的坏人恶棍，也绝不比中国的强一点。举以上两类人为例来评论任何一个国家的国民素质，是不太能比得出优势的。

我要强调——恰恰是包括我自己在内的不好不坏的大多数之素质如何，决定了这个国家或那个国家的国民素质怎样。

每个人是怎样的人，无非与以下先天的后天的影响有关：

基因决定的——斗牛犬生斗牛犬；导盲犬的后代天生与人亲近一些；而野狗必然生野狗。

从小所受的家教，从幼儿园到小学直到大学之学校教育的氛围熏陶、步入社会后的社会大环境的影响，也决定人成年后是怎样的人。

文化之化人的力量。一个人从小浸淫在怎样的文化天地中，必然影响他或他的心性养成。

宗教传统的力量，它与文化之化人的力量可相提并论。

故每一个人是怎样的人，先天的原因只占一点，后天的原因却占三点。后三点皆与社会形态有关，便也可以说，普遍的不好不坏的我们怎样，与社会影响关系密切。

我们这种不好不坏的人，与社会之间又无非存在以下几种关系：

法律制约我们的行为；

家教、学校教育初塑我们的人格；

文化继续化我们，使我们乐于倾向于好的品德；

宗教在形而上的层面体恤我们，使我们有本能般的善良心与忏悔意识。

而我们这种不好不坏的国人，大抵没有什么宗教情怀。众所周知，任何宗教传播，在中国曾被视为别有用心。

我们也缺少好的文化对我们心性的自幼启迪。我一直认为中国应该补上好人文化这一课，而赖文艺来补最为相宜。以我的眼看，中国文艺的基本特征仍可用一个"斗"字概括，仿佛不斗，文艺便"艺"不成功了。我们这个国家也一下子跌入了娱乐至死的文化时代，想要补上好人文化谈何容易？

计划生育实行以后，几乎每一个孩子都是独生子女，便都是宝，小太阳，小皇帝。不分贫富家庭，皆宠爱之极。原以为农村也许不至于。近年到过几处农村，发现农村父母与城市父母一样惯孩子。我认为独生子女的人生是有缺陷的，无兄弟姐妹的人，自幼无法体会手足之情，想不自我中心都不知怎样才算不自我中心。而一个既没被兄弟姐妹爱过，也没爱过兄弟姐妹的人，在与无血缘的他者的关系中，往往首先的反应是自私自利。这样的人再全无宗教情怀，又没受过好人文化的影响的话，几乎便也只能不好不坏了。遇到利益冲突，不太坏就算好了。

故以我的眼看，不好不坏的我们这种大多数人，其实只不过是些仅靠法律惩罚来制约自己行为的人而已。

而这是很差劲的公民素质的尺度。

文化人士说——文化也只不过是学问，我们为什么就应背负提高公民素质的十字架呢？

老师们说——你们的儿女，凭什么你们不在良好的心性素质方面培养他们，把责任推给学校呢？对不起，我们只负责他们的升学率！

文艺家们说——现在是商业的时代，我们也是人，也得向钱看。

家长们，尤其家境贫寒的家长们便只有叹息——唉，从早到晚为挣一份低微的工资，真是累极了啊！我有那心，也没那精力了呀！孩子能健康成长便谢天谢地了，至于心性，顾不上了，随他去吧！

于是，政治意识形态来一厢情愿地管孩子们的心性问题了。

我在一所幼儿园里见过的一次情形，使我大为惊讶——孩子们一排排坐在小板凳上，皆很不情愿地看录相。

电视里的小明问："爸爸爸爸，什么是中国特色的社会主义呀？"

爸爸回答："儿子，问得好，一定牢牢记住啊，中国特色的社会主义就是……"

我暗想，等他们成了大学生，我们必得使他们明白什么是一个当代文明人的基本素质了……

看来，希望似乎也只能还是寄托于好人文化的影响。

但若以好人文化来化成年人，多难的事啊！

但如果这是唯一希望，那么便该有些人来做——特理想主义地做。

否则又该怎么办呢？

2013 年 12 月 15 日

国人辩论的表情

我不喜欢辩论的场面，很少被辩论的场面所激动。当然，指的是中国式的——我也没经历过外国的辩论场面呀。

写此小文，主要因为我一直是凤凰卫视《一虎一席谈》节目的忠实观众。既不喜欢辩论的场面，却又说是《一虎一席谈》的忠实观众，这不自相矛盾吗？

容我解释：《一虎一席谈》，肯定是国内唯一以"谈"国计民生为主旨的电视节目；我是关注国计民生的，便也一直关注此节目。它的"谈"，不是"访谈"，是辩"谈"。而我的关注，从不注意谁的辩才怎样，只注意聆听谁对某事持怎样的观点。并且会一边听一边寻思，他或她为什么持有那种观点？

我是钦佩胡一虎对场面的掌控能力的。辩"谈"即辩论，掌控辩论现场须一等的主持能力，他有。我想，在全中国的主持人中，能力可与之比肩者肯定少之又少。

看久了，便留意到一种现象——有的辩论者，在对方发言时，表情，不，也可以说是神经太过紧绷。给我的印象是他并非以这样一种态度来听——这可是在讨论国计民生，谁都有调查研究和思考得不全面的方面，所谓"智者千虑，必有一失"，或许对方的观点中，也有合理之成分、对我的观点形成补充的价值，那么我可吸收过来，以纠正我之观点的偏颇甚至偏激，使我的考虑更全面些；而大抵是相反的表情——我即"智者"，"智者"的观点是绝对正确的。于是对方在他或她（事实上作为该节目的女辩者极少）看来，似乎是目光短浅的"愚者"无疑。他认真地听对方的每一句话，仿佛只为一件事——轮到自己开口时，抓住一点，不计其余，一心要将对方驳输辩倒，于是大获全胜。

在我这个电视机前的听众听来，每一场辩论中每一位辩者的思考，其实几乎都有不全面之点。双方的观点组合起来，往往才较为全面。不消说，这也是节目的初衷和主旨。

但我还是希望从辩者口中听到这样的话："对方刚才的观点，我觉得也并不是完全没有道理……"

却很少从辩者口中听到。

倒是从某些现场发言的观众口中听到过。他们手中的牌子，往往既为同一辩者举起"赞成"的一面，也会随即举起"反对"的一面。很明显，对于他们，哪一方面都不是肯定代表正确的一方，也不是肯定错误的一方。"兼听则明，偏听则暗"这句古语，在他们身上有良好的体现，于是反倒显出听的智性来。而有的辩者，在对方辩者发言时，听得很不耐烦，缺少的也正是那种听的智性。

于是我联想到，自己也与某些外国朋友辩论过关于中国或世界的某事——我说时，他们自然听得认真。往往，刚才彼此的观点还很对立，我一说完，他们居然会紧接着说："你这种看法，我认为也有对的方面……"

后来我就悟出了听别人的观点也要有点儿悟性的道理，受益匪浅。

"你这种看法，我认为也有对的方面……"

我觉得我们的同胞太缺少此种听的态度了。于是在听别人阐述别人的观点时，就会呈现出不屑的表情。

我又联想到"五四"时期，那是一个"大辩论"的时代。当时也没留下现场辩言，但留下的辩文却是许多的。辩文比之于现场辩言，毫无疑问是思考得更为成熟的。即使如此，我们今人读后，仍只能从双方辩文的结合中，形成对当时年代某种思想分歧乃至对立较为全面的认识、理解；否则不能。

比如所谓"国防文学"与"大众文学"之争，很难说哪种观点特正确，而哪种观点错到家了。

比如所谓"直译"与"意译"之争。

比如所谓"白话文"与"文言文"的审美价值之争。

比如"教育救国"、"科学救国"、"实业救国"、"革命救国"等等主张，在当年都是为了救国，都有对的道理；不论持哪一种主张的人都难以将另一种主张一棒子打死。

还联想到了"文革"中"红卫兵""造反派"们的"大辩论"——那既不是"辩"，也不是"论"，只不过是一味地"驳"。一味地"驳"与"辩论"之不同在于——后者也要客观评说他人观点的得失，有得说得，有失言失；而前者仅激烈评说他人观点的失，对于他人观点合理的部分，往往只字不提。或因根本没听，或因明明听到了也装作没听到。

那种对他人观点一味驳的态度，依我看来，在中国已是积陋成习，体现于许多方面。

在官场——不少大官那样。他们根本听不进下级官员与他们的主张不尽相同的观点。若竟相反，简直还视为"犯上"；就算是当场没驳，内心里已将相反的观点一棒子打死了。

在学校——不论小学中学高中还是大学，若是讨论课，老师们太听不进学生与自己观点相反的看法了。老师们的思维逻辑往往是——我要使你记住的是教材所要求的观点，教材会错吗？教材不会错，老师便也不会错。教材"规定"这篇课文要分三段，你为什么偏觉得分四段也可以呢？教材说这篇课文的中心思想是这样的，你为什么偏偏读出了那样的思想呢？尤其在大学里，老师指导学生完成论文时，师生之间发生歧见的时候是不少的。一般而言，老师的知识积累毕竟广一些，思考也肯定比学生全面一些。但也有些时候，学生的观点并非完全没有一点儿合理性，只不过与老师的观点部分相反；结果会怎样呢？当然是学生放弃自己的观点，因为老师对学生观点的"驳"，大抵也是以胜为快的，而学生固执己见，我还抱怨学生"脑子不开窍"——后来答辩时，有别的老师对该学生的观点予以肯定。我自以为见多识广，但老师中知识比我丰富，看问题比我全面，具有听的智性者太多了呀。我当时是暗不服气的，后来看书，方知片面的不是别人，而是我自己，于是始不敢认为自己思想肯定正确，看问题肯定全面，即使在与学生讨论问题时。

在单位，同一件事，因为各部门的人所处的部门立场不同，利益不同，歧见发生更是司空见惯。

总而言之，我时常觉得，这类那类歧见弥漫于我们的社会，而许多同胞习惯于认为——错了的当然是别人。

别人为什么错呢？

因为别人的观点与自己不同。

若别人的观点与自己的观点不但不同而且对立，那么别人百分之百错了。一点儿对的地方也没有的。即使明明觉得确有对的方面，态度上往往也要违心地强硬。

这样的人，还有救，因为毕竟听出了别人的观点也有对的成分。

不可救药的，也可以说可怕者是——那种半点儿不同的声音也听不进耳，一向地认为自己一贯正确，凡与自己观点不同之人，都是持错误观点的人和坚持错误观点的人。而正是这种人，又一向认为别人不可救药，错得可怕。

这样的人若为官，更可怕。

若多了，其实也是中国之悲哀。

而一种现象乃是——在官民歧见中，觉得民全错，自己全对的官是不少的。

"尽管我不同意你的观点，但我坚决捍卫你有发表你的言论的权利。"——这句话因为是名人的名言，被国人引用的次数已极多了。

这是社会的进步，也是国人的进步。

但我还希望经常听到这样的话，尤其在国人与国人进行辩解时："尽管我们是辩论双方，但我仍要说，你刚才的话有一定的合理性……"

若还说："感谢你促使我能将我们辩论的问题思考得更全面些……"

那就更是我的希望了。

到了那一天，多好啊！

证明社会又进步了，而国人也有进步了。

最后要说的是，我绝无意以此文讽刺《一虎一席谈》，恰恰相反，我很感激它使我产生了一些联想。

2013 年 12 月 15 日 北京

崇尚"曲晦"乃社会的变态

一个国家封建历史漫长，必定拖住它向资本主义转型的后腿。比之于封建时期，资本主义当然是进步的。封建主义拖住一个国家向资本主义转型的后腿，也当然就是拖住一个国家进步的后腿。我们说中国历史悠久，其实也是在说中国的封建时期漫长。

不论对于全人类，还是对于一个国家，几千年封建社会的发展成就，怎么也抵不上资本主义社会短短一两百年的发展成就。在政治、经济、科技方面都是这样；唯在文化方面有些例外。封建历史时期，以农业社会之形态，文化不可能形成产业链条，不可能带来巨大商业利益，不可能出现文化产业帝国以及文化经营寡头式的人物，故比之于资本主义及之后的文化，封建主义时期的文化反而显得从容、纯粹，情怀含量多于功利元素，艺术水准高于技术水准。

封建历史越久，封建体制对社会发展的控制力越强大。此种强大的控制力是一种强大的惰性力，不但企图拖住历史的发展，也必然异化了封建时期的文化。

而被异化了的文化的特征之一，便是"不逾矩"，不逾封建主义之"矩"。但文化的本质是自由的。它是不甘于被限制的。在限制手段严厉乃至严酷的情况下，它便不得不以"曲晦"的面孔来证明自身非同一般的存在价值，这也是全人类封建时期的文化共性。

翻开世界文化史，在每一个国家的封建时期，文化无不表现出以上两种特征——"不逾矩"与"曲晦"。越禁止文化"逾矩"，文化的某种面孔越"曲晦"。中国封建历史时期的文化面孔，这种"曲晦"的现象尤其明显。

"曲晦"就是不直接表达。就是正话反说，反话正说。以此种方式间接表达，暗讽之意味遂属必然。"文字狱"就是专门"法办"此种文化现象及文人的，有些古代文人也正是因此而被砍头甚至株连九族的，其中不乏冤案。

于是，在中国，关于诗、歌、文、戏之文化的要义，有一条便是"曲晦"之经验。仿佛不"曲晦"即不深刻，于是不文化。唯"曲晦"，才有深刻可言，才算得上文化。

《狂人日记》是"曲晦"的，所以被认为深刻、文化。《阿Q正传》中关于阿Q之精神胜利法的描写，讽锋也是"曲晦"的，当然也是深刻的，文化的。

确实深刻，确实文化。

但是若在人类已迈入21世纪的当下，一国的文化理念一如既往地崇尚"曲晦"，则其文化现象便很耐人寻味了。

而中国目前依然是这样。

在大学里，在中文课堂上，文学之作品的"曲晦"片段，几乎无一例外地成为重点分析和欣赏的内容。若教师忽视了，简直会被怀疑为人师的资格。若学子不能共鸣之，又简直证明朽木不可雕也。

"曲晦"差不多又可言为"曲笔"。倘"曲笔"甚"曲"，表意绕来绕去，真意令人寻思来寻思去，颇费猜心方能明白，或终究还是没明白，甚或蛮拧。

《春秋》、《史记》皆不乏"曲笔"。但古人修史，不计正野，皇家的鹰犬都在盯视，腐败无能岂敢直截了当地记载和评论？故"曲笔"是策略，完全应该理解。

可以直截了当地表达，却偏要"曲晦"，这属文风的个性化，也可以叫追求。

不能够直截了当地表达，但也还是要表达，不表达如鲠在喉，块垒堵胸，那么只有"曲晦"，是谓无奈。

今日之中国，对某些人、事、现象，其实是可以直截了当旗帜鲜明地表明立场的。全部是奢望，"某些"却已是权利，起码是网上权利。

我虽从不上网，却也每能间接地感受到网上言论的品质和成色。据我所知，网上"曲晦"渐多。先是，"曲晦"乍现，博得一片喝彩，于是"顶"者众，传播迅而广。"曲晦"大受追捧，于是又引发效尤，催生一茬茬的"曲晦"高手，蔚然成风。不计值得"曲晦"或并不值得，都来热衷于那"曲晦"的高妙。一味热衷，自然便由"曲晦"而延伸出幽默。幽默倘不泛滥，且"黑"，乃是我所欣赏，并起敬意的。但一般的幽默，其实往往流于俏皮。语言的俏皮，也是足以享受的。如四川连降暴雨，成都处处积水，有微博曰："白娘子，许仙真的不在成都啊！"——便俏皮得很，令人忍俊不禁。

然俏皮甚多，便往往会流于油腔滑调，流于嘻哈。语言的嘻哈，也每是悦己悦人的，但有代价，便是态度和立场的郑重庄肃大打折扣。

故我这个不上网的人，便有了一种忧虑——担心中国人在网上的表态，不久从方式到内容到风格，渐被嘻哈自我解构，流于娱乐；而态度和立场之声，被此泡沫所淹没，形同乌有了。

我们都知道的，一个人在表态时一味嘻哈，别人便往往不将他的表态当一回事。而自己嘻哈惯了，也会习惯于别人不将自己当成一回事的。

日前听邱震海在凤凰卫视读报，调侃了几句后，话锋一转，遂正色曰："刚才是开玩笑，现在我要严肃地谈谈我对以下几件事的观点……"我认为，中国网民都要学学邱震海——有时郁闷之极，调侃、玩笑，往往也是某些事某些人只配获得的态度，而且是绅士态度；但对另外一些事一些人，则需以极郑重极严肃之态度表达立场。这种时候，郑重和严肃是力量，既是每一个人的力量，也是集体的力量、自媒体的力量、大众话筒的力量。

语言还有另一种表态方式，即明白、确定、掷地有声、毫不"曲晦"的那一种表态方式。

网络自然有百般千种方便于人、服务于人、娱乐于人、满足于人的功用，但若偏偏没将提升我们中国人的公民权利意识和公民素质这一功用发挥好，据我看来，则便枉为"大众话筒"、"自媒体"了。

是谓中国人的遗憾。

也是中国的遗憾。

民主思想之写真

我认为，张冠生的《盟史札记》，等于为中国民主同盟整理了一部"简史"。

虽言其"简"，在我看来，却又很有分量。他做的是去琐求精之事。这使我联想到了黄仁宇的《中国大历史》。

凡"简史"，大抵是精粹之史。

而凡史，一俟精粹，认识价值便大起来。因为，若视域不够广，则不知该怎样来"简"。

只有以独到之眼从对视域的环睹过程来"简"，方能使最有价值的印象得以突显，才算"简"得精粹。

而凡精粹的，意义必然特殊。故在我看来，认识价值之大也就不言而喻。

我入民盟已二十余年了，关于我们民盟的史性书籍，看得也多了。

冠生此书与众不同，他不是以司空见惯的方法为我们民盟编了一部年表，亦非一般意义上的大事记；而是梳理出了一部中国民主同盟的思想简史。

中国民主同盟的主要领导者以及重要人物们的传记，至今差不多出齐了。在他们各自的传记中，与民盟的关系无一例外地是政治色彩强烈的一章。他们都是"先天下之忧而忧，后天下之乐而乐"的中国知识分子，但这并不意味着他们便都是热衷于政治的人。起初的他们，虽忧国忧民，却几乎都不认为唯有参与了政治的组织，跻身于政治的舞台，才能践行为国家、为民众服务的使命。他们中，大多是准备无怨无悔地将自己的一生奉献于教育兴国、文化传承、改造乡村、扶助弱民的事的。他们的思想后来统一在民盟这一政治组织之中的过程，正是那一代中国知识分子为国家之方向、民生之出路而上下求索的过程。他们每一个人头脑中当年产生出来的政治思想，必然是民盟这一中国知识分子群体的政治主张的部分体现。只有将他们所有人的政治思想形成的过程梳理清楚，才能梳理清楚民盟当年之政治主张形成的过程。而若不能呈现这一过程，民盟的思想简史便无从谈起。

这一点，张冠生做到了。不但做到了，而且呈现得清清楚楚，明明白白，有根有据。

这是难能可贵的。

依我看来，此前关于民盟的史性书籍，几乎都是在"藩篱"之内成书的——因而只见思想的昭告，难见思想形成的过程。

当年一些并不热衷于政治，甚而远离政治、一向拒绝加入党派的中国知识分子，居然以思想凝聚在一起，成立了中国最具政治色彩的组织，并且肯为一致而坚定的政治主张一个个大声疾呼，有时豁出去了，不惜坐牢，不顾性命，怎么会是没有过程的现象呢？而此过程之诸多细节，在1949年后渐成限制文字，限制回忆，被政治的"藩篱"所遮蔽，于是在盟史中讳莫如深。

其实，抹掉那一过程，"肝胆相照"、"同舟共济"仿佛便只不过成了意气相投之事，给后人一种扑朔迷离的感觉。80年代以降，那过程才逐渐一点点公之于世。然而，并没有谁将散碎的文字加以整理、组合。

现在，冠生将之排序、整理、组合在一起了，于是当年一批民盟人士的思想面貌更加清晰，民盟这一政治组织的思想脉络和肌理也轮廓完整了。

读《盟史札记》使我获得感想如下：

一、若一个时代是这样的：国家之事由政治人物们担当解决，民生之事由政府部门尽职办理；文化、教育、艺术、医疗各界学优守责，民间百业相安而做，无妒心，不眼气，想要登上政治舞台发表宣言传播主张者不是很多，而是极少——那么其时代肯定是个好时代了。

反之——教师与学生一起走上街头，游行请愿，愤怒抗议；诗人成为斗士，学者发表檄文；而百姓们心头堆积对官吏与富人的憎恨……那么，时代肯定出了大问题。或换种说法：问题大了！

我们民盟当年的先生们所处的时代，正是那么一个糟糕的时代。

二、我们民盟当年的先生们，大抵不是成了政治人物才值得世人尊敬的。他们此前便是在教育、新闻、文化、社会学及艺术各界成就斐然，立名垂范者。他们登上政治舞台，并不是看准了"时世造英雄"，"舍我其谁"式的；而是因为时代凶险乱象丛生，急国之所急，民之所急，不忍袖手旁观，迎难而上、冒险而上地过问政治。这一种涉政选择，与自家人生利弊之考虑和掂量完全无关——民盟的精神传统，正在这一点上，乃是民盟思想史的灵魂。

三、今日之民盟同志的参政议政，与当年已不能同日而语。当年需有大勇，但所要达成之目的明确、单一——促和谈，止内战，实现民主。而今日之参政议政，从政体改革到经济、科技、司法、教育、文化、艺术、农村建设、环境治理、青年就业、社会保障、食品安全、医患矛盾、社会治安……方方面面，百千问题。其中诸多问题，属中国深水区改革难关，犬牙交错，棘手之极。故不论民盟人士，或其他一概参政议政人士，虽不需冒自我牺牲之险，但却需有费孝通先生进行社会调查那般的深入民间的执着精神。

倘昔者无畏，今人执着，那么我认为——所谓民盟精神，便由今人所继承了。《盟史札记》作者的良苦用心便已起到了积极作用。

最后我要说的是，《盟史札记》中涉及民盟先辈诸位，他们每一个，又都是故事多多，逸事多多，具传奇色彩之人。

冠生笔不斜出，专辑他们当年的思想，这是需要成书定力的，也的的确确是去功利心的。

谨致敬意！

2014 年 3 月 15 日 北京

越民主，越成熟

民主是民主国家的必修课。正如世上民主国家还很少的时候，独裁是独裁者们的日日操，专制是专制者们的"养生功"。

独裁肯定专制。但是倘一个国家挺富庶，足以养民于无虞，则独裁就不需要太铁腕，专制也就显得不怎么黑暗。在那一种情况下，独裁是可以独得比较漂亮的，连皇上和国王都愿意表现自己是明君。

唐玄宗李隆基坐天下时，宰相叫韩休。"一人之下，万人之上"的韩休，对自己唯一的"顶头上司"也每有冲撞和冒犯，多半是由于皇帝做了什么摆不到桌面上的事。故玄宗若欲放纵一遭，每问左右韩休知否。皇帝何以惧宰相呢？盖因韩休治国有方略，很负责任，使李隆基免操不少心。也有人暗中撺掇李隆基将韩休罢了或干脆杀掉算了，眼不见心不烦啊。唐玄宗却说出一番话——罢休杀休，反掌之事。但他替我将天下处理得如此太平，我怎么能轻率地除了他呢？

杀之随时可杀，这便是独裁肯定专制的规律；不杀是看在有用的分儿上，这便是所谓"明君"的真相。

后来韩休识趣，主动辞职了，怕李隆基迟早会找茬儿杀他，终日声色犬马，力图给皇帝一种再也不过问"政治"的印象，以使其放心。按西方民主的内涵来说，他成了个并未"免受恐惧"的自由的人。

故，说千道万——不理想的民主制度，那也显然比似乎很理想的独裁制度理想一点儿。

胡锦涛在"十七大"报告中强调——"民主是社会主义的生命"。

事实上，民主当然也是全人类社会的生命。而另一个事实是，对于1949年以后的中国，民主并非必修课，只不过是选修课。专政才是必修课，曰"人民民主专政"。"以阶级斗争为纲"，民主就很尴尬。

20世纪80年代以降，中国逐渐重视起民主来。作为任何一个国家都不能不认真对待的政治课——民主，在中国，由选修而必修，上升到了"国课"的高度。

尽管如此，为数不少的中国人看西方某些国家的民主，仍觉得像是"戏"，像是"秀"。我们中国人是崇尚庄重的，什么事有"戏"的成分了，有"秀"之嫌了，往往质疑其意义，认为比之于"戏"，比之于"秀"，干脆将某些事仪式化倒还严肃些。这是由于只知其一，不知其二。

就说西方的竞选吧，你方唱罢我登场，可不像"戏"，可不像"秀"嘛。且慢取笑。那像"戏"、像"秀"的竞选，只不过在我们看来"像"，在人家，那是面向全民的公开答辩，是政治平台上的人物们，在向全民交出民主的论文。

一个国家民主化了，意味着它在政治上成功了。越民主，越成熟。然一个民主制度成熟的国家，年复一年，二十年、三十年、半个世纪，一百几十年后，公民们对于政治那也必然会心生冷漠的。这叫"民主冷感症"。一个民主国家一生出这种病，全民在精神上往往会"睡过去"。

竞选也罢，议会里的争吵也罢，政治人物们的互相批评、指责乃至攻击也罢，其实也都是一种竭尽全力的能动性的体现。为的是证明给人民看——我们充满活力。也为的是暗示人民——别不关心啊，我们的国家可是"公民社会"，我们在进行的事，你们都有责任参与。归根结底，我们是在代表你们进行，为你们进行。

民主国家靠竞选对民众的"公民神经"进行必要的刺激。全民的公民思想意识，才不至于在"民主后"漫长的无动感年代麻木了。

"五四"以前的中国，为什么被视为"东亚睡狮"？

叫我们"狮"，乃因我们人口最多。

叫我们"睡狮"，乃因我们真的是长睡不醒。

清王朝统治的二百多年间，地球西侧正是国国争相实现民主、社会变革天翻地覆之世纪。而清王朝的统治者们，自己却大睁双眼睽睽国家，唯恐哪儿有人没"睡实"，或假睡。谁如果大声说："中国怎能这样！"他们便砍谁的头。

正因为当时的中国是这么一种情况，谭嗣同才宁肯用自己的血惊醒中国人。可他被砍头时溅出的那点儿血，又哪够惊醒四万万中国人呢？

加上秋瑾的血，加上许多想要惊醒中国人的人的血，也只不过使少而又少的中国人醒了过来。而使更多中国人醒来的，是八国联军的坚船利炮……故我对于什么"康乾盛世"之说，是很讶然的。比照一下历史看看，不正是在那么一种所谓"盛世"前后，西方正经历着轰轰烈烈的启蒙运动吗？人家猛醒了，我们还睡眼惺忪的，却大言不惭地说是处在"盛世"里，这样的些个人，似乎至今还没完全睡醒……

人家在比我们早一百多年的时候就从王权的摇篮曲中彻底醒了，并且最不愿看到的，便是"公民"又在民主的摇篮曲中"睡过去"了。"睡过去"了，民主也就不是民主国家的"生命"了。

我们比人家醒得晚，晚很多。故我们看人家，有时看不大懂。民主也是使一个国家不在精神上"睡过去"的一种方法。他们深谙此点。

我们则应多一份虚心，虚心地看，虚心地想。即使并不打算照搬，那也还是要虚心。我们怎么使我们的人民不在改革进程中产生政治冷感心理?

　　这是一个有必要思考的问题……

"极左"思想是什么？

关于左、右含意之区别，古今中外已甚多。不但国与国之间截然不同，便在吾国，因为二字用在不同之方面，含义也往往自相矛盾。

中医号脉时的显规则是男左女右，中医学相信大、长、上、左代表"阳"，于是亦代表刚强——这似乎是受八卦的影响；而在古代官场，延用至今的中国礼仪（其实也几乎是世界性的）方面，右却是大于左尊于左的。

"左派"一词，据说始于"巴黎公社"时期。那绝属偶然——起义队伍中的坚定分子们，在某日开会时，集体地坐到了会场左边，据说而已。

倘这一说法不太离谱，那么我们由此而知两点：

一、"左派"起初是阶级、政党、阵营内部对自己人加以区分的概念；

二、在自己人中，"左派"代表立场最坚定分子组成的群体。

若查《新华词典》，释意中的一条便是——"左派"代表革命的、进步的人们。

故中国共产党诞生以后，当年一个文艺家们的组织是"左联"；自然，凡加入"左联"的文艺家，互相视为同一阵营，都属革命的进步的文艺家。同一阵营并不意味着团结一致，同志反目甚而同室操戈也属常见现象。

毛泽东当年说过一句很出名的话："凡有人群的地方，都有左、中、右"。

这句话的意思也就是——凡有人群的地方，必有革命的、进步的；也有反对革命和进步的；还有左右摇摆，不愿多么革命和进步，却也不是多么敌视"革命"这种事的人。"革命"要有掉脑袋的思想准备，"进步"很危险，所以"中间派"往往是多数。

自从此话被毛说过，在中国，就等于为"左派"作出了最权威的结论；又自然，对"右派"也是。

但细思忖之，那种结论，并非"放之四海而皆准"。

比如对日本的反华分子，我们一向指斥为"右翼分子"；但是安倍晋三究竟属于"左翼"还是"右翼"的领头羊呢？若言其是后者吧，他反华的态度和言论，企图使日本军国主义死灰复燃的立场，不是表现得特坚定吗？若言其毕竟不代表进步，在日本反华右翼分子们看来——进步相对于保守，他显然也是极"进步"的吧？

毛的话，在"文革"中经常被红卫兵、造反派们引用。

我当年每听到的话语之一便是："革命的左派同志们！……"

"左派"——最革命的人，这一点在"文革"时期家喻户晓，老幼皆知。

在"革命"是很危险的事业的年代，"左派"在革命队伍中因是最坚定的分子而受尊敬，我认为是自然而然的。

但是那最坚定的革命性，大抵是要经过生死之考验的，绝不是只靠话语来证明的。

由于在较长的历史时期，"左派"一直受到尊敬和重用，遂使中国人中，涌现出许多许多善于靠话语来证明自己是坚定的"左派"的人。倘仅靠话语还觉证明得并不给力，便辅助以口号。这样的人，不知不觉的，往往便会表现得"极左"起来。

若"极左"仅仅是一种个人表现，还则罢了。即使是一种表演，也不妨随他们的便。

但"极左"之表现，表演，几乎不可避免地要伤及他人，包括同一阵营的同志、战友；那么，当然也就伤及"革命"了。而在和平年代，伤及的是社会机体。

故我一向很反感"极左"言论，对"极左"人士，怎么也亲近不起来。

我知道的历史的现实的人、事渐多以后，对"极左"思想危害我们的国家、社会和我们中国人的现象，更加有切肤之疼了。

不提那些恨严峻的大事件，仅举几个小小的例子来说：

1942年在延安召开的鲁迅逝世六周年大会上，作家萧军宣读了他对王实味问题的意见，于是受到另外一些坚定的革命"左派"作家的抨击。萧军是很倔的人，结果辩论双方唇枪舌箭，渐趋白热化。

主持会议的是德高望重的吴玉章老人，见双方僵持不下，站起来说："萧军同志是我们共产党的好朋友，我们一定有什么方式方法不对头的地方使萧军同志发这么大的火。大家都应以团结为重，我们仍有什么不对的地方应当检讨检讨。"

这是多么虔恳的话啊！

谁敢言吴玉章不是坚定的革命者呢？

坚定的革命者而主张自己"检讨检讨"，又是多么可敬的对人对事的态度呢？

萧军立刻便说："吴老的话使我心平气和。这样吧，我先检讨，百分之九十九都是我的错，行不行？那百分之一，你们想一想，是不是都对啊！"

多么可爱的"共产党的好朋友"啊！

然而共产党人和共产党人是不一样的，非是所有的共产党人都是吴玉章那等诚心待人对事的人物。

　　萧军的话刚一落地，有坚定的"左派"作家立刻站起来大声说："那百分之一很重要！我们一点儿也没错，百分之百是你的错，共产党的朋友遍天下，你这个朋友等于九牛一毛，有没有都没什么关系！"

　　这话，便很有些"极左"味道了。

　　须知，对于王实味被乱石砸死，连毛泽东也是认为大可不必的。

　　萧军愤怒了："既然如此，你尽管朋友遍天下，我这'一毛'也不愿附在'牛'身上，从今后咱们就拉、蛋、倒！"

　　怫然而去。

　　看，"极左"之伤"好朋友"，亦伤得多么理直气壮而又蛮不在乎！

　　"反右"时，有一位职位很高的官到某县视察，指导运动深化，某单位领导向其汇报"战果"时信誓旦旦地说："该抓的都抓了，实在抓不出来了。"

　　大官拍案而起，怒曰："这不就是右派言论吗？"

　　于是，该领导只得乖乖地将自己划为"右派"。

　　看，革命的大官一旦"极左"起来，革命小人物的命运也是多么可悲！

　　以上两个例子，摘自余世存先生《非常道》一书，此书余甚爱读，获益匪浅，谢过。

　　还是在"反右"中，另有一例令人哭笑不得——某民间诗人以诗歌颂"三面红旗"，一句是："三面面红旗两面面红"，结果打成"右派"。

　　因为在"左派"们看来，此句反动透顶！

　　仅"两面红"吗？还有一面怎么了？

　　诗人辩曰："诗句中写了呀，明明是三面面红旗嘛！西风招展，两面都红的意思啊！"

"左派"们的态度是"不以听"——像古代判"腹诽"罪那样，剥夺辩解权。

　　有一首江西民歌，是我早年爱听也喜欢哼唱的，即《十送红军》。其中几句歌词是：

　　山上那个野鹿，

　　声声哀号，

　　树树那个梧桐，

　　叶呀叶落完……

　　"文革"中，此歌定为毒草。

　　缘何？

　　"左派"们认为——红军只不过是战略转移，词曲如此悲悲切切的歌，等于长敌人的威风，灭自己的志气，当然等于是在帮敌人的忙，用心不可谓不毒也。

　　"左"而又"左"的"极左"现象，倘是投机表演，已是这么的对他人具有杀伤力；而倘是"真诚"的立场，杀伤力还殃及亲人。"反右"也罢，"文革"也罢，是要"左、中、右"一被政治排队，夫妻间互相伤害，父母子女间互相伤害，师生间互相伤害，友人间互相伤害的现象，还是会层出不穷的。而最终，全社会受到了伤害。

　　故我认为，"极左"是一种毒思想。

　　俱往矣！

　　终究是过去的事了，今人并不知道也罢的。

　　但——

　　但我听人说，不久前，某不大不小的官员上任后，要求属下说："最好像从前那样排排队，左、中、右划分一下，以便我们对我们所领导的人们之现实态度，能心中有数一些。"

也许，其本意只不过是更便于了解下情，基于思想调查之考虑——这也无可厚非。

但对今日之国人，以"左、中、右"划分的界线又是什么呢？还这么划真的好吗？

是以反感，且忧虑。

2013 年 12 月 15 日 北京

社会黑洞

我也许会站在今天写明年和后年我预测可能发生的事，却绝不会，永远也不会，铺开稿纸，吸着烟，潜心地去编织一个很久以前的故事。

即使我下了天大的决心，写下第一行字以后，我也肯定会跳将起来反问我自己——我这是怎么了？我为什么要这样？意义何在？虽然，我十分明白，写"从前"是多么稳妥的选择。因为这样，差不多只有那样，一个中国的当代作家，才能既当着作家，又不至于和时代，尤其是和当代的现实，发生在所难免的矛盾、抵牾和冲撞。

像我这样一个自讨苦吃，而又没法改变自己创作意向的作家，既然对现实的关注完全地成为了我进行创作的驱动力，我当然希望自己，也要求自己，对于我所关注到的，感受到的，触及到的现实，能够认识得越客观越全面越好，能够从总体上把握得越全面越好。

我既然愿意写"老百姓"，我怎能不最大面积地接近他们？我所言"老百姓"其实几乎包括中国的绝大多数人——工人、农民、小商贩、小干部、小知识分子。

但——我的问题，从根本讲，恰恰出在我和"老百姓"的接近、接触，以及对他们的了解和理解方面。

毛泽东曾经将老百姓，尤其中国的老百姓，比作"汪洋大海"。他的语录中那段原话的意思是——不管来自任何国家的军队，如若敢冒天下之大不韪，对中国进行冒险性的侵略的话，那么他们必将被淹没在中国老百姓的"汪洋大海"之中……

我的切身感受是，在1993年，在朱镕基湍流逆舸，切实整肃中国金融界混乱状况之前，在江泽民以党中央的名义提出反腐败之前，在公安部发出从严治警的条令之前，在中国农民手中的"白条"得以兑现之前，在接下来整顿房地产开发热、股票热、特区开发热之前，如果你真的到老百姓中去走一走，尤其是到北方的而不是南方的老百姓中去走一走，如果他们将你视为可以信赖的人，如果他们不怀疑你是被权贵们豢养或被金钱所收买的人，如果他们直言不讳地对你说他们憋在心里想说出甚至想喊出的话，那么，不管你是官员也罢，作家也罢，记者也罢，不管你曾自以为站得多高，看得多远，对中国之现实看得多客观，多全面，总体上的认识把握得多准确，你的看法，你的认识，你的观点，你的思想，片刻之间就会被冲击得支离破碎，稀里哗啦，哪怕你自认为是一个非常理性非常冷静不被任何外部情绪的重重包围所影响的人。

在改革和腐败之间有一个相当大的误区，也可以干脆说是一个相当大的社会"黑洞"。一个时期内，一些帮闲人和一些帮闲理论家，写出过许多帮闲式的文章。这类文章一言以蔽之地总在唱一个调子——要改革，腐败总是难免的。只要老百姓一对腐败表示不满，这个调子总会唱起来。

难免地，那么老百姓可该怎么着好呢？

帮闲文章告诉老百姓——别无他法，只有承受。只有增强心理承受能力。

老百姓要是不愿意呢？——那么便是老百姓不对，老百姓不好，老百姓不可爱，老百姓太娇气了。

那一类帮闲文章似乎推导出了一个天经地义的逻辑——如果人们连腐败都不能或不愿承受，拥护改革不是成了一句假话空话么？

使你没法不怀疑，他们是和腐败有着千丝万缕的直接或间接的联系，拿了雇笔钱替腐败辩护的专门写手。

"文化大革命"中，江青对文艺工作者该如何"正确"地反映现实生活说过一段话。她说——我们不否认社会主义也有一些阴暗面。如果你真的看到了感觉到了，那么你就更自觉地更热忱地大写特写光明吧。按照这位"旗手"的逻辑，光明鼓舞了人们，人们也就不再会注意阴暗了，阴暗不是就等于不存在了么？

这一次由党中央提出开展反腐败，于是从中央到地方，从共产党内到民主党派内，似乎才敢言腐败。因为这叫"落实中央任务"，不至于因此而被划到改革的对立面去，不至于被疑心是故意大煞改革大好形势的风景。

我们有那么多"人大"代表，我们有那么多"政协"委员，此前，我们老百姓却很少在电视里、电台里和报纸上，看到或听到哪一位代表，哪一位委员，替老百姓直陈勇谏反腐败之言。我们能够听到或看到的，几乎总是他们多么拥护改革的表态式的言论。他们的使命，似乎只是在这一点上才代表老百姓。现在似乎开禁了，允许讲，于是才似乎确有腐败存在着……

我记得有一次开"人代会"期间，我去某省代表驻地看望一位代表朋友，在他的房间里，不知怎么一谈，就谈到了腐败现象。房间里没别人，就我们两个。我没觉得我的声音有多高，可他的脸却吓得变了色，惶惶然坐立不安，连连请求于我："小声点儿，小声点儿，你小声点儿行不行呀！"我说我的声音也不大啊。他说："还不大？咱们别谈这些，别谈这些了！"并向我使眼色，仿佛门外正有人窃听似的……

我们当然不能否认"人大"和"政协"对于国家现状和前途所发挥的积极的、重要的、巨大的作用。但是呼吁惩办腐败的声音，应该承认首先是由新闻界中那些勇于为民请命的可敬人士们发出的，不管老百姓认为新闻界亦同样存在着的种种弊端，如何忧怨久矣。

　　"权钱交易"这句话最先就是无可争议地来自民间。其后逐渐诉诸报章。再其后从我们的总书记口中向全党谈了出来。于是今天才有可能成为一个公开的话题。否则它也只不过永远是老百姓的愤言罢了……

　　一个时期内，老百姓的直接感觉是——分明的，有人是极不爱倾听关于腐败的话题的，听了是不高兴的，是要以为存心大煞改革的风景的。于是后来老百姓也不屑于议论了，表现出了极大的令人困惑的沉默。沉默地承受着。承受着物价的近乎荒唐的上涨，承受着腐败的得寸进尺，肆无忌惮。不就是要求老百姓一概地承受么？那就表现出一点儿心理承受能力给你们看。即使在今天，老百姓认为最没劲的话题也大概莫过于反腐败的话题了。老百姓内心里的真实想法——似乎是要伴随着腐败一齐往前混……

故人往事

　　1979年春，全国第四次高等教育会议在北京西苑召开，各新闻和文艺单位派代表列席参加。我作为北影厂代表，参加了华南大组学习讨论。会议最初几天，讨论内容是肃清"四人帮"极左教育路线的流毒，发言踊跃热烈。

　　"工农兵学员"——这建国三十年来"高教"大树上结下的"异果"，令每一位代表当时都难以为它说半句好话。而每一位发言者，无论从什么角度什么命题开始，最终都归结到对"工农兵学员"的评价方面。不，似乎不存在评价问题——它处于被缺席审判的地位。如果当时有另外一个"工农兵学员"在场的话，他或她也许会逃走，再没有勇气进入会议室。

　　我有意在每次开会前先于别人进入会议室，坐在了更准确说是隐蔽在一排长沙发后不易被人发现的角落。我负有向编辑传达会议情况和信息的使命。我必须记录代表们的发言。

　　我是多么后悔我接受了这样一个使命啊！然而我没有充分的理由，要求领导改换他人参加会议。第三天下午，还有半个钟点散会，讨论气氛沉闷了。几乎每个人都至少发过两次言了。主持讨论者时间观念很强，不想提前宣布散会，也不想让半个钟点在沉闷中流逝。他用目光扫视着大家，企图鼓励什么人作短暂发言。

他的目光扫视到了我。我偏偏在那时偶然抬起了头。于是我品质中卑俗的部分，一瞬间笼罩了我的心灵，促使我扮演了一次可鄙而可怜的角色。

"你怎么不发言啊？也谈谈嘛！"主持者目光牢牢盯住我。多数人仿佛此刻才注意到我的存在，纷纷向我投来猜测的目光。大家的目光使我很尴尬。

坐在我前面的人，都转过身瞧着我，分明都没想到沙发后隐藏着我这么个人。我讷讷地说："我……我不是工农兵学员……"几乎是不由自主地这么说了。这是我以列席代表身份参加讨论三天来说的第一句话，当着许多白发苍苍的老教授们说的第一句话，当着华南大组全体代表说的第一句话。

谎话，是语言的恶性裂变现象。说一颗纽扣是一颗钻石，并欲使众人相信，就得编出一个专门经营此种"钻石"的珠宝店的牌号，就进一步编出珠宝店所在的街道和老板或经理的姓名……

我说，我是电影学院导演系"文革"前的毕业生。我说，某某著名电影导演曾是我的老师。我说，如果不发生"十年动乱"，我也许拍出至少两部影片了……为了使代表们不怀疑，我给自己长了五岁。散会后，许多人对我点头微笑。"文革"前的毕业生，无论毕业于文、理、工学院，还是毕业于什么艺术院校，代表们都认为是他们的学生。

会议主持者在会议室门外等我，和我并肩走入餐厅。边走边说，希望我明天谈谈"四人帮"所推行的极左教育路线，对艺术院校教育方针教育方向的干扰破坏。

我只好"极其谦虚"地拒绝。

我不是一个没有说过谎的人。但是，跨出复旦校门那一天，我在日记上曾写下过这样的话："这些年，我认清了那么多虚伪的人，见过那么多虚伪的事，听过那么多谎话，自己也违心地说过那么多谎话，从此我要做一个诚实的人……"

我这"要做一个诚实的人"的人，在许多高等教育者面前，撒了一次弥天大谎！

那的确是我离开大学后第一次说谎，不，第二次。第一次是——我打了"潘冬子"一记耳光而说是"跟他闹着玩"。我第二次说谎，像一个谎话连篇的人一样，说得那么逼真，那么周正。

我内心感到羞耻到了极点。一个毕业于名牌大学的青年，仅仅由于在某一个不正常的时期迈入了这所大学的校门，便如同私生子隐瞒自己的身世，在许多高等教育者面前隐瞒自己的"庐山真面目"，真是历史的悲哀！

就个人心理来说，这是十分可鄙的。

但这绝非我自己一个"工农兵学员"的心理。这种心理，像不可见的溃疡，在我自己心中，也在不少"工农兵学员"心中繁殖着有害的菌类。对于一个国家的高等教育，又多么可悲！宛如太上老君的"炼丹炉"中倒出了"山楂仁"。

我的谎话，当晚就被戳穿——我们编辑部的某位领导来西苑看望在华南组的一位老同事……我不晓得。第二天，我迟到了十分钟。在二楼楼口，被一位老者拦住。他对我说："你先不要进会议室。"我迷惑地望着他。他又说："大家已经知道了。"我问："知道什么了？""知道你是一个'工农兵学员'。"他那深沉的目光，严肃地注视着我。我呆住了。他低声说："大家很气愤，正议论你。你为什么要扯谎呢？为什么要欺骗大家呢？"他摇摇头，声音更低地说："这多不好，这真不好！有的代表要求向大会简报组汇报这件事啊！……"不但不好，而且很糟！在全国"高教"会上，在粉碎"四人帮"后，谎言和虚伪正开始从崇高的教育法典中被肃清，一位列席代表，一位"工农兵学员"，却大言不惭地自称是"文革"前电影学院导演系的毕业生，这的确是太令人生气了。

我垂下了头，脸红得发烧。我羞惭地对那老者说："您替我讲几句好话吧，千万别使我的名字上简报啊！"他说："我已经这样做了。"他的目光那么平和。平和的目光，在某些时刻，也是最使人难以承受的目光。我觉得他那目光是穿透到我心里了。

他说："我们到楼外走走好吗？"

我默默地点了一下头。

我们在楼外走着，他向我讲了许多应该怎样看待自己是一个"工农兵学员"的道理。当他陪着我走回到会议室门前，我还是缺乏足够的勇气进入。

他说："世上没有一个人敢声明自己从未说过谎。进去吧！"挽着我的手臂，和我一齐进入了会议室。那一天我才知道，这位令我感激不尽的老者，原来是老教育家吴伯箫。吴老是我到北京后，第一个引起我发自内心的无比尊敬的人。"高教"会结束后，他给我留下了他家的地址，表示欢迎我到家中去玩。那时他家住沙滩。我到他家去过两次。第一次他赠我散文集《北极星》。第二次他赠我散文集《布衣集》，并赠一枚石印，上刻"布衣可钦"四字。他亲自替我刻的。两次去，都逢他正伏案写作。一见我，他立刻放下笔，沏茶，找烟，面对面与我相坐，与我交谈。他是那么平易近人，简直使我怀疑他是个丝毫没有脾气的人。他脸上的表情总是那么安详。与我说话时，眼睛注视着我。听我说话时，微微向我俯着身子。他听力不佳。我最难忘的是他那种目光，那么坦诚，那么亲切，那么真挚。注视着我时，我便觉心中的烦愁减少了许多许多。

那时他家的居住条件很不好。因附近正在施工，院落已不存在。他家仅有两间厢房。每次接待我的那一间，有十三四平方米，中间以木条为骨，褙着大白纸，作为间壁。里边一半可能是他的卧室，外边一半是他的写作间。一张桌子，就占去了外间的大部分面积。我们两人落座，第三个人就几乎无处安身了。房檐下，生着小煤炉，两次去他家都见房檐下炊烟袅袅，地上贴着几排新做的煤饼子。

我问他为什么居住条件这样差？他笑笑，说："这不是蛮好吗？有睡觉的地方，有写作的地方，可以了。"告辞时，他都一直将我送到公共汽车站。

我向他倾述了许多做人和处世的烦恼。他循循善诱地开导了我许多做人和处世的道理。

他这样对我说过：多一分真诚，多一个朋友。少一分真诚，少一个朋友。没有朋友的人，是真正的赤贫者。谁想寻找到完全没有缺点的朋友，那么就连他自己都不可能成为他的朋友。一个人有许多长处，却不正直，这样的人不能引为朋友。一个人有许多缺点，但是正直，这样的人应该与之交往。正直与否，这是一个人品质中最重要的一点。你的朋友们是你的镜子。你交往一些什么样的朋友，能衡量出你自己的品质来。我们常常是通过与朋友的品质的对比，认清了我们自己实际上是一个怎样的人……

我们北影的一位同志，从前曾在吴老领导下工作过。他敬称吴老为自己的"老师"——他已经是四十五六岁了。

我常于晚上看见他在厂院内散步，却从未说过话。

有次我们又相遇，他主动说："吴老要我代问你好。"

我们便交谈起来，主要话题是谈的吴老。

他告诉我这样一件事：当年他与六个年轻人在吴老直接领导之下工作，某天其中一人丢了二百元钱，向吴老汇报了。吴老嘱他不要声张，说一定能找到。过了几天，六个年轻人都在场的情况下，吴老将二百元钱交给失主，说："你的钱找到了。不知是哪位同志找到后放到我抽屉里了。"失主自然非常高兴。当天，又有二百元钱出现在吴老抽屉里。原来他交给失主的那二百元钱，是他自己的。但对这件事，他再也没追究过。六个年轻人先后离开他时，都恋恋不舍，有的甚至哭了……

"因为吴老当时很信任我，只对我一个人讲过这件事。"我那位北影的同事说，"吴老认为，究竟谁偷了那二百元钱，并不重要。重要的是，六个年轻人中，有一个犯了一次错误，但自己纠正了。这使人感到高兴啊！"

听了这件事以后，我心中对吴老愈加尊敬。他使我联想到了苏联教育家马卡连柯。

对年轻人宽宏若此，真不愧老教育家风范。

因吴老身体不好，业余时间又在写作，我怕去看望他的次数多了，反而打扰他，再未去过他家。

我最初几篇稚嫩的小说发表，将刊物寄给他。

他回信大大鼓励了我一番，而且称我"晓声文弟"，希望我也对他的作品提出艺术意见，使我愧怍之极。

信是用毛笔写的，至今我仍保存。

半年后，我出差在外地，偶从报纸上看到吴老去世的消息，悲痛万分。将自己关在招待所房间里，失声恸哭一场……

《北极星》和《布衣集》，我都非常喜爱。我们中学时期语文课本中一篇《延安的纺车》，便收在《北极星》中。但相比之下，我更喜爱《布衣集》。

我将《布衣集》放在我书架的最上一档，与许多我喜爱的书并列。

吴老，吴老，您生前，我未当面对您说过这句话，如今您已身在九泉之下，我要对您说——您是我在北京最尊敬的人。不仅仅因为当年您使我的姓名免于羞耻地出现在全国第四次"高教"会的简报上，不仅仅因为您后来对我的引导和教诲，还因为您的《布衣集》。虽然它是那么薄的一本小集子，远不能与那些大部头的长篇小说或什么全集、选集之类相比，虽然它没有获得过什么文学奖。您真挚地召唤却在思想上、情操上实践着"布衣精神"。这种精神目前似乎被某些人认为已经过时了，似乎已经不那么光荣了，似乎已经是知识分子的"迂腐"之论了。

您在给我的信中却这样写道："我所谓的'布衣精神'，便是不为权，不为钱，不为利，不为名，不为贪图个人一切好处而思想，而行为，而努力工作的精神。知识分子有了这种精神，才会有知识方面的贡献。共产党人有了这种精神，才会有实现共产主义理想方面的贡献。因而'布衣精神'不但应是中国知识分子的精神，尤其应是中国共产党人的精神……"

吴老，您是知识分子，您亦是老共产党员。从这两方面，我都敬您。您是将"布衣精神"作为一个知识分子的品格原则的，也是作为一个共产党人的品格原则的。您对这种精神，怀着一种儿童般的执着锲而不舍。但愿我到了您那样的年纪，能有资格毫不惭愧地对自己说："我不为权，不为钱，不为利，不为名，清清白白地写作，清清白白地做了一辈子人，没损害过侵占过或变相侵占过老百姓一丁点儿利益！……"

如今穿布衣的知识分子少了，穿布衣的共产党人少了，穿布衣的共产党的领导干部少了。因为有了的确良、的卡、混纺、其他什么什么的。共产党如果成了布衣党，在 20 世纪 80 年代的今天，未免滑稽可笑。但共产党如果成了失掉"布衣精神"的党，那则不滑稽也不可笑了，而令人心中产生别的一番滋味了！

您正是在身后留下"布衣精神"的一息微叹，召唤着一种党风，召唤着一种党的干部之风啊！

　　现实真真有愧于您生前那儿童般执着的信念和寓言般朴素的思想啊！我们这个国家，我们这个民族，因民族心理的积淀和种种历史渊源所致，一向是崇尚权力的。而封建王权便是以这种崇尚为其社会基础的。这是我们民族愚昧的一面。人类不应受王权的统治，而只应受知识的统治。这叫人类文明，或曰"精神文明"。有一个时期我们的社会似乎有一股崇尚知识的良好风气开始发端，但很快又被对金钱的崇拜所涤荡了。

　　金钱，这个讨人喜爱的怪物，吞噬着某些中国人的灵魂，吞噬着某些中国共产党人的灵魂。

　　"先使一部分人富起来"——应该是先使人民中的一部分人富起来才对啊！

　　中国是中国人民的中国，属于国家的财富，巨细无遗，都是属于中国人民的。任何侵吞、挥霍、浪费的行为，都不应是中国共产党的干部们的行为，都是丑行，都应受到法律的制裁。人民希望是这样。希望"对外开放，对内搞活经济"的政策不变；希望党风彻底好转；希望党内有几位"包龙图"，铲除邪恶，辅佐"朝纲"；希望改革之举成绩更大，弯路更少。而最大的希望则是——党内损公肥己、以权谋私者们不再继续下去。人民是既痛恨他们，又拿他们没办法。因为权力已在他们手上。

　　"将权力关在笼子里"——幸而如今开始这样做了；吴老，这对您定是一个好信息吧！

为情怀而纪念

至今写过多少篇序，连自己也记不清了。几乎都是遵中青年业余作者之命而作，甚至包括为中小学生们的处女集效劳。并且，那一向是我要求自己本着应该服务的态度来认真完成之事。

然而，由我为《吴伯箫纪念文集》作序，着实地使我大犯其难。依我想，吴伯箫先生之纪念文集，当由他同代人中的挚友奉献一篇最好。我虽也已六十余岁了，虽与先生有过几次印象深刻的接触，却终究是一个晚辈。况先生生前，乃散文大家，还是中国语文教育界德高望重的人物，署我浮名的序，无论如何是不相适的。

本文集的编者亓勇，作为与先生隔四代的有血缘之亲的年轻后人，却执意要求我来作序，恳拒再三，违心而诺。

读罢文集，犹豫又起。

因我觉得，集中若干篇，其实皆是可以印在前边为序的——比如公木先辈的长诗《啊，伯箫，伯箫哟！》，比如雷加先辈的长文《"忘我"的沉思——忆吴伯箫》，比如楼适夷、臧克家、朱子奇三位先辈的怀念文章，倘作为序，也都是与此纪念文集的分量相称的。尽管以上诸人也已先后故去，但若以分量的相称作为首要一条来考虑，皆是更佳的选择。并且，以纪念文集而论，同样的出版情况是不乏其例的。

我将我的想法及时通告了亓勇小弟，无奈他坚持他的要求不变。如此一来，我也就只得从命了。

此纪念文集中，也收入了我的一篇短文。该短文是我的自白长文《京华见闻录》中的一段。我在《京华见闻录》中，记述了从复旦大学分配到北京电影制片厂之初年所遇林林总总的人、事，而与吴伯箫先生的几次接触，乃是"见闻录"中很愉快、很温暖、受益颇多的记述。

我须借此机会说明一下，即——我在"见闻录"中所记述的关于吴伯箫先生之学生中有人"丢"了一笔钱的事，在本纪念文集中，康平先生的怀念文章中也写到了。康平先生乃吴伯箫先生当年的学生，她的回忆毫无疑问更符合当年事实。而我只不过是听人转述的，故读此纪念文集者，当以康平先生的记述为准。

我读此纪念文集之校样稿，每一篇都不同程度地感动了我。也使我记忆中的吴伯箫先生的形象，更加栩栩如生，更加可亲可敬了。

读罢全集，掩卷深思：许许多多人士，满怀真挚深情地著文怀念吴伯箫先生，怀念了方方面面，但主要怀念的是什么呢？

思去想来，我认为主要怀念的是吴伯箫先生所具有的中国文化知识分子的大情怀。何谓大情怀？与信仰融为一体之情怀而已。许多人包括许多知识分子，其实是并无信仰可言的。即使那些经常自诩为革命知识分子的人，他们的信仰也只不过经常体现于表态，口头上说给人听罢了。

那什么又是吴伯箫先生的信仰呢？

他在《论忘我的境界》中说："把全副精力集中到自己所爱的，所向往的，或所行动的事物里，而沉浸到里面，湮没到里面，融化到里面的，那就是忘我。"

雷加先辈在其怀念文章《"忘我"的沉思——忆吴伯箫》中，引了以上一段话。

也许有人会问，那只不过是一段谈专一与执着精神的话，与信仰有何相干呢?

而我却觉得，若以宗教与主义的立场来看，确实那一段话中并无任何信仰的意味。但若纵观吴伯箫先生的一生，换一种形而上的思维来理解，那一种"忘我"之境，却正表达着吴伯箫先生的终生信仰了。

因为，分明的，他以他坚持知识分子操守的一生告诉我们——他所爱的，所向往的，所行动的，将自身沉浸到里面，湮没到里面，融化到里面的，并非是什么一己的爱好，而是一个富强的中国;而是一种为使全中国人民都过上有尊严的好生活的大事业。

正是这大事业始终吸引着他，成为他终生的信仰。

也正是为着大事业的成功，他始终保持着一种爱中国、爱中国人民的大情怀。

没有此种大情怀，安有他一生中始终如一，只与人比对国家、对人民的贡献多少，以激励自己更加兢兢业业，却从不曾计较个人得失、待遇;即使在受到工作接待时餐桌上多了两道菜也发自内心地感到不安的"布衣知识分子"的操守?

就个人的阅读心得而言，我认为，在组成此纪念文集的近五十篇深情文章中，雷加先辈的那一篇尤为上乘。如果说公木先辈的长诗以感情的炽热使我觉得字字行行皆发烫，那么雷加先辈的悼念长文，则以沉郁的、感性与理性之思念结合得浑然一体而见长。诚实万分地说，那是我迄今为止读过的为数不多的，本身也堪称散文佳作的怀念文章——写出了灵魂层面的吴伯箫。或换一种说法，使吴伯箫这个名字灵魂化了。

故我强烈地建议，此纪念文集，不论以何种方式排序，都应将雷加先辈的那一篇放在首篇。因为，读者读了那一篇，能首先从灵魂的层面接近吴伯箫先生，了解并进一步理解吴伯箫先生；而后再读其他怀念文章，一概怀念之情之事，皆可从一个人的灵魂方面找到认知的依据了。

至于公木先辈的那一首长诗，我建议放在怀念文章部分的最后。

不是因为那首长诗写得不好。恰恰相反，我觉得，作为挚友悼念挚友的长诗，写得何等之好啊！那分明是噙泪写成的悼诗，发自肺腑的悼诗，心疼与敬意交织的悼诗！

正因为写得那么好，所以才应放在最后。好比交响乐的最后一章，要达到高潮之尾声。

最后我还是要再次表达——承蒙亓勇小弟错爱，坚持由我来为此集写序，心中愧怍难以形容。

我自知不论多么想要写好，其实是根本写不好的。

因为对于一位灵魂纯朴而广大的文化知识分子，我的灵魂与他是有很大差距的。为纪念他的文集写序，非是与他的灵魂共舞过的人，写不好几成必然之事。

"他的一生，像他那张面孔。这是一种农民的纯朴和学者的'无奇'的混合，使任何画家都难以下笔；即使勾勒出轮廓来，也难以表现他的实质和特征。"——这是雷加先辈对吴伯箫先辈的概括，我也有同感。

但—— 一个人的怀念印象如此，两个人的怀念印象也如此；许许多多人满怀深情与敬意的怀念印象组合在一起，那"实质和特征"便逐渐地清晰起来。

而这正是此纪念文集的意义和价值。

想要了解中国文化知识分子心路的学者们，是不可不读一读此纪念文集的……

论大学精神

各位：

我曾在《光明日报》发表过两篇文章，《论教育是诗性的事业》在先，《论大学》在后。两篇文章都是我成为北京语言大学教师之后写的。我关于大学精神的思索，不管多么的浅薄，已由两篇文章载毕。那么，今天听汇报的一点点看法，也就只能算是浅薄者的补充发言。浅薄者总是经常有补充发言的，这一种冲动使浅薄者或有摆脱浅薄的可能。

我在决定调入大学之前，恰有几位朋友从大学里调出，他们善意地劝我要三思而行，并言——"万不可对大学持太过理想的幻感"。

而我的回答是——我早已告别理想主义。《告别理想主义》，是我五十岁以后发表的一篇小文。曾以为，告别了理想主义，我一定会活得潇洒起来，却并没有。于是每想到雨果，想到托尔斯泰。雨果终其一生，一直是一位特别理想的人道主义者。《九三年》证明，晚年的雨果，尤其是一位理想的人道主义者。而托尔斯泰，也一生都是一位特别理想的平等主义者。明年我六十岁了。现在我郑重地说——六十岁的我，要重新拥抱理想主义。我认为，无论对于自己的人生还是对于自己的国家还是对于全人类社会，泯灭了甚而完全丧失了理想，那么一种活法其实是并无什么快意的。我这么认为有切身体会，故我接着要说——我愿大学是使人对自己，对国家，对人类的社会形成理想的所在。无此前提，所谓大学精神无以附着。1917 年 1 月 9 日，北大举行开学典礼，蔡元培先生发表著名的《就任北京大学校长之演说》；九十一年过去了，重读其演说，他对大学的理想主义情怀依然感人。

蔡先生在演说中对那时的北大学子寄以厚望，既希望北大学子砥砺德行，又希望北大学子改造社会。他说："诸君为大学学生，地位甚高，肩此重任，责无旁贷，故诸君不惟思所以感己，更必有心励人……"

现在的情况与九十一年前很不相同。

那时，蔡先生对大学的定义是"大学者，研究高深学问者也"。

若以本科生而论，恕我直言，包括北大学子在内，似乎应是——大学者，通过颁发毕业文凭，诚实地证明从业能力的所在而已。

故我对"大学精神"的第二种看法是——要建立在现实主义的基础上来说道。

连大学都不讲一点儿理想，那还能到一个国家的哪儿去觅理想的踪影呢？倘若一国之人对自己的国家连点儿理想都不寄望着了，那不是很可悲吗？

如果连大学都回避现实问题种种，包括大学生就业难的问题在内，那么还到一个国家的哪儿去听关于现实的真声音呢？若大学学子渐渐地都只不过将大学视为逃避现实压力的避风港，那么大学与从前脚夫们风雪之夜投宿的大车店是没什么区别的了。

又要恪守理想，又要强调现实，岂非自相矛盾吗？

我的回答是——当今之大学，尤其是像中国这样一个人口众多，每年有数以百万计的大学学子跨出校园迈向社会的国家，大学其实是在为国家培养一批批思想意识上不普通,而又绝不以过普通的生活为耻的人。可现在的情况似乎恰恰反了过来，受过高等教育于是以过普通生活为耻的人很多，受过高等教育而思想意识与此前并未发生多大改变的人也很多。

如此说来，似乎是大学出了问题。

否。

我认为，一个家庭供读一名大学生，一个青年用人生最宝贵的四年乃至更长的时间就读于大学，尤其是像北大这样的大学——于是要求人生不普通一些，是完全可以理解的。社会成全他们的诉求，也是"以人为本"的体现。

在中国，普通人的生活之所以竟被视为沮丧的生活，乃因普通人的生活实在还是太过吃力的生活。要扭转这一点，对于一个国家而言也是很吃力的，绝非一日之功可毕。要扭转这一点，大学是有责任和使命的。然江河蒸发，而后云始布雨，间接而已。若仰仗大学提高GDP，肯定是错误的理念。大学若不能正面地、正确地解惑大学学子之尴尬，大学本身必亦面临尴尬。

然大学一向是能够解决人类许多尴尬的地方。大学精神于是在此过程中逐渐形成。人类之登月渴望一向停留在梦想时期，是谓尴尬。梦想变为现实，是大学培养出来的人们的功劳，也是大学的功劳。大学精神于是树立焉，曰"科学探索精神"。人类一向祈求一种相互制衡的权力关系，历经挫折也是尴尬。后在某些国家以某种体制稳定了下来，也是大学培养出来的人们的功劳，也是大学的功劳，曰"政治思想力"。

十几年前，我随中国电影家代表团访日，主人们请我们去一小餐馆用餐，只五十几平方米的营业面积而已，主食面条而已。然四十岁左右的店主夫妇，气质良好，彬彬有礼且不卑不亢。经介绍，丈夫是早稻田大学历史学博士，妻子是东京大学文学硕士。他们跨出大学校门那一年，是日本高学历者就业难的一年。

我问他们开餐馆的感想，答曰："感激大学母校，使我们与日本许多开小餐馆的人们不同。"问何以不同？笑未答。临辞，夫妇二人赠我等中国人他们所著的书，并言那只是他们出版的几种书中的一种。其书是研究日本民族精神演变的，可谓具有"高深学问"的价值。一所大学出了胡适，自然是大学之荣光。胡适有傅斯年那样的学生，自然是教师的荣光。但，若国运时艰，从大学跨出的学子竟能像那对日本夫妇一样的话，窃以为亦可欣慰了。当然，我这里主要指的是中文学子。比之于其他学科，中文能力最应是一种难以限制的能力。中文与大学精神的关系也最为密切。大学精神，说到底，文化精神耳。最后，我借雨果的三句话表达我对大学精神的当下理解："平等的第一步是公正。""改革意识，是一种道德意识。""进步，才是人应该有的现象。"如斯，亦即我所言之思想意识上的不普通者也……

龙！龙！龙！

　　某些人一见我这篇散文的题目，必然的并且立刻的就会联想到日本电影《虎！虎！虎！》；他们中有人还会太自以为是地下结论——看，为了吸引眼睛，连文题都进行如此相似的拷贝了！足见中国作家们已浮躁到何种地步！没什么可写的就不写算了嘛，何必硬写？

　　见他们的鬼去！

　　我之写作，非是他们的心所能理解的。

　　我笔写我心，与他们的心无关；与《虎！虎！虎！》更是无关。

　　几天前我做了一个梦。

　　二十几年来，由于严重的颈椎病，入睡成为一件极困难的事。终于成眠，到底也只不过是浅觉，一向辗转反侧，想做梦也做不成的。

　　然而几天前真的做了一梦——梦见自己站在半空，仿佛是我家可以隔窗望到的盘古大厦的厦顶。在更高的半空，在抓一把似能有实物在手，并能像湿透了的棉絮般拧出不洁的水滴的霾层间，有龙首俯视我，龙身在霾中一段隐一段现的，其长难断，然可谓巨。

　　我却未觉惊恐。是的，毫无惊恐。反觉我与那龙之间，有着某种亲缘存在，故它定不会伤我。龙身青虾色，鳞有光，虽霾重亦不能尽蔽。

　　我正疑惑，龙叫我："二哥……"

其声如槌轻击大鼓，半空起回音，听来稔熟，并且，分明是小心翼翼的叫法；又分明，它怕猝然地大声叫我，使我如雷贯耳，惧逃之。

我不惧，问："你是玉龙？"

龙三点首。

又问："玉龙，你怎么变成了一条真龙？"

龙说："二哥，我也不明白。"

再问："你这一变成真龙，萌萌和她妈往后的日子谁陪伴？你们家失去了你的支撑怎么行呢？还有你姐和两个妹妹，没有你的接济，她们的生活也更困难了呀！"

龙说："是啊！"

随之，龙长叹一声。

我生平第一次听到一条龙的叹息——如同一万支箫齐吹出"咪、发"二音；在我听来，像是"没法"。

我顿时满心怆然，为玉龙的妻和女儿，为他的姐姐和两个妹妹；也为他自己，尽管他变成的是一条龙，而非其他。在人和龙之间，我愿他仍是一个人，即使是中国草根阶层中的一个人。他仍是一个人，对他的亲人们终究是有些益处的。我想，这肯定也是他的愿望。

我见龙的双眼模糊了，不再投射出如剑锋的冷光。它双眼一闭，清清楚楚的，我又见有两颗乒乓球般大的泪滴从半空落下。一颗落在我肩头，碎了，仿佛有大雨点溅我颊上，冰凉冰凉；另一颗落在离我的脚半米远处，也碎了，溅湿了我的鞋和裤脚。

我又听到了一声龙的叹息，如同一万支箫包围着我齐吹"咪、发"。

"没法……没法……"龙的叹息在霾空长久回响。

我的双眼，便也湿了。

斯时我心如海，怆然似波涛，一波压一波，一涛高过一涛，却无声。

我觉喘不上气来，心脏像是就要被胀破了。

龙叫我脱下上衣，接住它给我的东西。

我照做。

龙以爪挠身，鳞片从霾空纷纷而落。我喊起来："玉龙，不要那样！"然而，又不能不慌忙地接。

龙说："我的鳞，都是玉鳞，上好的和田玉。每片值数万元！请二哥分给我的姐姐和两个妹妹，从此我对她们的亲情责任一劳永逸了……"

鳞落甚多，我衣仅接多半，少数不知飘坠何处了。也有的落在盘古大厦之顶，发出清脆铿锵的响声，如磬音。

"玉龙，不要再给啦！"

我眼里禁不住地淌下泪来。抬头望龙，大吃一惊，见龙抓出了自己的一只眼睛！

龙说："二哥，我的一只眼睛，值几千万元。你替我创办一个救助穷人的基金吧。百分之五，作为你的操心费……"

分分明明地，一颗龙眼自空而落。龙投得很准，使其准确地被我接住了——与那些鳞片一样，带着如人血一般样殷红的血迹。大约中碗，透明似水晶，眸子尚在内中眨动，如在传达眼语。

我再次抬头望它，见它已掉头而去。我又喊："玉龙，别走！我还有话对你说！"

"二哥放心，我会做一条对人间有益的好龙的！空中霾气太重，我肺难受，得赶紧去往空气质量好的地方将养鳞伤眼伤。这是你我最后一面，从此难见了……"霾空传下那龙最后的言语，如阵阵闷雷。

我大叫："玉龙！玉龙！玉龙你回来……"

龙转瞬不见。

我将自己叫喊醒了。

玉龙是我家五十年前的近邻卢叔、卢婶家的长子。当年我刚入中学，他才上小学。我们那一条小街，是哈尔滨市极破烂不堪的一条小街，土路，一年几乎有一半的时间是泥泞的。当年我们那个同样破烂不堪的院子九户人家，共享一百多平方米的院地，而我家和卢家，是隔壁邻居，我家二十八平方米，他家约二十平方米。我曾在我的小说《泯灭》中，将那条小街写成"脏街"。我也曾在我的小说《一个红卫兵的自白》中，写到"卢叔"这样一个不幸的人物。那是一部真实与虚构相交织的小说。这样的小说，按普遍经验而言，其中具有了虚构成分的人物本是不该写出真实之姓的。然而，我却据真所写了——当年的我，哪里有什么写作经验呢？

　　真实的卢叔，亦即《一个红卫兵的自白》中的"卢叔"的原型，可以说是一个美男子。我家成为卢家的近邻那一年，卢叔三十六七岁。当年我还没看过一部法国电影，现在自然是看过多部了。那么现在我要说——当年的卢叔，像极了法国电影明星阿兰·德龙。

　　卢叔参加过抗美援朝，这是真实的。

　　卢叔复员后曾在铁路局任科级干部也是真实的。

　　不久，卢叔被开除了公职，没有了收入，成了一个靠收废品维持生计的人，这也是真实。如今看来，那肯定是一桩受人诬陷的冤假错案。年轻的科长，有抗美援朝之资本，还居然有张欧化的脸，是美男子，肯定有飘飘然的时候。那么，被嫉妒也就不足为怪了。

　　卢婶当年似乎大卢叔两岁，这是我当年从大人们和他们夫妻俩开的玩笑中得知的。她年轻时肯定也是个窈窕好看的女子，身材比卢叔还略高。我们两家成邻居那一年，她已发胖，却依然有风韵。但，那显然是种根本不被她自己珍惜的风韵。底层的，丈夫有工作的人家，日子尚且都过得拮据，何况她的丈夫是个体收废品的。想来，她又哪里有心思重视自己的风韵呢？

好在卢婶是个极达观的女子、妻子和母亲。她一向乐盈盈地过他们一家的穷日子，仿佛穷根本就不是件值得多么发愁的事。用今天的说法，全院的大人当年都觉得她的幸福指数最高。那一种幸福感，是当年的我根本无法理解的。

现在的我，当然已能完全理解——与卢叔那样一个美男子成为夫妻，在底层的物质生活极其匮乏的年代，在对物质生活的憧憬若有若无的她那一类女人心里，大约等于实现了第一愿望吧？何况，卢叔是个有生活情趣的男人，还是个懂得心疼自己妻子的丈夫，同院的大人们常拿这样一句话调侃他——"这是留给你妈的，谁偷吃我打谁！"而所留好吃的，往往是难得一见的一点儿肉类食品罢了。

玉龙是卢家长子。他的姐姐叫玉梅，弟弟叫玉荣。玉荣之下，还有两个妹妹。他最小的妹妹，是我们两家成为近邻之后出生的。有一点是过来人对从前年代有时难免怀旧一下的理由，那就是比之于如今的孩子们，从前的孩子们真的格外有礼貌。这不仅体现于他们对于大人的称呼，更体现于他们对于邻家子女的称呼。即使年长半岁，甚或一两个月，他们也惯于在名字后边加上"哥"或"姐"的。我家兄弟四个依次都比卢家的子女年长，故依次被卢家的孩子叫做"大哥"、"二哥"、"三哥"、"四哥"。我的哥哥精神失常以后，卢家的孩子照样见着了就叫"大哥"的。卢家的子女都很老实，从不惹是生非。我只记得玉龙与另一条街上的孩子打过一次架，原因是"他们当街耍笑我大哥"！

卢家孩子称呼我家兄弟四人，"哥"前既不加"梁家"，也不带出名字。玉龙和玉荣兄弟两个，从小又是极善良、极有正义感的孩子。我从未听卢叔或卢婶教育过他们应该怎样做人。进言之，他们在这方面是缺乏教育的。我想，他们的善良与正义，几乎只能以"天性"来解释。

当年，我每天起码要听到十几次出自卢家孩子之口的"二哥"。卢家五个孩子啊，往往一出家门就碰到了一个，听到了一句啊！

如今想来，当年的我，每天听到那么多句"二哥"，对我是一件重要之事。那使我本能地远避羞耻的行为。被邻家的孩子特亲近地叫"二哥"，这与被自己的亲弟弟亲妹妹所叫是很不同的。被邻家的孩子特亲近地叫"二哥"，使当年的我不可能不在乎配不配的问题。

大约是1984年或1985年春节前，我第二次从北京回哈尔滨探家。

我已是年轻的一夜成名的作家，到家的当天晚上，便迫不及待地挨家看望是邻居的叔叔婶婶们，自然先从卢叔家开始。

而卢家人正吃晚饭，除了卢婶，我见到了卢家全家人。卢叔瘦多了，我问他是不是病过，他说确实大病了一场。玉龙的姐姐玉梅弟弟玉荣，还有玉龙的大妹妹，全都从兵团、农场返城了，全都还没有正式工作。除了卢叔，卢家儿女们，皆以崇拜的目光看我，使我颇不自在。我六十多岁的老父亲，虽已劳累了一辈子，从四川退休回到哈尔滨后，为了使家里的生活过得宽裕点，在一个建筑队继续上班。经我父亲介绍，玉龙也在那个建筑队上班。我问玉荣为什么不也像他哥哥一样找份临时的工作？

玉荣被问得有些难为情，玉龙则替弟弟说："弟弟是兵团知青时患了肺结核，从此干不了体力活了。而要找到一份不累的工作，像玉荣那么一个毫无家庭背景的返城知青，等于异想天开。"

气氛一时就很愁闷。

我心愀然。事实上，连我返城的三弟，当时也只能托我那当了一辈子建筑工人的老父亲的"福"，也与我父亲在同一个建筑队干活。

我又问："卢婶怎么不在家？"

卢叔反问我："你家没谁告诉你？"

我闻言困惑。

而玉龙忧伤地说："二哥，我妈秋天里病故了。"

玉龙实际上只有小学文化，从他口中说出"病故"二字而非"死"字，使我感觉到了他心口那一种疼的深重——不知他要对自己进行多少次提醒，才能从头脑中将"死"字抠出去，并且铆入他不习惯说的"病故"二字，吸收足了他对他母亲的怀念之情。

我的心口也不禁疼了一下。那样一家，没有了卢婶，好比一棵树在不该落叶的季节，掉光了它的叶子。

我又没话找话地说了几句什么，逃脱似的起身告退。

"二哥……"我已站在门口时，玉龙叫了我一声。

我扭回头，见卢家人全都望着我。

卢叔凄笑着说："大老远的，你还想着给叔带几盒好烟回来，叔多谢了。"

我说："院里每位叔都有的。"

卢叔说："那你给我的也肯定比给他们的多。"

而玉龙说："二哥，我们全家都祝贺你是名人了。"

我又不知说什么好。

卢家的儿女们，一个个虔诚地点头。

因为我哥哥几天前又犯病了，我的家也笼罩在愁云忧雾之中；家人竟都没顾得上告诉我卢婶病故了……

第二年春季，父亲到北京来看孙子。

父亲告诉我，卢叔也病故了。

父亲夸玉龙是个好儿子，为了给卢叔治病，将他家在后院盖的一间小砖房卖了。

父亲惋惜地说："因为急，卖得也太便宜了，少卖了五六百元。如果不卖，等到动迁的时候，玉龙和玉荣兄弟俩就会都有房子结婚了。"

父亲最后说："但玉龙是为了使你卢叔走前能用上些好药，少受些罪。他做得对，所以全院都夸他是个好儿子。"

夏季，玉龙忽一日成为我在"北影"的家的不速之客——将近一米八的个子，一身崭新的铁路制服，一表人才。

他说他父亲当年的"问题"得到了纠正，所以他才能有幸成为一名铁路员工。

我问他具体的工作是什么？他说在货场管仓库，说得很满意。

他反问我："二哥，我文化也太低呀！所以应该很满意啊，对不对？"

我和我的父亲连说："对、对。"

我和父亲特为他高兴。

他怕误了返回哈市的列车，连午饭也不一块吃，说走就走。

我和父亲将他送出"北影"大门外。

他说："真想和大爷和二哥合一张影。"可临时哪儿去借照相机啊！当年连我这种人还没见过手机呢！

父亲保证地说："下次吧！下次你来之前怎么也得先通个气儿，好让你二哥预先借台照相机预备着。"

玉龙说："大爷，我爸妈都不在了，有时我觉得活得好孤单，我以后可不可以把您当成老父亲啊？"

父亲连说："怎么不可以！怎么不可以！"

玉龙看着我又说："那二哥，以后你就好比是我的亲二哥了吧。"

我说："玉龙，我们的关系不是早就那样了吗？"

望着玉龙走远的背影，父亲喃喃自语："好孩子啊！也算熬到了出头之日了，他弟弟妹妹们有指望了……"

两年后，我有了正式工作不久的三弟"下岗"了。

那一年的冬季玉龙又出现在我面前，穿一件旧而且破了两处、露出棉花的蓝布面大衣，看去像个到北京上访的人。他很疲惫的样子，不再一表人才。我讶异于他为什么穿那么一件大衣，以为大衣里边肯定还穿着铁路员工的蓝制服。但他脱下大衣后，上身穿的却是一件洗褪了色的紫色秋衣，显然又该洗澡了。

玉龙说："二哥，我下岗了。"

我一时陷于无语之境。

他买了我写的十几本书，说是希望通过送书的方式结识什么人，帮自己找到份能多挣几十元钱的活干，说再苦再累他都干只要能多挣几十元钱。

我一边签自己的名，一边问他弟弟妹妹们的情况如何？

他说，他弟玉荣的病还是时好时犯，好时就找临时的工作，一向只能找到又累又挣钱少的活儿，干到再次病倒了算。他姐有小孩了，也"下岗"了。他两个妹妹同样没有正式工作。

我听着，机械地写着自己的名字，不忍抬头看他，宁愿一直写下去。

书中有一本是《一个红卫兵的自白》。

我正要签上名，玉龙小声说："二哥，这本不签了吧。"

我头也不抬地问："为什么？"

他说："你就听你弟的吧。"

我固执地说："这一本书我写得不那么差。"

他沉默片刻，以更小的声音说："二哥，不瞒你，有看了这一本书的人，撺掇我告你。"

我这才想到，在《一个红卫兵的自白》中，我写到的一个人物用了卢叔的真姓，但却加在了书中那个"卢叔"身上一些虚构的成分，还是那种有理由使卢家人提出抗议的虚构成分。我终于放下笔，缓缓抬起头，以内疚极了也怜悯极了的目光看定他说："玉龙，你起诉二哥吧。你有权利也有理由起诉我，那样你会获得一笔名誉补偿金，而那也正是二哥愿意的。"

我说的是真诚的话。

事实上每次见到玉龙，我必问他缺不缺钱？而他总是说不缺，说真到了缺的时候，肯定会向我开口的。然而，我觉得他肯定永远不会主动向我开口的。据我所知，卢叔卢婶在世时，生活最困难的卢家，不曾向院里的任何一户邻居开口借过钱。在这一点上，卢家儿女有着他们父母的基因。

听了我的话，玉龙的脸顿时红到了脖子，当面受了侮辱般地说："二哥，你这不是骂我吗？哪儿有弟弟告哥哥的呢？我那么做我还是人啊！"

我说："兄弟互相告，姐妹互相告，甚至父母和子女互相告，这类事全国到处发生。你放心，二哥保证，绝不生你的气。"

他说："那我自己也会一辈子生自己的气。我姐我弟我妹他们也会生我的气！二哥你要是不欢迎我了，我立刻就走好啦！"

我只得笑着说："那再版时，二哥一定作一番认真修改。"

后来，玉龙又出现在我家时，我送给他一本签了我的名也写上了他名字的《一个红卫兵的自白》，告诉他，是一本修改过的书。

他又红了脸，笑道："二哥你看你，还认真了，这你让我多不好意思！"

该脸红、该不好意思的是我，却反倒成了他。我情不自禁地拥抱了他一下。

他找着拎着的，带来了两大旅行兜五六十本书。他累得不断地出汗，说经人介绍，帮一位是东北老乡的生意人在北京跑批发，联系业务得自己出钱送礼，而送我的签名书，对他是花钱不多、却又比较送得出手的礼物。

我不许他以后再买我的书，要求他提前告诉我，我会为他备好签名书，他来取就是。他说："那不行。这已经够麻烦二哥的了，怎么能还让二哥送给我书呢！何况我每次需要的又多，二哥写一本书很辛苦，绝对不行！"

到现在为止，他一次也没向我要过书。

后来，我的人生中发生了两件毫无思想准备的伤心事，先是父亲去世了，几年后母亲又去世了——这两件事对我的打击极沉重。

再后来，我将哥哥接到北京，也将玉荣请到北京帮我照顾哥哥，同时算我这个"二哥"替玉龙暂时解决了一件操心事，等于给他的弟弟安排了一份力所能及的"工作"。

但玉荣在回哈尔滨看望哥哥姐姐妹妹的日子里，不幸身亡。而我四弟的妻子不久患了尿毒症，一家人的生活顿时乱了套。

那一个时期，在我的头脑之中玉龙这个弟弟不存在了似的。两年后，等我将我这个哥哥的种种责任又落实有序了，才关心起久已没出现在我面前的玉龙来。

那是北京寒冷的冬季。我给四弟寄回了两万元钱，嘱他必须尽早聚上玉龙，不管玉龙需不需要，必须让玉龙收下那两万元钱。

不久，四弟回我电话说，交代给他的任务他完成了。

春季里的一天，下午我从外开罢一次会回到家里，见玉龙坐在我家门旁的台阶上，双眼有些浮肿，上唇起了一排火泡——他一副心力交瘁的样子，却没带书，只背一只绿书包。

进屋后，他刚一坐下，我便问他遭遇什么难事了？

他说他最小的妹妹也大病一场，险些抢救不回生命来。

我问他为什么不告诉我？

他说："我知道四嫂那时候也生命危险啊，我什么忙都帮不上，怎么还能告诉二哥我自己着急上火的事呢？"

"二哥，你的心意我领了，但这两万元钱我不能收。二哥的负担也很重，我怎么能收呢？"他从书包里掏出了两万元钱，放在我面前。他说等了我将近三个小时，他这次来我家就是为了送钱。两万元钱带在身上他怕丢，所以一直耐心地等我回来。

我生气了，与他撕撕扯扯地，终于又将两万元钱塞入了他的书包。

这时响起了敲门声，我开了门见是某出版社的编辑，我忘了人家约见的事了。

玉龙起身说他去洗把脸。

他洗罢脸就告辞了。

编辑同志问他是我什么人。

我如实说是老邻居家的一个弟弟，关系很亲。

编辑同志说他见过玉龙。

我心中暗惊一下，猜测或许是给对方留下了某种不良印象的"见过"。

编辑同志却说，前几天她出差从外地回到北京，目睹了这么一种情形——有一精神不正常的中年女子，赤裸着上身在广场上边走边喊，人们皆视而不见，忽有一男人上前，脱下自己的大衣，替那疯女子穿上了。

我说："你认错人了吧？"

她说："不会的。当时我也正想脱下上衣那么做，但他已那么做了。我站在旁边，看着一个非亲非故的男人为一个疯女人一颗一颗扣上大衣扣子，心里很受感动。他给我留下的印象极深，所以不会认错人。"

编辑走后，我见里屋的床上有玉龙留下的两万元钱。

那一年，玉龙出现在我面前的次数多了，隔两三个月我就会见到他一次。虽然用手机的人已经不少了，但他还没有手机，我也没有。他或者在前一天晚上往我家里打电话，那么第二天我就会在家里等他；或者贸然地就来了，每撞锁，便坐在我家门旁台阶上等，有时等很久。

"二哥，你瘦了。"

"二哥，你显老了。"

"二哥，你脸色不好。"

"二哥，你可得注意身体。"

以上是他一见到我常说的话，也是我一见到他想说的话。每次都是他抢先说了，我想说的话也就咽回去不说了。

那一年，我身体很差，确如他说的那样。

那一年，他的身体看去也很差，白发明显地多了，脸还似乎有点浮肿。

我暗暗心疼他，正如他发乎真情地心疼我。

他带来的书也多了。书是沉东西！

——想想吧，一个人带五六十本书，不打的，没车送，乘公交，转地铁，是一件多累的事啊！以至于我往往想给他几本我新出的书，由于心疼他，犹犹豫豫地最终也就作罢了。

他来的次数多，我于是猜到他换挣钱的地方也换得频了。

赠某某局长、处长、主任、经理……我按名单签着诸如此类的上款，而他常提醒我不要写"副"字，"赠"字前边加上"敬"字。我根本不认识那些人，他显然也一个都不认识。他只不过是在落实他"老板"交给的任务。

有次签罢书，他起身急着要走。

我说："别急着走，坐下陪二哥说会儿话。"

他立刻顺从地坐下了。

我为他换了茶水，以闲聊似的口吻说："怎么，不愿让二哥多知道一些你的情况吗？"

他说："我有啥情况值得非让你知道的呢？"

我说："比如，做了什么好事，坏事……"

他立刻严肃地说："二哥，我绝没做过什么坏事。如果做了，我还有脸来见你吗？"

我说："二哥的意思表达不当，我指的是好事。"

他的表情放松了，不无自卑地说："你弟这种小民，哪儿有机会做好事啊！"

我就将编辑朋友在火车站见到的事说了一遍，问那个好人是不是他。他侧转脸，低声说："因为大哥也是得的精神病，我不是从小就同情精神病人嘛，那事儿更不值得说了。"

我一时语塞，良久，才说："玉龙，我是这么想的——二哥帮你在哈尔滨租个小门面，你做点儿小本生意，别再到北京四处打工了吧，太辛苦啦！"

他低下头去，也沉默良久才又说："二哥，那不行啊。在咱们哈尔滨，租一个最便宜的而且保证能赚到钱的门面，起码一年五六万，还得先付一年的租金。二哥你负担也重，我不能花你的钱。再说，我也没有生意头脑，一旦血本无归，将二哥帮我的钱亏光了，那我半辈子添了块心病了。我打工还行，力气就是成本。趁现在还有这种不是钱的成本，挣多少是多少吧！二哥你家让你操心的事就够多的了，别为我操心了吧……"

我又语塞，沉默了良久才问出一句废话："打工不容易是吧？"

玉龙忽地就低声哭了。

我竟乱了方寸，一时不知该怎么劝他。

他边哭边说："二哥，有些人太贪了，太黑了，太霸道了，太欺负人了……只要有点儿权有点儿钱，就不将心比心地考虑考虑我这种人的感受了……"

我已经记不清我是怎么将他送出门的了。

我独坐家里，大口大口地深吸着烟，集中精力回忆玉龙说过的话。

我能回忆起来的是如下一些话：

"二哥，我受欺负的时候，被欺负急了就说，别以为我好欺负，我是不跟你一般见识！我二哥是作家梁晓声！多数时刻不起作用，但也有少数起作用的时候。二哥，你是玉龙的精神支柱啊！别说三哥四哥秀兰姐家的生活没有了你的帮助不行，我玉龙在精神上没有你这个支柱也撑不下去啊……

"二哥，我希望雇我的人多少看得起我点儿，有时忍不住就会说出我有一个是作家的二哥。他们听了，就要求我找你，帮他们疏通这种关系、那种关系。我知道你也没那么大神通，只能实话实说。结果他们就会认为我不识抬举，恼羞成怒让我滚蛋……

"二哥，有时我真希望你不是作家，是个在北京有实权的大官，也不必太大，局一级就行，那我在人前提起你来，底气也足多了……

"二哥，有时候我真想自己能变成一条龙，把咱们中国的贪官、黑官、腐败的官全都一口一个吞吃了！但是对老百姓却是一条好龙，逢旱降雨，逢涝驱云。而且，一片鳞一块玉，专给那些穷苦人家，给多少生多少，鳞不光，给不完……"

那一天，我吸了太多的烟，以至于放学回来的儿子，在门外站了半天才进屋。

那次见面后的一个晚上，玉龙给我打来一次电话。

他说："二哥，我真有事求你了。"

我说："讲。"仿佛我真的已不是作家，而是权力极大的官了。

玉龙说的事是——东北农场要加盖一批粮库，希望我能给农场领导写封信，使他所在的工程队承包盖几个粮库。

我想这样的事我的信也许能起点儿担保作用，爽快地答应了。

我用特快专递寄出了一封长信，信中很动感情地写了我家与卢家非同一般的近邻关系，以及我与玉龙的感情深度，我对他人品的了解、信任。我保存了邮寄单，再见到玉龙时郑重其事地给他看——为了证明我的信真寄了。

玉龙顿时高兴得像个小孩子，也将我像搂抱小孩子似的搂抱住，连连说："哎呀二哥，你亲口答应的事我还会心里不落实吗？还让我看邮寄单，你叫我多不好意思呀二哥……"

但那封信如泥牛入海，杳无回音。

而那一次，是我那一年最后一次见到玉龙。

他并没来我家找我问过，也没在打电话时问过。

我想，他是怕我在他面前觉得没面子。大概，也由于觉得我是为他才失了面子的，没勇气面对我了。

之后两年多，我没再见到过玉龙。

今年 5 月的一天，我应邀参加一次活动，接我的车竟是一辆车体宽大的奔驰。行至豁口，遇红灯。车停后，我发现从一条小胡同里走出了玉龙。他缓慢地走着，分明地，有点儿驼背了。剃成平头的头发，白多黑少了。穿一件褪了色的蓝上衣，这儿那儿附着黄色的粉末。脚上的旧的平底布鞋也几乎变成黄色的了。

他一脸茫然，目光惘滞，显然满腹心事。他走到斑马线前，想要过马路的样子，可却呆望着绿灯，似乎还没拿定主意究竟要不要过。

他就那么一脸茫然，目光惘滞地站在斑马线前，呆望着马路这一端的绿灯，像在呆望着红灯。

我想叫他。可是如果要使他听到我的声音，我必须要求司机降下车窗；必须将上身俯向司机那边的窗口；还必须喊。因为，奔驰车停在马路这一边，不大声喊他是听不到的。

我话到嘴边，却终究没要求司机降下车窗。

然而，玉龙到底是踏上了斑马线。

当他从车头前缓慢地走过时，坐在车内的我不由得低下了头。我怕他一转脸看到了我。那一时刻，某些与感情不相干的杂七杂八的想法在我头脑中产生了。那一时刻，我最不愿他看到他的"精神支柱"。被人当成"精神支柱"而实际上又不能在精神上给予人哪怕一点点支撑力的人，实际上也挺可怜的。

那一刻，我对自己鄙薄极了。

玉龙终于踏上了马路这一边的人行道，站在离奔驰四五步远处；似乎，还没想清楚应去往何方，去干什么。

我停止胡思乱想，立即降下车窗叫了他一声。

然而，红灯变绿灯了。

奔驰开走了。

玉龙似乎听到了我的叫声——他左顾右盼。左顾右盼的他，瞬间从我眼前消失……

几天后，传达室的朱师傅通知我："那个叫你二哥的姓卢的人，在传达室给你留下了一个纸箱子。"

纸箱子很沉。我想，必定又是书。

我将纸箱子扛回家，拆开一看——不仅有二三十本我的书，还有两大瓶蜂蜜。

一张纸上写着这样一行字："二哥，蜜是我从林区给你买的，野生的，肯定没受污染，也没有加什么添加剂。"

下边，是密密麻麻的一片需要我写在书上的名字。

所有的书我早已签写过了，然而现在都是两个多月以后了，玉龙却没来取走。他也没打过我的手机，没给我发过短信。他是有我的手机号的。

以前，他也有过将书留在传达室，过些日子再来取的时候。但隔了两个多月还不来取，这是头一次。

我也有他的手机号。

我拨过几次，每次的结果都是——该手机已停用。

他在哪里？在干什么？难道忘了书的事了吗？

不由得不安了。

后来，我就做了那场玉龙他变成了一条龙的梦。

我与四弟通了一次电话，"指示"他必须替我联系上玉龙。

四弟第二天就回电话了，说他到玉龙家去过，而玉龙家动迁后获得的小小两居室又卖了，已成了别人的家。四弟也只有玉龙的一个手机号，就是那个已停用的手机号。看来，我只有等了。不是等他来将我签了名的书取走，那一点儿都不重要了。

我盼望他再一次出现在我面前，使我知道他平安无事。

有些人的生活，做梦似的变好着。好得以至于使我们一般人觉得，作为人，而不是神，生活其实完全没必要好到那么一种程度。即使真有神，大多数的神们的生活，想来也并不是多么奢华的。

有些人挣钱，姑且就说是挣钱吧，几百万几千万几亿的，几通电话，几次秘晤，轻轻松松地就挣到了。这里说的还不是贪污，受贿，是"挣"。

而有些人的生活，像垃圾片似的，要出现一个小小的好的情节，那几乎就非从头改写不可。而他们的草根之命是注定了的，靠他们自己来改写，除非重投一次胎，生到前一种人的家中去，否则，"难于上青天"。

而有些人挣钱，仍会使人联想到旧社会——受尽了屈辱、剥削和压迫。

最不幸的姑且不论，中国又该有多少玉龙，其实艰难地生活在无望与渺茫的希望之间呢？

而卢家的这一个玉龙，他有许多种借口坑、蒙、拐、骗，却在人品上竭尽全力地活得干干净净——我认为他的基因比某些达官贵人高贵得多！

我祈祷中国的人间，善待他这一个野草根阶层的精神贵族。

凡欺辱他者，我咒他们八辈祖宗！

玉龙，玉龙，快来找我……

一位法官的自白

一

确切地说，他是一位三年前退休了的法官；一位文学爱好者。80年代写诗；90年代写散文；2000年后开始写小说；出过几部作品集，多为自费。

在他的散文年代，我收到了他的一部分打印稿，二十余篇。他在附信中强调他是一位省会城市法官；强调写作是他的主要业余爱好；强调寄给我的稿件是他即将正式出版的第一部散文集的一部分——希望我能为之作序。

他的希望是以请求的文字表达的。

那年的我就已为各种年龄各种职业的人写过不少序了。十之八九的他们是业余作者，却还没有法官请我写过序——至今他仍是唯一请我写序的法官。

法官而爱好文学写作，我认为我太有义务予以鼓励了。而且认为，爱好文学写作，有助于法官更人性化地依法判案，从而成为好法官。我的想法其实毫无根据，但当年的我确乎就是天真地那么想的。

一位法官笔下能写些什么内容什么风格的散文呢?

　　我怀着挺大的好奇心认真地读了他的每一篇散文。那些散文写到了亲情、友情、乡情;没有一篇涉及爱情,连别人的爱情也未涉及,亦有数篇是写景的,咏物的,唯美而不染人间烟火。总之,那些散文像许多业余作者的散文一样,篇篇皆是写一己情愫或情绪、情调的——大学里喜欢写散文的女学子,十之八九便是那么一种写法。

　　然而他的文笔不错。字里行间流淌的自我感动,分明是真情呈现。从他的散文中我拼出了他当年的人生图形——小我两岁,农家子弟,恢复高考的次年考上了省里的大学,毕业后法院招书记员,于是穿上了法院制服,三年后成为了法官。当年中国缺法官,学中文的大学生成为法官不是什么稀奇事。

　　我虔诚地为他的第一部散文集写了序……

　　在他的小说年代,我又收到了他的中短篇小说稿,请我再次作序。那也是他正式出版的第一部小说集;这次他的请求,像是老朋友之间的请求了。

　　他的小说中有爱情了,而且写得颇大胆。当然,一看就是完全虚构的。也有各种欲望强烈的形形色色的他者了,但没有是法官的人物。

　　我也为他的小说集作了序。

　　这一次他在附信中留下了他家的电话。

　　我困惑地打电话问他——为什么笔下从没写到是法官的人物们的喜怒哀乐呢?散文属非虚构类文体,他不愿写不便写,我理解。但小说是虚构类,是创作。他有生活,他熟悉是法官的人们,如果能写好一个是法官的人物多好啊?中国的小说作品中,特缺乏法官人物。

　　他在电话中说:"不好写,太不好写了!万一同事们对号入座怎么办呢?万一领导问罪下来怎么办呢?我不能因为爱好写作就以小失大,自己砸自己的饭碗啊！……"

听了他的话，换位思考，我也理解了。

他家的电话是自动存号码的，于是他有了我家的电话号码。以后连续三四年，每逢春节，他都往我家打电话拜年。之后，他的姓名在我头脑中渐无记忆了。

不久前的一日，我忽接到他的电话，说他人已在北京了，极想见我，语调很是亲近。

我试探地问："你还在原单位工作吗？……"

他说："我已经从法院退休了，被一家律师事务所返聘去了，不必接案子。毕竟是老法官了呀，类似顾问的角色……"

我这才想起他是谁。

那几日北京雾霾严重。我说天气这么恶劣，你对北京又不熟，别折腾自己了吧。

他说他是来北京看病的，见我是他长久的心愿。

我问什么病？

他说是胰腺癌。

我说那你更不要来了呀，你的心愿我心领了。

他坚持想要见我一面。说北京有朋友，会开车送他。说特意给我带了一点儿地方特产，不送给我，不知拿那些东西怎么办才好……

我被感动了。

这是没法不被感动的。

二

像所有的癌症患者一样，他的脸很削瘦。头发刚染过不久，黑得失真。他在我家的木椅上坐得笔直，我想那是职业生涯养成的习惯。我自认为阅人无数，他使我觉得是一个坦诚和实在的人——他指着两个礼品盒说："过期十几天了。是让儿子买的，估计买的时候没仔细看。那我也得拎来，没有物证，心意无凭呀。还是朋友发现的，吃的东西最要讲认真二字，变质了就扔哈，反正一盒才百八十元。"

他说自己一向身体蛮好的，是到了律师事务所之后，在一次答谢体检中才查出癌症的。

我问什么是答谢体检。

他说在一桩医患纠纷的官司中，他们律师事务所为医院打赢了官司，院长一高兴，就批示为他们全所律师在本医院进行了一次相当全面的免费体检。

"你看，事情竟成了这样！所里待我不薄，每月一万元给我开着，我还兼着一家私企的法律顾问，我在我们那儿是令人羡慕的。现在，我幸福指数很高的晚年发生了恶性突变……"

他的苦笑令我心生怜悯。

为了避免和他谈他的病，我转移话题，问他当年是一名中文学子，而且当年中文学子毕业后找工作挺容易，为什么会应聘去法院当书记员。

他说当年谈好的，最长三年后就会转为法官。当然，转前要进修。

我张张嘴，将到了唇边的话咽回去了。

他问："你想问我后不后悔是吧？"

我点头。

他说："从没后悔过。如果我当年去到了什么出版社、杂志社，那现在才会后悔莫及。"

我说："的确，现在出版社、杂志社的日子都不好过，你当年很有远见。"

他说："倒也不是有远见，是与当年许多中文学子们的想法不同。我是农家子弟，我们农村人，最不待见搞文的了。省里的这个工作组那个工作组下到农村去考察，调研，也有主管文化和新闻出版的干部带队的时候，那下边的接待可就随便多了。但如果工作组里有公检法的人，还不必是带队的，接待可就大不一样了，哪一级也不敢怠慢。只那一身制服，先就使人敬畏三分。没敬也必有畏，第一次回农村探家，全村人一听说我在法院工作了，没有不夸我出息了的。我成为法官以后，虽然只不过是区法院的法官，再探家可就很有点儿衣锦还乡的意味了，村里的镇里的干部，主动来认识我。调到中级法院后，当法官的时间长了，有点儿老资格了，人脉广了，每次探家，县里的干部也得拿我当成人物，有的还派司机将车开到我家门口供我调遣呢！自从我成了法官，我家在当地就没再受过一次窝囊气。就拿拆迁这件事来说吧，开发商亲自登我家门，嘱咐说你家可千万别跟着闹。你家一跟着闹，事情就复杂了。只要你家人不卷进去闹，一切单说，好说，肯定亏待不了你家的。我弟要在县城里摆个固定菜摊，我在省城几通电话打到县里，事情就搞定了。即使我退休以后，不论在省城还是在家乡，初次见面的人一听我说是从法院退休的，差不多都立刻来一句'以后请多关照'。当然，我接触的人民多官少。是官的，也是些小官。'法官'二字在民间太有含金量了。退休的老法官，含金量仍在。你可能不太了解，'公检法'三字，是指三方面机构，但在法制常识蒙昧的地区，特别是农村，'公检法'就是一家人。许多农村人根本不明白检察院是干什么的，却往往有这么一种错误理解——法官等于是穿法官服的公安人员似的，只要法院通知抓谁，那公安局是肯定照办的。我成了法官，我的小家，我农村的大家庭，都受益多多。我怎么会后悔呢？我一生最庆幸的就是这件事了！"

我说："只要法院通知抓谁，放谁，公安局肯定照办，连我也是这么想的呀。"

他说："连你都是这么想的，证明中国人太缺乏司法常识了。法院的案件分民事与刑事两大类嘛。涉及刑事犯罪，法院与公安部门是相互沟通、配合的关系。但这并不等于谁听谁的关系。有时公安部门将犯罪嫌疑人的罪证书通过检察院送到法院，要求判刑或重判，法院看后认为证据不足，是可以驳回的嘛。有时法院审过一桩案子，要求公安配合抓人，如果公安方面认为性质还不够是刑事的而仍是民事的，那也可以说明公安方面的看法嘛。这些关系太专业了，因人因事而异，不是几句话说得清楚的，我可不在你家里给你上普法课，换个话题，换个话题！……"

我以请求的口吻说："我能和一位退休的老法官面对面请教些问题的机会太少了，这是第一次。你来都来了，就满足我的愿望，给我补补课吧。"

他笑了。不再是苦笑。笑得蛮灿烂。那灿烂的笑出现在他削瘦的脸上，像黑白电影闪回了几秒钟的彩色片断。

我问他当的是民庭法官还是刑庭法官？

他说基本当的是民庭法官。有一个时期转到了刑庭，才一年多就强烈要求回到民庭了。

我问为什么。

他矜持地笑，不想回答的样子。

我说："这也不是不便回答的问题呀。"

他说："还真挺不便回答的。不过呢，我都这样了，跟你实话实说也无妨。当民庭法官，好处多一些，收了关照钱，犯错误的机率也小。错也错不到哪儿去。刑庭法官就不同了，每有公安与检察院两方面介入，法官想起到关照作用是很难的。非要关照的话，一旦东窗事发，那可就是大错误了。所以刑庭法官要比民庭法官谨慎得多。"

"民庭都是些一个巴掌拍不响的案子，审了一辈子就不烦？"

"怎么不烦啊！有时候太烦了！但即使是民事纠纷，闹到了法庭上，就谁都想把官司打赢了。一个巴掌拍不响，那也有谁先举起巴掌的责任区分吧？各打五十大板只不过是种说法，打你四十五，打他五十五，意味着你赢了。心理上的赢也是赢啊。就算他占的理事实上多几分，但判决书的用词只要稍微往有利于你那边关照一下，他多占的那几分理就似有似无了。一般老百姓之间的官司，给法官塞钱的其实不多。他们在法律上争的往往是一口气。身为法官，关照哪一方点儿，也无非就是人情关照。比如本来你该道歉的事，我判个双方互相道歉，你心里最清楚那就是在面子上关照你了。哪怕你是卖鱼卖肉的，过后不送几条鱼几斤肉给我，那你太不懂事了吧？人情关照起码能获得感激。别人对法官的感激之心，某些时候对法官也是有用的啊。但如果一般老百姓和官员的老板的名人的三亲六戚，或者直接和他们本人打起官司，那么是官员的是老板的是名人的，如果想要获得法官的关照，暗地里必得意思意思吧？大点儿的官儿不太会直接和老百姓打起官司来，和老百姓打起官司来的经常是他们的三亲六戚。他们也不太会塞钱给法官，那双方都会不好意思。但他们如果托人捎话甚至亲自给法官打电话，面子总是要给的呀。给了大点儿的官儿面子，对方欠了你人情，那人情是有含金量的吧？如果是老板或老板们的三亲六戚被老百姓告上了法庭，不出点儿血的话，法官又干吗非予以关照呢？法官对惹上了官司的老板们，一般是外冷内热的。如果是名人，尤其文艺界名人被老百姓告上了法庭，那几乎是每一位法官都乐于审的。那对于我们是很快乐的事。这样的事其实也不多，但主审法官确实会有快感。这时名人就要加倍小心了，如果给法官的印象不好，即使有理，往往也会被法官审得很屈辱。所以名人为了那点儿面子，往往也会托人过话'人情后补'。即使有这四个字在先，法官肯不肯关照，那也两说。确实有那类法官，会给官员面子，也愿意给有钱人面子，就是偏不给名人面子，还要通过名人官司自己也出名。名人惹上了官司碰上了那样的法官，那就只能怨自己倒霉了。"

"可是，法官关照一方，官司的另一方不服呢？"

"那就看法官水平了呀。比如吧，张三李四是邻居，张三一向总欺负李四，哪天把李四惹火了，发狠打伤了张三，张三成了原告，还托了关系，表达了物质性的'意思'。这种情况下，收了好处的法官往往会这么判，当庭告知李四，我现在审的就是你打了张三。你打了没有呢？确实打了。打人犯法，我要依法判你伤害罪。至于张三一向欺负你，那是另案。另案等你把张三告上法庭再说吧。法官将一桩案子分成两部分来判，是种智慧，并不犯错，而且判起来还简单顺利。如果李四也'意思'到了，那么法官会暗中关照李四，你可以反诉。如果李四既没有'意思'到，又缺乏法律常识，那么法官都不提醒你有反诉的权利。当然，这都是从前的内幕，现在有了律师这一行，以上做法基本行不通了。你别急，我知道你想说什么？想说我们法官吃了原告吃被告这种现象是吧？这确实是难以否认的现象，但也确实主要是从前的现象。现在，特别是在大城市，基本上不太可能了。一方面是由于判案透明度加强了，另一方面是由于律师这一行太发达了，把从前我们法官的油水截流了。但是中国的法律留给法官的判决空间至今还是蛮大的，死缓和死刑这是多大的差别？十年刑期和五六年刑期差别也不小啊！海里的章鱼有种本事，也可以说太能耐了！十七八公斤的章鱼，那多大个呀，但是它能从直径一寸多点儿的洞口钻入钻出。中国的法官们犯事，往往正是因为对自己类似章鱼的能耐太自信了！"

"现在，中央加大推行司法改革的力度，对法官们会造成压力吗？"

"太会了呀！不瞒你说，不少法官都想脱下法官服去当律师了。有人二意丝丝的，在乎的基本就剩一条了，当法官毕竟捧的是金边铁饭碗，铁饭碗就不能不在乎了，何况还镶道金边呢！你看现在，又是责任制，又要出台什么什么引咎辞职制、罢免制，今后法官这只金边铁饭碗肯定不好捧了！还想徇私枉法的话，风险系数高了呀，章鱼本事曝光，不但碗掉了，人也栽了，那不就完了？"

我忍不住也直人快语地说："听你这话的意思，好像还挺怀旧嘛！"

"哈哈哈哈……"

他放声大笑。

一个患了癌症的人居然能那么响亮地笑，使我着实吃了一惊。

他笑罢，表情极其庄严地说："我不是怀旧，我是庆幸。司法改革力度加大了，步伐加快了，我不也退休了嘛！再怎么改，一点儿不关我的事儿了呀！咱俩都聊到这份儿上了，我干脆再坦率一点儿说，我当年判过的一些案子，也是经不起拿到阳光底下晒的呀！所幸都成往事了，而且咱也不是个贪人，从没狮子大张口过。收过钱物那是不假。一次收钱不多。答谢我一位民事法官的东西，那也不会贵重到哪儿去。某天我走人了，我的三亲六戚说不定也有惹上官司的时候。人不惹官司，官司还惹人呢！这是对谁都很可能的事。那时我也没法在另一个世界罩着他们了呀！所以呢，司法改革既然对老百姓有益，今后对我的三亲六戚也有益，他们也都是普通百姓嘛！"

我说："那么，你很支持啰？"

他问："我说支持，有什么意义吗？"

我说："从一位退休了的老法官口中说出支持，在我这个作家听来，意义非同一般。"

他说："我的态度，我是指生病以后的我，当然跟你一致，跟老百姓一致啰。司法改革这种事，自上而下比自下而上给力多了。好比推磨，谁的双手在磨柄上，谁才能使磨转得快。搭不上手的人，只能在旁边干着急。"

我说："你比喻的挺形象。"

"毕竟咱也是文学写作爱好者呀！"——他孩子般地笑了。

那时他的样子很可爱。

他又问："知道我为什么跟你说了这么多做过法官的人不该说的话吗？"

我反问："为什么？"

他真诚地说："一、因为我拎来的礼品过期了，我要挽回尴尬。二、因为我看出了你希望我跟你说说。三、你当年问我，为什么不写写司法界的事，我一直希望有机会当面告诉你，那些事的确不该是我来写的。现在我了此愿了。"

我也真诚地说："在北京有了什么困难，只要是我力所能及……"

他打断我："停。点到为止，我谢了。可以肯定地告诉你，我麻烦不到你。怎么说我也是在省会城市当了三十多年法官的人，在北京那还是交下了几位朋友的，他们都欠我人情，也都愿意还我人情。"

我一时不知说什么好了。

他说："你是作家，我登门拜访，咱们总得聊聊文学嘛！你对诺贝尔文学奖究竟怎么看？"

于是我们便聊起了文学……

我不但将他送出了家门，而且将他送到了街上，送到了车前。我很想看清一直在车里耐心等他的人，是他怎样的一位朋友，却没有看清。他一坐入"宝马"车里，车立刻开走了……

2013 年 12 月 15 日

我那小小的邮局

活至今日，有三处邮局，与我的人生关系密切。之所以要写写它们，非是没什么可写了，而是因为我从和它们的关系中，也感受到了时代嬗变的倾向，这种倾向在北京体现得尤为分明。

戴中学校徽至下乡前的五年里，我几乎每个月都要去一次邮局。自然，是哈尔滨市的邮局。我家当年住的区域很偏，接近城乡结合部。远在四川工作的父亲每月往家里寄一次钱，而哥哥上大学了，持汇款单去邮局取钱，遂成非我莫属之事。通常，家里一接到汇款单，我便及时给父亲写一封信，接着去往邮局，又取款又寄信。

在60年代的哈尔滨，在我家所住的那个偏僻区域，还没有街口邮筒。人们即使要寄一封信，也必得去往同一处邮局——共乐邮局：共乐是街名。从我家到那儿半小时左右。说是邮局，其实面积很小，营业空间只不过十二三平方米，叫"所"似乎更恰当些。出现在邮局的人，寄信者多，偶有取包裹的。空间虽小，却不太有挤满了人的时候。但入冬后，十二三平方米的空间就得安置炉子吊起烟囱来。否则，业务员和寄信取包裹的人，都会冻得没法在"局"里呆。

那小小的邮局内外曾发生三件事，给我留下极深之印象：

一件事是——我正取钱时，进入两名公安，将一名二十多岁的女业务员铐上手铐带走了。后来听说，她在售邮票的时候，经常多给予她的对象几张；而他去往别的邮局，在门口廉价兜售，一张邮票可赚几分钱，就像今天的"黄牛党"倒卖火车票那样。邮票少了，邮局是要调查原因的；她坚称肯定是神偷所为。我目睹了那件事以后，在相当长的时期对小小的邮票特敏感，因为它居然也能使人犯罪而觉得其具有某种邪性。说到底，是因为我未免同情那营业员姑娘和她的对象——倒卖十几张内外勾结而多得的邮票，也不过才能赚几角钱呀！就算那是变相的贪污行为，那种贪究竟可有什么实际的意义呢？

第二件事是——春节前，一名少女在往信封上贴邮票时，棉袄挨到了炉子却浑然不觉。待别人闻到烟味儿，她的棉袄已烤出了一个小的焦洞。其棉袄有外罩，是半新的花布衣。而棉袄确是崭新的，还是绸面的，连袄内的棉花也是新的，白得很。估计，她是要等大年初一那天才脱去袄罩，穿绸面的崭新的棉袄漂漂亮亮地过春节。少女在邮局里伤心地哭了很久，边哭边说，她不敢回家了，妈妈会生气的，爸爸甚至会打她的。当年的中国人，也不懂什么维权不维权的。断不会认为，自己的棉袄烤着了，邮局有什么责任。即使谁竟也这么认为，那又有什么用呢？难道邮局会赔她一件崭新的绸面的棉袄加一件袄罩？或一笔钱？——根本不可能的。所以，连两名营业员也只有予以同情而已……

第二件事发生在"文革"初期，发生在邮局外——一些红卫兵现场批斗一名"现行反革命分子"，他家住邮局附近，对其"反革命罪行"抗拒不认，往常往邮局里塞上诉信，而且信封上写的是"北京毛主席"收。任谁都看得出来，他已精神失常了。但红卫兵门斗他斗得特来劲，打他，用皮带抽他……

我大学毕业分配到北京电影制片厂以后，十年里除了取稿费汇款，没怎么到邮局去过。要去，自然便是北太平庄邮局。营业面积宽敞，窗口多。我觉得，只有那样的邮局，才对得起一个"局"字。除了家信，我所要寄的大部分信件，都由编辑部的办事员集中代劳了。很惭愧，在十年里我占了公家便宜，不少本该贴自己买的邮票的信件，我没那么做过。算起来，比之于当年那名从邮局里被铐上手铐带走的姑娘，其实我的行为要算"贪污数额较大"。但家信我还是自己寄的。那很方便，北影门口就有邮筒，每日开三次呢。80年代后，不远处又有了"黄帽子"邮筒，邮票贴够了，可以"航空"速度处理。总之，将家信投入邮筒，比交给编辑部的办事员会早到两三天的。

我从北影调到童影后，十年里占公家便宜的行为并没改正过，甚至也没觉得惭愧过。我前边写了"惭愧"二字，老实说，是今天回忆起来才多少有点儿"公私不分"的惭愧感。童影厂门口也有邮筒，我的家信仍往邮筒里塞。

按照某些别国严格的公私原则而论，我二十余年来的行为，那肯定就是个事儿了——幸而我生活在中国呀！

2000年后，我调到了北京语言大学，我之假公济私行径终于不可持续。于是，我和另一个小小的邮局发生了亲密关系——健安邮局；我家住的那条小街叫健安路。这条小街原本是没有邮局的，小街尽头是总参干休所，为了方便干休所的离休军干们，90年代末由干休所在车库旁盖了那小小的邮局，其后也方便了家住北影、童影社区的人们。

健安邮局的面积不足三十平方米，长方空间，隔为里外两段。外段小些，摆张桌子，放胶水、笔和针线什么的。里段大些，又隔为柜台内柜台外；柜台外的宽度不足一米。门、窗在外段，里段终日不见阳光，白天也要靠灯光照明。在柜台内，靠墙角有几小片暖气；它冬冷夏热。虽然它是那么不起眼，简直可以说寒酸，我还是十分感激它的存在，感激三名年复一年终日坐在柜台内的营业员。柜台内也只能容得下三名营业员。没有它和她们的存在，我要取寄什么就得去北太平庄邮局了。而那样一来，即使骑自行车，即使赶上人少的时候，往返也要一个多小时，若赶上人多，两个小时甚至一上午才办完事，不足为怪。

不久前，它拆了。

而我家，已搬到了牡丹园小区，一处人口极为密集的小区。而且人口很杂，半数以上为外地人。这小区的邮局叫牡丹园东里邮局，面积与健安邮局差不多大，空间接近是正方形的，自然，也分为柜台里和柜台外两部分。但它的门窗朝阳，这是比健安邮局条件强点儿的方面。却也强不到哪儿去。因为人口密集，十二三平方米的柜台外，一年四季几乎永远是满屋子人。又由于外来人口众多，一年中有几个季节寄包裹的人更多，有时他们的包裹多到地上堆不下了。而那时小小的邮局外间，可用鱼罐头来形容人挨人的程度了。办理储蓄及交纳水电费业务的两个窗口外，照例画着提示保持一米距离的黄线；但那线分明是白画的。

我每次进入那小小的邮局，都会对坐在邮政柜台内的营业员心生出几分体恤。也常觉不安，因为我一排到他或她面前，便又寄又取，使他或她仅为我一个人就得忙碌一阵子。但我以前也只不过心有不安，并无体恤。一名挺帅气的小伙子接替了一名三十多岁的女营业员后，我才心生出体恤的。正是将要入冬的季节，他的业务最忙，简直可以说忙到没有喘息的机会。这个的事刚结束，那个的什么单子或什么东西又递到他手上了。刚离去两三个，又进入三五个，并且拎着扛着拖着地上几乎无处可放的大包小包。

有次我又逢上了这样的情况，而且还有一个三四岁的男孩在哭。孩子的母亲正往邮寄袋里塞东西，因为急、烦，转身给了孩子一巴掌，孩子哭得更响了。

小伙子额头已出汗。

我听到他小声对一位大娘说:"大娘,我得去一次厕所,对不起您,请您耐心等会儿行不?"

大娘显然排许久了,不悦地说:"你这小伙子,怎么早不去晚不去,非等我排到你跟前了才去?我能说不行啊?"

他说:"那……那我就把您的事办完了再去吧……"

大娘说:"那大娘多谢你了!"

小伙子正办着,电脑死机了。

他站起来说:"可救了我了,快憋不住了。"

小伙子一走,排在后边的人急了。人家上厕所,急也没用啊,只能说些倒霉之类的话。

大娘嘟哝:"电脑还坏了呢!"

一句话,使排在后边的人大眼瞪小眼,一个个全傻眼了。

这处邮局当然是没有专属它的厕所的,三名营业员只能到附近的小学校去上厕所。以这一带人口密集的程度而论,它起码应有两名邮政业务员。但这又是根本不可能的——因为作为邮政窗口的营业员,其活动空间还不足一米宽,大约八十或九十厘米宽。去了摆放电脑所占的宽度,他们坐的那把小椅子只能斜着摆。在那么狭小的空间里,这儿那儿放着邮票,各类信封,邮寄袋和邮寄纸箱,使营业员像是置身在收破烂的人的破烂窝里。

那时一个想法出现在我头脑中——如果我的儿子是这样一处邮局的营业员,而且一干就多年不换地方,也许十几年,还也许几十年;而且就是调到别的邮局去了,工作环境也比这里强不了多少,我会不会挺心疼自己的儿子呢?

这么一想,我对工作环境和这里差不多的北京乃至全国许许多多邮局的营业员们便心生出体恤来了。

说到全国，我又不得不说，在从南方到北方的大中小许多城市里，我根本就没见到过像牡丹园东里邮局，曾经存在过的健安邮局那么小，工作环境那么差的邮局。连许多小镇、农村的邮局，空间也要大些。最主要的，每天进入邮局的人要少得多，业务量自然也少得多。

　　我曾去过几处南方城市的邮局，它们宽敞明亮的空间，轻松悠闲的工作状态，使我替北京牡丹园东里邮局的业务员们心生嫉妒。

　　北京人口太多了！

　　北京的外地人口太多了！

　　牡丹园社区的人口太密集了，外地人口的比例太大了！

　　更主要的还是——北京的地皮太金贵了；而邮局不产生利润，只不过是社会服务配套部门。

　　既然本身不产生利润，既然属于需要政府往里"搭钱"的社会服务部门，那么只要能对付着存在便对付着存在，遂成自然而然的事了。

　　看，虽然地皮金贵，但银行不是比邮局多得多么？几乎是，某地刚又有了一家银行，不久便有另一家银行相伴而现。

　　房屋中介公司也是如此。

　　它们是相互竞争的关系，所以它们在面积占有方面，装修方面，都绝不甘于不如对方。不但不如不行，往往还尽量超过对方。

　　但邮局和邮局竞争什么呢？

　　真若竞争起来，政府怎么舍得往里"搭钱"呢？

　　是以认为，北京这座城市，其实是城市发展意识特势利的。

2013 年 12 月 20 日　北京

老茶农和他的女儿

当女儿的手轻轻推开了窗扇，呵——一阵馥郁的气息随之而至。顿时的，她几乎醉了。

那是茶乡的早晨的气息。

城市之和乡村的最根本的区别乃在于——乡村是有气息的，正如婴儿是浑身散发奶味的。而城市没有。

窗外，山丘波状的曲线近在眼前。一行行修剪过的茶树，从山脚至山头，层层叠叠，宛如梯田，使整座山丘成为茶山。

在对面的山腰，有这一户人家的几亩茶树。而房屋的左右两边，也是茶山。后边，是一条河。晚上，汩汩之声，彻夜入耳。那是河的永无休止的絮语，也是这茶乡的人们听惯了的。孩子们在家乡河的絮语声中长大成人，于是到城市里去试探人生的前途和世界的深浅。或者，像父母辈一样，成为新一代的茶农。近年，这茶乡的年轻人中，前一种越来越多了，后一种越来越少了。因为种茶也像种庄稼一样，一年到头，辛辛苦苦，也挣不到多少钱了。外出的年轻人们，即使在城市里始终没有获得到什么有保障的人生，那也还是不情愿回到这一个茶乡的。偶而回来，往往是由于自己们在城市里闯荡得实在是太累了，或者父母病了……

然而芸这一次回到家乡来，却是为了能在一个绝对不受任何干扰的地方潜心完成她的"出站"论文的。芸是这个茶乡的骄傲。因为她不但至今仍是这个茶乡惟一考上大学的姑娘，而且现在已经读到博士后了。所以她要完成的论文，也就不是什么一般的毕业论文，而叫"出站"论文。一般听了，是不太明白的。

芸在清明前十几天就回到茶乡了，那时的南方，天气还没怎么转暖。父亲每天起得很早，悄无声息地做好饭，热在锅里，然后自己便背着茶篓上山采茶去了。有时，自己也吃几口饭；有时，则连口饭也不吃。芸习惯了熬夜。为将论文写到优等的水平，每天睡得很晚，自然起来得也就很晚。一般总是在八点钟以后才醒。散步，洗漱；吃罢早饭，也就快九点了。一回到房间，便又埋头于写作了。等到父亲叫她的时候，肯定便是中午了。那时父亲已采回过一篓茶叶了。无论第二篓茶叶采满还是没采满，父亲都会在中午之前及时赶回家里，为的是能让女儿及时吃到午饭。开饭的时间，和大学食堂一样正点。午饭后，父亲刷锅洗碗，闲不住地收拾收拾这儿，打扫打扫那儿。而芸，照例再出去散步一小会儿。等芸散步回来，父亲或者盖件衣服在竹躺椅上睡着了，或者又背着茶篓采茶去了。那么，芸也开始午休了。她往往一觉睡到三点钟。那时，父亲已背回了下午采的第一篓茶。父亲总是悄无声息地回来，又悄无声息地离去。那些日子，父亲经常说："茶叶又涨价了。新茶生出得那么快，可是生出的一笔笔钱啊，不采回家里多可惜。"——有时是对芸说；有时是自言自语。对芸说的时候，是在饭桌上的时候；自言自语的时候，是在芸放下碗筷要去散步的时候。那时候，芸并不接话的。怕一接话，父亲就跟她说起来没完。对于父亲的自言自语，芸只当是人老了，很普遍的现象。

在家乡的日子里，确切地说是在回家的日子里，芸的感觉好极了。芸至今还是一个独身女子。她不是一个漂亮女子，当然也不是一个多么丑的学习机器式的女子。她只不过不漂亮而已。那么对于她，在这个世界上目前只有一个家，便是有父母的地方，便是这个茶乡的这一幢两层的老木屋。它留给她的回忆都是那么的温暖。正如她所料想的那样，她写论文的过程没受到过任何干扰。除了在她回到家里的当天，有些乡亲们闻讯来看她，家里再就没人来过。因为父亲和乡亲们打过招呼了。那天父亲往家院外送乡亲们时，芸听到父亲这么说："我女儿这次回来和往年回来不一样。她这次是为了能安心地写好论文才回来的。那对她将来的前途要紧得很哩！大伙互相转告转告，还没来看过她的，先就不要来了吧。等我女儿写好了论文再来看她也不迟。"第二天吃早饭时，芸关心地问父亲为什么夜里咳嗽不止？并表示愿意陪着父亲到镇里的医院去检查检查。父亲笑了笑，说没什么大不了的，老毛病了，春秋两季常犯的，过了季节就好了。她本想到镇里去替父亲买药的，但一离开饭桌，伏到写字桌上去，不一会儿就忘了。晚上，父亲夹着被褥睡到楼下去了。芸也就没听到过父亲的咳嗽声……

芸有一个哥哥。哥哥嫂子有一个女儿，已经七岁了。哥哥嫂子带着女儿到广州打工去了。若从广州回来就和父亲住在一起。他们还没有自己的家。他们带着孩子到广州去打工，为的就是挣够一笔钱，也好早日盖起一处他们自己的家。而芸的母亲五年前去世了，芸竟没能及时赶回家乡和母亲见上最后一面。芸在大学里读的是新闻专业，毕业了通常是要当记者的。省城的一家报社在学校里进行招聘活动时，面试后对芸相当满意，基本上是将她预先聘定了。是她自己后来变卦了。大学快毕业的芸，对自己的人生有了更高的追求，觉得当记者太没意思了。人生的更高的追求，在芸的思想里，肯定是要凭借更高的学历去实现的。于是考研。芸有很好的记忆力，不久便成了本校经济学系的研究生。然而经济学非是她所喜欢的，也不相信学了经济学自己的人生将来便注定获得优越的经济基础，于是又向比更高还高的人生目标发起冲刺；三年后她成了北京某所大学中文系的博士生，专业方向是中国古典诗词研究。母亲正是在她成为博士生那一年去世的。母亲去世前，哥哥曾给她写过一封信，告诉她母亲是多么地想她，而且病了。那时芸正以"头悬梁，锥刺股"般的刻苦精神备考，哪里会接到哥哥的一封信就十万火急地赶回家呢？等她顺利考完，隔了几天回到家乡时，母亲已成土中之人。芸自然是很悲痛的。她埋怨哥哥不该在信中将母亲的病那么轻描淡写。而哥哥，一句话都没说，狠狠瞪她一眼，起身走到外边去了。倒是父亲向她承认，是他不许哥哥在信中写得太明白，怕她着急上火，影响了考博的状态。事实上，芸是幸运的，在获得研究生文凭以后，也曾有多种在省城就业的机会。但已经获得了研究生文凭的芸，觉得自己的就业人生不该是在省城里开始，而应该是在北京实现。既然自己具有那么强的记忆能力；既然自己那么善于考试；既然考博能使自己特别令人羡慕地成为北京人，干嘛不呢？而读博的几年里，芸的日子基本上过得挺快活。人生初级阶段的最后竞争业已获胜，满心怀饱涨着不可名状的优越感，芸也有好情绪进行恋爱了。两次恋爱却都未成功。一次因男方多次地也是公然地蔑视她的博士学位而夭折；一次因她自己的虚荣而告终——那个男人对她倒是无限的崇拜，但是个子比她矮了三厘米。如果她不是博士，仅仅是一名普通的大本毕业生，那么那三厘米的身高差距她也许还是可以包涵的。但是自己已经是一位女博士生了啊，于是那三厘米的差距她就无论怎么也跨不过去了。然而她倒也没觉得心灵上留下了多么大的创面。疼还是疼过几天的，仅仅几天之后就结痂了，日子便又渐渐恢复了快活的状态。干嘛不快活呢？校园的环境那么美好；两人一间宿舍；博士同学是已婚女子，更多的时候那间宿舍完全属于她自己；如果自己并不向导师请教什么问题，导师是不怎么过问她究竟在干什么的；至于专业呢，古典诗词的背后，有着许许多多或流芳千古或鲜为人知的才子佳人们的爱情故事，对于芸而言，研究那些故事是趣味无穷的；而最主要的心情快活的保障是——她再也不像是大本生和硕士研究生时那么手头拮据了。博士生的生活补助够每月吃饭的了，协助导师编书的报酬也不菲。自己还为某杂志开辟了一个专门介绍古典诗词背后的爱情故事的专栏，颇受好评，杂志社竟给她开出了最高稿酬，每月又是相当稳定的一千来元的入项……

昨天晚上，吃罢饭，芸没有像往日一样立刻起身回到自己的房间去。

她说："爸，我的论文写完了！"——说完，伸了个懒腰，一副大功告成的喜悦模样。她对自己的论文质量很满意，也很自信。

父亲望着她，欣慰地说："好啊。写完了好。"

芸又说："我怎么觉得我没瘦，反而胖了呢！"

父亲就笑了，再没说话。

怎么会瘦了呢？

饭桌上几乎顿顿也没断过鱼汤或鸡汤。老茶农对自己是博士的女儿的爱心，全都煨在汤里了。

"爸，我已经决定了明天下午就回北京去。"

"明天就回去？"

"我想学校的环境了。爸，我们的校园可大了，可美了！有湖，还有假山。湖里有野鸭，我想那些野鸭了……"

"女儿，你是不是还要再往下读好几年的书呢？"

"爸，我再也不必考什么学位了！我想，我已经该算是我这个专业的精英了。"

"什么鹰？"

"爸，你别想错了！好比一座宝塔，我已经是塔尖上的人了。"

"好。好啊。女儿，你终于出息了……"

不知为什么，父亲嘴上这么说着，表情却变得忧郁了。

女儿困惑地问："爸，你有什么愁事儿吗？"

老茶农微微摇头道："没有。女儿，你这么出息，爸爸还会有什么愁事呢？就真有，也不愁了。只是，茶叶又涨价了……"

"茶叶涨价了不是好事吗？"

"是啊，是好事。可我一个人，采不过来啊！"

"爸，那就雇人嘛！"

"雇人倒是省事。但四六分钱，一小半被别人得了，不划算啊！"

"爸，采一斤茶叶能卖多少钱？"

"十二三元呢"。

"那您一天采十斤，不才能卖一百二三十元嘛？爸，您就别计较划算不划算的了，干脆雇人吧！"

"干脆雇人？"

"干脆雇人！"

临睡前，当女儿的塞给父亲一千元钱，说是早就想寄回家来孝敬父亲的。

父亲却无论如何不肯收下。

父亲说："女儿，我不缺钱。真的不缺。你在北京花销大，还是你留着吧。"

……

现在，女儿的皮箱已经放在门口了，单等着听到摩托车的喇叭声，拎起来就走了。

她已归心似箭。

可父亲为什么还不回来呢？

女儿望着山上那些采茶的身影，看不出哪一个是自己的父亲。

可自己一会儿就要走了，父亲为什么一早还要上山去采茶呢？不就多采回一斤茶才能卖十二三元钱吗？

女儿心里正这么责备着父亲，却听到了父亲上楼的脚步声；一转身，父亲已在跟前，手拿一只塑料袋，里边装的是刚煮熟的茶叶蛋。就在此时，一个本村的小伙子，在老屋前按响了他的摩托车喇叭。父亲头天晚上求他用摩托车将芸送到镇上去；镇上有去省城的长途公共汽车……

当芸已经坐在直达北京的特快列车上时，认出坐在自己对面的，竟是邻村的一位远房叔叔。

于是二人亲热地聊了起来。

"叔，到北京干什么去？"

"还能干什么去？打工呗！"

"如今一斤茶就能卖十二三元了，还非得背井离乡地去打工？"

"谁说一斤茶叶能卖十二三元了？"

"我父亲啊。"

"他骗你哩！现而今茶叶不稀罕了，种茶的收入也薄多了。清明前的头遍茶，最高价也就以每斤四五元来收！清明一过，一斤才能卖两元钱！"

"可，可……可我爸他骗我干什么呢？"

"我怎么知道！哎，芸啊，你父亲的病轻了重了？"

"我父亲……我父亲得什么病了？"

"你不知道？你不知道，我倒不好说了……"

"叔，快告诉我！……"

"唉，芸啊，你父亲他得的是肺癌啊！他已经是个活一天赚一天的人了啊！……"

……

车轮隆隆……

列车向北，向北……

直达北京，而且特快，自然向北……

那茶乡，那老屋，那住守着老屋的老父亲，离是博士后的女儿分分秒秒地远着……

车轮隆隆，仿佛在说："回来！回来！"

当女儿的心里刹时明白了——茶叶的价格已经降到两元钱一斤了，而父亲却骗她说涨到十二三元一斤了；分明的，老父亲多希望她这一个是博士后的女儿能留下帮他采几天茶呀！茶叶究竟多少钱一斤哪里还重要呢？……

车轮隆隆，仿佛在说："分明，分明……"

是博士后的女儿，顿时省悟了——苦读十四年，年年月月收到过钱，原来是父亲、母亲、哥哥和嫂子，以每采一斤茶叶才挣几元钱的辛勤劳作成全着她的人生追求啊！

如今母亲已是泉下之人，而父亲说不定哪一天也是了……自己心里边所装的却是校园湖里的野鸭们！……

"唉，芸啊，我觉得你是读书读傻了哩！你父亲身体那么单薄了，脸色那么不好了，你怎么就会一点儿都没看出来呢？……"

女博士早已泪流满面！

她在心里对自己说："我不是读书读傻了呀，我是……我是……"

车轮隆隆……

列车向北，向北……

车厢里忽然响起了哭声……

该拿他们怎么办？

不久前，我从南方乘机返回北京，耳闻目睹了这样一件事：

乘客已全部登机，但滑梯还没推开，乘务员姑娘在忙碌地整理置物架。乘客满额，东西很多，一些置物架的门卡不下去。乘务员姑娘在重新摆放时取下了一个纸袋子，里边装着一件旧呢上衣。

姑娘问："这是哪位的袋子？"

一五短身材，方头圆脑的车轴汉子答曰："我的！哎，你乱动我的衣服干吗？"——气势汹汹，那种惹不起的口吻。

姑娘陪着笑脸说："东西不重新整理一番，置物架的门卡不下去，那么飞机就起飞不了，您看这样给您放行不？"

汉子嚷嚷着说："不行！我的东西，我摆好了的。没经我允许，你凭什么乱动我东西？"

姑娘仍陪着笑脸说："对不起，请您原谅。但如果您的袋子里除了衣服没有怕挤压的东西，这样摆一下，置物架就可以关上了，也就不妨碍飞机起飞了。"

汉子语气更凶地说："放回去！我命令你立刻给我放回去！原先怎么放的，你必须照原样放好！改变了放法不行！有没有先来后到了？！"

姑娘还是陪着笑脸说："放东西是有先来后到，但您看人多东西也多……"

"我才不管那些！放回去放回去！我警告你啊！你不给我照原样放好，我一定投诉你！"

姑娘抱着那纸袋子不知如何是好了。东西实在是太多了，每格置物架塞得毫无间隙，还有几格置物架的门卡不下去，一名是乘务员的小伙子也在重新摆放着。和姑娘一样，额上都忙出了汗。作为乘务员两名年轻人心里特急。

"哎你听不懂中国话啊？真听不懂还是假听不懂？！把你们机长找来！看他听得懂中国话不？！"

汉子简直是在吼了。

机舱里斯时静极了，所有的人都在默默听着，看着。我也是。那是一阵令每一个中国人都感到尴尬的静（乘客中还有几位外国人）——我猜，每个人都是这么想的：还是别插言为好。也许一句相劝的话，反而会使那么浑的一个家伙更犯浑了。

我也是这么想的。

乘务组长来了，好言好语地说："先生，互相谅解一下，啊？我来为您摆放……"

这时滑梯推开了，舱门关闭了。

"我原先不是那么放的！……"

乘务员姑娘见组长亲自将纸袋放好了，随之将置物架的门卡下去。

飞机开始移动了。

"实在对不起了先生，请多包涵。"——乘务组长说完匆匆离去。

广播开始了，乘务员姑娘在做着使用氧气罩之方法的示范。

而那汉子这时开始骂骂咧咧了，但所骂还在文明教养正常的男人女人不至于顿时脸红起来的范围，无非便是"他妈的"、"操蛋"、"什么玩意"之类。

姑娘委屈得眼泪汪汪了。

机舱里仍是一片肃静。

我想：他骂一会儿就会住口的。这是在飞机上。而且飞机正在驶向跑道啊！大家都假装没听到，我也应该那样才对。不是替人主持公道的时候呀！

然而有位女士忍不住了，谴责地说："你有完没完啊？你骂了那么多句了，人家姑娘一声不吭，你还想怎么样啊？"

果然，女士的话使事态更加严重。

那汉子站了起来，目光凶恶地寻找着："谁他妈说的？谁他妈说的？！"

乘务员姑娘赶紧请他坐下。

他不坐下，凶恶地说："既然敢露屁眼放屁，怎么他妈的不敢承认？！"那女士也不再吭声了。是啊，在即将起飞的飞机上，有这么一个家伙谁也拿他没办法啊！

那汉子见没人敢挑战他的凶恶，骂骂咧咧地坐下了。

不料又一位男士就说："太没教养了，真给中国男人丢脸。"

说此话的男士坐在汉子的后排，这使汉子不必站起来就知道谁说的了，他只不过扭头骂："你他妈有教养！有教养你不是也没资格坐专机吗？"

那男士其实比那汉子高大魁梧，他警告道："你嘴里干净点儿啊，再骂人我扇你。"

汉子大声说："扇我？有种下了飞机咱俩试巴试巴，三分钟之内弄死你！"

乘务员姑娘赶紧走来，对那男士做出恳求缄口的表情。

这时飞机起飞了。

而那汉子开始骂不绝口了——句句都与生殖器连在一起，也与人的母亲连在一起，总之句句是令文明教养正常的男人和女人会顿时脸红起来的脏话。

乘务员姑娘站在男士的旁边不走开，显然，唯恐那男士猛起身打向汉子。

男士偶尔警告一句，汉子就骂得更难听。

乘务员姑娘则不断恳求男士："请顾全大局，请顾全大局……"

结果是，一飞机的乘客，又肃穆地听了十几分钟的骂人脏话。我觉得，那一种集体的肃穆，体现的是一种集体的被羞辱、无奈和郁闷。女性们都低下了头；男士们都闭上了眼睛假装入睡；做母亲的捂上了小儿女的双耳；与他隔一个座位的老外，则干脆戴上了眼罩和耳机。那十几分钟是一种集体的尊严被踩蹋的过程。

不集体的那样，又能集体的怎样呢？

在飞机上啊。在高空中啊。我估计，即使集体地发出谴责，那汉子肯定会毫不示弱地辱骂一百几十人的。他在高空都是如此痞悍的表现，不知在地上会是一个怎的人。

他独自骂得实在无聊了，十几分钟后，发出轻微的鼾声。片刻，鼾声大作。

有人小声对开始送饮料的乘务员姑娘说："像他那样的，起飞前就应该通知地面保安把他弄下去。"

乘务员姑娘苦笑道："飞机就不知什么时候才能起飞了，也许一耽误就会后延两三个小时，有的乘客同志就会因而误事了……"

又有人小声说："要不是在飞机上，真想发一声喊，鼓动大家一起揍他一顿！"

还有人叹道："怎么会有这种素质的人……"

听着别人的议论，我不由得想。那汉子会是什么人呢？从他的衣着看，他显然不属于草根阶层，但也不属于土豪，土豪们肯定坐头等舱。而且，已经开始找贵族的绅士感觉，更愿意秀那种感觉。他肯定是做小生意的，经济状况介于富人与城市平民之间的那种人。有些钱不算多，但与平民比起来，感觉特优越那类人。但也不能以为他便是中产阶级一员，因为中产阶级以知识者居多，他脸上没有任何被知识化过的迹象。哦，对了，我想，他更具有暴发户的人格特点，因为好像在他看来，满飞机的人都该对他刮目相看才是；这是暴发户相当主要的人格表现。

如果是在地面上，连我都想喊一声"打"——就像方志敏在轮船上看到一些人们欺辱一个没有买票的女人那样。

但是，结果会怎样呢？

倘有人用手机拍了，发到网上，我认为引起大多数网民指责的，倒很可能会是觉得双耳被塞满了粪的公愤者们。

倘我以见证人的资格诉说前因，那也肯定不会扭转舆论，估计连我也会被视为群暴现象的舆论帮凶。

倘那汉子被群殴伤了，事情发展到上法庭的地步——假使我是法官，肯定也要判公愤者们群暴罪名成立的。

又倘若，那汉子身上带刀，一刀刺死了一个教训他的人，那么结果又会怎样呢？倘那被刺死的，还是一个在知识出身与职业的社会地位两方面优越于他的人呢？

那网上会不会高呼痛快呢？

有一点是肯定的——坐在这架飞机里的男人们，是绝对不会对那汉子下狠手的，包括那被辱骂的男士。但，万一有谁失手了呢？或者，那汉子有隐性心脏病，由是猝死呢？

那么，另一点也是肯定的——全社会的特别是网上的舆论，大约十之八九会一边倒地同情那汉子。

便是我，倘若并未耳闻目睹了前因，肯定也会是那汉子的同情者。

怎么会不是呢？

我即使是一个前因的见证人，那汉子却死了，我还是会发生态度变化，同情于那汉子的。骂了十几分钟的污言秽语那也命不该死啊！我头脑里产生了如上一些想法后，我的心情沮丧极了。此前的义愤已荡然无存，嬗变为满满一胸腔的郁闷和沮丧了。无可言表的郁闷，没人能劝解得开的沮丧。

他——那四十多岁的汉子，他没喝醉。他不是精神病患者。他更不是恐怖分子。他看去不但健康，简直还可以说强壮。他腿短、胳膊短、脖子短，连手指也短，但都很粗。五短还有一短是说个子并不高。所谓"车轴汉子"，是指习惯于争凶斗狠那一类男人。当然，也享受于山吃海喝。并且，加上女人，一生只享受这么多足够了。对于他们，大抵如此。他们是些"吃货"与流氓的结合个体。从心理学上分析，他对那乘务员姑娘动了他的纸袋大为光火，也许是由于姑娘美好的身材和容额刺激了他。在她那样的姑娘面前，他们往往由于自卑而恼羞成怒。否则，他的大光其火匪夷所思。除了这一种解释，没有第二种解释能够解释得通。

他——他们，在我们的日常社会生活中，一般不太会有极不正常的表现。但如果他们的利益被触犯了，不，哪怕仅仅是被触动了，哪怕仅仅一下，哪怕仅仅损失了一点儿、一丁丁点儿，他们立刻会变得凶恶起来，甚至凶恶无比。一旦凶恶无比起来，很可能残忍无比。

他们羞辱我们时，我们几乎只有忍气吞声。因为我们受法律保护，往往是在法庭上，由法官来宣布的。而法官不可能同我们如影随形。

他们侵犯我们之前，我们也几乎只能明智地躲避。因为"之前"构不成侵犯罪；等他们的罪名成立时，我们已被侵犯了。

他们伤害我们时，我们须考虑抵抗与反击的分寸。因为我们如果失当，他们反而会成为被同情者——"正当防卫"这种法律上的说法，是有严格界定的。我们的还手失当，很可能被法理认为超出了界限。而一旦真的超出了，他们反而仿佛是被伤害者了。

是的。和他们比起来，我们大多数有起码的教养的人反而很弱势。

我们究竟该拿他们怎么办呢？

我只知道，在他们犯法后，法律知道拿他们怎么办。

而我问的是——在法律宣判他们有罪前，在我们很倒霉地与他们遭遇时，我们究竟该拿他们怎么办呢？

我确实不知道。

在公共空间，以种种下流无耻的辱骂脏污一百几十人包括女人和孩子的双耳，这算不算是对一飞机乘客集体尊严的侵犯呢？

如果算，他侵犯了，谁又能拿他怎么样呢？

听，他鼾声大作，侵犯过了，酣然而睡。

于是我又想，自从飞机成为载人航空器以后，乘客中出现过多少这种人呢？——据我所知，除了恐怖分子的劫机事件，出现过的次数是不多的，且大多出现在中国乘客之间。

我便想到了新加坡——那世界上仍保留鞭笞刑罚的小国。那个汉子，他的表现若发生在彼国，他会否受到鞭笞呢？

这么一想，我就很希望中国的法律也加进鞭笞一条。而且要公开实行。而且，要组织孩子们和少年们观刑……

坐在我那一排靠过道的小伙子站起来了一下，阻止了我的胡思乱想。

我的提箱，塞在他前边的座位底下，是乘务员姑娘塞的。而那么一来，小伙子的双脚便着不了地了。偏偏，他又是高个子长腿的人。他的双腿，只能叠起来，朝过道那边偏过去。只能始终以那么一种姿式坐着。

两个多小时的空中飞行呢，那绝对是很疲劳的一种坐法。

我歉意地说："年轻人，你可以将双脚踏在我的提箱上。"

他笑了笑，毫无怨色地说："那不好。没什么，再坚持一个多小时，飞机不就着陆了嘛。"

我说："别坚持，那太累。"

他说："站一会儿就好了。"

他竟始终不肯将脚踏在我的提箱上。

中国还有这样的青年在，委实是中国的幸运，也是中国的希望。

现实，但愿你勿使这样的青年，单独遭遇到那样的汉子！……

2013 年 12 月 14 日

小村的往世今生

一

你这个浪得虚名的爬格子的人，我想我可以称你为"写家"。早年间，也就是很久很久以前，我还在胎儿阶段，没形成为一个村子的时候——人们称开店的为"店家"；称摆渡的为"船家"；称卖酒的为"酒家"；皆礼称。现而今的人称你这类人为"作家"，这是我不习惯的。恕罪了。何况"作家"与"作假"谐音，不见得反而是好称呼，也不如"写家"听起来那么明明白白。"作家"者，究竟做什么的呢？你自己就不觉得是不三不四的称呼吗？

梁写家，我认为，你与我这个小村之间的关系，实属一种缘分关系。若非缘分促成，你这个北方人，并且一向写北方的写家，何以会写起我这个西南省份的，名不见经传的小小村子来呢？但我声明，我仅仅将我们的关系视为一种缘分而已，一点儿也不觉得是我的荣幸。作为一个小小的，地处偏域的村子，我并不像人那么喜欢出名。而且清楚，即使我非常渴望出名，你的笔也不能够使我出名。一位人物也罢，一座城市一个村子一处风景之地也罢，其出名，总得有点儿必然性。我是一个默默

101

无闻的小村，正如一个没什么事迹可宣扬的人。故我很有自知之明，你写不写我，对我都是无所谓的。你写了我，我以后也好不到哪儿去。没谁写我，我以后也糟不到哪儿去。对于我，最最不好的结果，无非就是以后渐渐消失了。我对此早有充分的"心理准备"。消失就消失了吧，我一点儿也不在乎，更不会觉得沮丧和悲凉。正如我的形成之初，不曾使我觉得欢喜。

我是无心可言的。

我是无情的存在。

我说有充分的"心理准备"，乃指我目前的居者们有充分的"心理准备"。

我每将人心当成我心，也每说成是自己的心。

但人心终究是人心。三十年河东，三十年河西；世事沧桑，人心易变。说法只不过是说法，人心从不曾转化为一个村子的心。故我也从来就没有过心。我比人看世事的变迁看得开，更想得开。我与人的不同在于——每一个人，包括少数后来视死如归的人，都在某一个年龄段产生过怕死的心理。而我作为一个村子，是从不曾怕"死"过的。正如我从不曾庆幸过我的"生"也就是我的形成。

我目前的居者们，就是你所见到的那些老幼病残之人，他们对于我有朝一日必将消失，不是已很看得开了么？他们已然如此了，我还有什么看不开想不开的呢？我成为他们的村，他们成为我的居者，也只不过是一种缘分而已。

缘分都是有时限的。好比人间的那句老话："世上没有不散的筵席。"

那一年那一日，你从远道来。在我的面前，你的言谈使我产生了这样一种想法——我的又一个缘中之人来了。

我视我的每一个居者皆为缘中之人。

你断不会成为我的一个新的居者,这是秃子头上的事——明摆着的。尽管如此,你还是引起了我的注意。因为同行者们仅仅关心我的居者们的生活情况,而你同时关心我的史,也就是我的往世。

我明白,你关心我的往世,其实也是为了替我的居者们将命运看得更远些。然而毕竟有人同时想要了解我本身的史了,这使我多少获得了一点儿欣慰。

你们那一行人是因为中国农村的"空巢"现象以及"留守儿童"现象而来的对吧?你这一个北方的写家走进了我这个西南某省的小村,是因为我这个小小的偏域之村出息了一个人物是大学教授,还和你一样是民盟的人士,也是省政协的委员。否则,你既不会知道中国有我这么一个小小的村子,更不会产生写我的念头。

我想你应该坦率承认这一点。

正因为你也关心我的史,所以我通过我的某些居者们的口,告诉了你那些关于我的,已逐渐被老一辈人淡忘了的往事。由于老一辈人是那么容易淡忘,连现在三四十岁的人也不知道了。而所谓80后、90后,根本就不想了解,不想知道……

二

大韩村,是的,我正在北京的家中写你。写你的史,写你那些默默无闻的居者。

我不认为一个村子是无心的;或者换一种说法,我认为一个村子也是有灵魂的。

心随身死。这是生命的规律。不死之心,是移植的心。即使手术极成功,终究还是会死的。世上没有多次移植而跳动依然的心。但论到灵魂，尽管我是无神论者，却比较愿意接受灵魂存在的观点。灵魂恰恰是向死而生的。

我从你的昨天，悟明白了你的现在为什么是如此了无生气的。我从你的现在，像你自己一样，预见到了你必将消失的明天。

我不能为阻止这一结局而做什么。

事实上我同样明白，你的那些老幼病残的居者们，对你的感情是极其矛盾的——老人们希望自己是你最后的一代居者，有出息的儿女的人生最好不再与你发生联系。而孩子们盼着父母有朝一日将他们带往某一座城市里的别一种家的心念，远远强烈于盼着父母回到你这里的家的愿望。

这种极其矛盾的感情，形成于他们对你的一代代的失望。

请你不要委屈，更不必生气。

在你的史中，所有那些不好的事，都错不在你，更不是你的罪过。

比如上个世纪的 1958 年，离你较近的城里的人们，为了实现中国的钢铁产量"超英赶美"，一批批涌到你这里，对山上的树木乱砍滥伐。

当年有一位老支书曾声泪俱下地跪求："不要那样啊，山上可都是些香樟树黄花梨呀！解放前一代代老辈人栽的呀，日子多穷多苦都没人舍得砍一棵卖钱呀，为的是给后辈人留点儿过好日子的资源呀！"人们却嘲笑他，说他老糊涂了——就要实现共产主义了，一山的香樟树黄花梨有什么稀罕？！

老支书又说："树没了，是要发山洪的呀！家家户户傍山而居，一发山洪，村就没了呀！还会死人啊……"

结果有领导认为他危言耸听，涣散人心，于是组织开他的批判会。

他在当天夜里自缢身亡。

至秋下了半个多月的雨，山洪果然暴发，半数村舍无影无踪，大人孩子死十一口……然而，这个责任是不能追究的。

人们也只有在洪灾过后，默默地含悲忍痛地重建家园。而且，仍只能傍山而建。不傍山而建又往哪儿建呢？平地是一百几十亩农田，图安全那也不能占了农耕田地呀！从此以后，一到山洪易于暴发的季节，全村人便集体躲避到小学校去……

大韩村，大韩村，这不是你所愿见的呀！

比如之后的 60 年代，明明村里已开始有人饿死，然而公粮却还是必须交足的。

比如"文革"期间，人们斗后来的支书像斗解放前的恶霸地主那么冷酷无情，将前几年亲人被活活饿死的憎恨一股脑地发泄在他身上，生生打断他一条腿……

大韩村，大韩村，你知道的，他也有亲人当年活活饿死了呀！你说，他是不是和你一样有理由感到委屈？

80 年代了，分田到户了。地少人多，分到户了，也还是个穷呀！

有一年人们又开始刨山上的树根。

城里的根雕厂根雕匠争先恐后来收购老树根，比起在田里刨钱，那价格不可能不令穷愁的村人们眼红呀！

被打断过腿的老支书一瘸一拐地，挨家挨户地劝止。

他说："咱这是泥抱石的山呀！将树根全刨了，后果会比山洪还厉害呀……"

可人们心里眼里，当年确实只有钱了。贫穷不可能不使急于脱贫的人目光短浅。

若使他们目光远大是需要有威望的导师的。那时的他们心目中已不存在导师了，更别说有什么威望的。给他点儿面子的白天不上山晚上偷偷上山，不给他面子的冷言冷语地顶他。当时的人们都顾不上干地里的活了！山上能刨出现钱啊！自从有了钱这种东西，全世界的农民最缺的就是现钱。一个国家的好时代的标志之一，不但是要使农民有属于自己名下的一块土地乐意地耕种着，还要使农民一年到头都多少有些现钱可花。已经 20 世纪 80 年代了，中国农民虽然终于有了属于自己的土地，但平时缺的却仍是现钱！三个壮劳力合伙在山上刨出一个直径半米的树根，当年只不过能卖六七十元，每人只不过能分二十几元。像刨人参一样辛辛苦苦保持根须尽量完好无损地挣到手的二十几元，便能使他们心满意足乐不可支。不久，那一座山深坑遍布惨不忍睹了，像电影《上甘岭》中的上甘岭！

大韩村，大韩村呀，我知道你因此事一直耿耿于怀，难以原谅那些村民，用你的话说是你的那些居者。由他们自己所做的又毁灭了一次你的蠢事，使你开始深深地嫌弃他们。但是你啊，大韩村啊，请还是原谅，不，宽恕了他们吧！当年的他们，几乎全都被现钱诱惑得像中了魔一样啊！

第一年雨水少，平安无事。

第二年也雨水少，还是平安无事。

第三年雨水特多，祸事到底来了，你的居者们遭到了报应。泥石流在大白天就发生了，覆盖了半村的房舍。所幸当时大人们都在地里收获，并没有造成伤亡。

这真是不幸中的万幸啊！

三

梁写家，打住。

我必须截断你的话。因为事实是，大人们虽然没有伤亡，但泥石流

106

夺走了几个孩子的生命。那时大多数孩子还没放学，否则痛不欲生的将是多数人家！当年没有几个本地以外的人知道这件事，因为有指示不得进行报道。你采访过的那些人对你隐瞒实情，乃因为那是不少人家讳言的大疼，而且悲剧是由大人们一手造成的，这使每一个大人都觉得自己是罪人。可我就不理解了，连这一件事，他们居然也怪在我的头上！后来我常听他们说，前几辈做了什么必受惩罚的事，使咱们成了这个鬼地方的农民？我倒要问问你这位据说写了两千几百万字的写家，你也亲眼所见了，这地方有山有水，有一百几十亩田地，一年四季空气清新，绿竹满目，怎么就成了一个鬼地方了？！

大韩村，大韩村，你不说，我还真被蒙蔽了。你一说，我因当年那几个孩子的死感到心在疼了。也顿时就明白大人们为什么不告诉我实情了。天灾可咒，人祸难言啊，何况是他们自己造成的人祸！你对他们的错事耿耿于怀，恰证明你是有心的呀！若你还能原谅他们将悲剧的发生反怪于你，则证明你有的是一颗仁慈心。

梁写家，我觉得我是确曾也有过类人的心的，而且确乎是一颗仁慈心。看到落户于这里的人们越来越多，于是渐渐形成了一个村子，我为什么不高兴呢？但是后来土改中、"文革"中发生的一些冷酷之事，令我对人感到费解了。这里的地主，那不过是一户在城里挣了些钱，舍得向当局买下几块这里的土地才成为地主的人呀，何必非置他于死地呢？从城里下放到这里被改造的人，也都应视为落难之人予以同情的，为什么人对人要雪上加霜呢？

大韩村，我也要说打住了。历史是射出的箭，不可能再加到弓上。我相信如果时间可以倒流，某些事不会再像当年那样发生。我相信你的居者们虽然不怎么常说反省的话，但他们内心深处实际上是有反省的。

是吗？

是的。

但愿如此。但他们后来的所作所为，依我看证明他们并没进行过反省。

你指的是他们后来又从田地里挖出过水浸木的事？

正是。水浸木嘛，无非就是被水浸泡了多年，又被泥土埋住了百年以上的自然断树。我不详细解释你也明白，那是河流改道的原因。他们那时候，又像中魔了。别家从地里挖出了水浸木，卖了个好价钱，许多人家就眼红了，也将自己家的田地挖了个乱七八糟……

唉，唉，大韩村啊，别尽说他们的不是了。一句话操百种，还不是穷将人搞成了那样嘛！一百几十亩地，七八十户人家，虽然分田到户了，日子又能过得有多大起色呢？

但是后来都不种粮了，改栽茶株了，于是也有现钱花了，年轻人们为什么又都纷纷往城里跑呢？在城里打工真的比在农村采茶快乐吗？

那我问你，他们在农村采茶快乐吗？

我觉得对于年轻人，是没有什么快乐可言的。他们怎么会愿意一辈子是挣辛苦钱的茶农呢？从清晨采到天黑，也不过最多挣三四十元。不种粮食了，也不种菜了，那三四十元，一多半得花在吃上，所剩无几。

说的对啊大韩村，所以年轻人们才背井离乡到城里去打工。毕竟，在城里打工比在农村采茶挣得多些。也让我告诉你实情吧大韩村，他们在城里打工，确实比在农村采茶快乐些。尽管同样挣钱挣得很辛苦，有时候还受欺压，还须忍气吞声。但在城里他们一般都会加入一个农村打工青年的小群体。在那些小群体中，他们往往会获得到与在农村不一样的快乐。所以，十之八九的二十几岁的他们，越来越不愿回到他们在农村的家啦！

可怜他们的父母，当年为使他们能有一处像样的家园，也到城里去打过工的。辛辛苦苦一年到头，挣的比如今的他们少多了。但是他们的父母当年多么地省吃俭用啊，口挪肚攒的，终于为他们盖起了好看的楼房，起码外观好看是吧？

是的。若在城里，那一幢楼房，或者值几百万，或者值一千多万。还不是在北京上海广州深圳那样的城市，在某些省会城市就该是那个价。

可是在这里，却值不了多少钱。几十万最多了。几十万谁又买啊！都是农民，儿女都留恋城市不愿回来再当农民了，这家买那家的房子干什么呢？房产在我们这种偏域农村，根本就算不上是种"产"啊。父母辈苦心建造的一处处家园，如今他们的儿女们根本不稀罕回来守望啊！

大韩村，我与你有同样的感慨。

属于父母名下的土地，他们的儿女们更不稀罕继承啦。

的确是这样。

但他们会很容易地成为城里人吗？

那要看他们想成为什么样的城市的城里人了。如果在大城市挣钱，在小城市买房，并且肯像他们的父母辈那样甘于辛苦省吃俭用的话，打拼个十年二十年，是会成为小城市里的人的。否则，不见得会成为。

你认为他们终究没成为城里人，会再回到父母替他们守望的家园吗？

我想会的吧，否则他们可住在哪儿呢？

那时的他们，都快老了是不是？

我想……是的。不到了在城市里老无所归的那一天，是不会情愿回来的。据我所知，中国许许多多像你一样的村子里的打工青年，对自己人生最不情愿的规划，正是这样的。

那时，他们的父母早已在坟里了。

是啊。

那时，他们的父母为他们建造并为他们守望至死的家园，差不多也又成破坏的家园了。

是……啊……

那时，他们兴许又会说——我怎么是这等不济的命运，快老了，又回到了这种鬼地方！

这……我难以知道……

但是梁写家，你已来过我这里多次了，你肯定也了解到，有些没了父母的青年，他们急于想将家园卖了对不？

这……

直说嘛！

对。

这令我心寒。

你看，你自己也开始承认了——你是有心的。

我的意思是我替他们的父母心寒。

那也证明你有心。

不辩论我有没有心了，我问你，你认为我的将来会是怎样的？

我不想说。

我请求你说。因为，我已当你是一个朋友了。朋友之间，当以诚相待。

那么，我只好说了。最长三十年，这里将不剩几户人家了。

何等的令我惆怅啊！我的上一代居者，历尽千辛万苦，终于为他们的下一代建造了无论如何比从前的年代好得多的家园，可他们的下一代，却一点儿都不稀罕拥有了。难道我真是一个鬼地方？

不。依我这城里人的眼光看，从各方面来讲，此地都是一个好地方。只不过，你离城市太远了。

所以就该遭到背叛？

不能用背叛来说。中国的农村人口一向过多,时代发生了巨变,新一代的农村青年,渴望成为城里人的执着,比任何一代中国农民都更加强烈啊!这是时代发展的必然。大韩村,随他们爱怎样便怎样吧!

写家,我已经声明过——我看得开也想得开。我因人而成村,亦因人而消失,这是我的宿命。我明白,归根结底,我对于人心,只不过是一种古老的茧壳。

村啊,你这多愁善感的大韩村,不要惆怅不要忧伤。论起与人类的关系,你比城市久远得多。你确曾像人类的茧壳,束缚过人类的生存思维。但依我这城里人细细想来,没有农村的地球是乏味极了的。没有了农村概念的城里人,内心将被浮躁严重困扰。对于一般城里人而言,在城市里其实只有家,没有家园可言。正因为这一点,如今的城里人一到节假日,纷纷离开城市寻找叫"农家乐"的地方。你是人心之核。你是人心始终放不下的牵挂。即使你一度消失了,你曾形成过的那一方水土将永在。不定哪一天,有些人厌倦了城市里的拥挤、喧嚣和嘈杂,为寻找一处宁静的所在来到了这里。他们将会像建一座小城一样,在此重建一个村子。那时的你,将与现在的你大不相同,人们将使你既具有农村的风貌,也具有城市的基因。你将是农村与城市的混血儿。你应该知道的,混血儿通常总是更漂亮一些。那时后来者将会羡慕地说:"可惜我来晚了,否则我也应在这里有一处家园,一处值得子孙后代继承的家园。"而今天弃你而去的那些农家儿女的下一代如果也到了这里,并且知道了这里曾是祖上的家园所在的话,他们肯定也会在内心里满怀温情地说:"家乡故土啊,看到你变成如此令人留恋的一个村子,我是多么的欣喜。因为,我除了是家族的一个儿女,也还是你的一个儿女啊!"

写家,你这个浪得虚名的写家,你看世事,一向这么乐观吗?

村啊,你这个只剩老人孩子和狗、被人们形容为"空心村"的大韩村啊，事实上我越来越是一个悲观的人了。也许因为悲观得太久，我的头脑里就偶尔生出乐观的思想，像人行道的砖缝之间偶尔长出一朵小花。行人的脚通常是不忍踏倒那样一朵小花的，因为怜惜它长出得太不容易。

听你这么说，我反倒有点儿可怜你们人了。

听你这么说，作为一个中国人，我羞愧极了。中国人太对不起自己的许多农村了，也太对不起自己的许多城市了。不过大韩村啊，让我们都少一点儿悲观，多一点儿乐观，都往前看好吗？

既然回头看太使我郁闷，那我也只好与你一齐往前看啰。

我愿与你有一个约定——我将留下遗嘱，让我的儿孙五十年后来到这里，看这里又发生了什么变化。要像陆游的诗句那样——"家祭无忘告乃翁"。

写家，我要牢记你的约定，如果那时我已成一片荒野，我的灵魂，你说过我有灵魂的，我的灵魂会躲到草丛中去，直到你的后人离开。但如果那时我已旧貌换新颜，我将请孩子们替我夹道欢迎。五十年，我的心情是不是太急切了些？

有点儿。但五十年是我自己说的呀。算啦，就五十年吧。我不改口了。

哈哈，一言为定，一言为定！

II

一个时代的入口处

人性薄处的记忆

我觉得，记忆仿佛棉花，人性却恰如丝绵。

归根结底，世间一切人的一切记忆，无论摄录于惊心动魄的大事件，抑或聚焦于千般百种的小情节，皆包含着人性质量伸缩张弛的活动片断。否则，它们不能成为记忆。大抵如此。基本如此。而区别在于，几乎仅仅在于，人性当时的状态，或体现为积极的介入，或体现为深刻的影响，甚至，体现为久难愈合的创伤。

记忆对于人，究竟意味着些什么呢？

这个问题，随着人的年龄的增长，会越来越清楚，越来越明白。

每一个人，当他或她的生命临近终点，记忆便一定早已开始本能的质量处理。最后必然发觉，保留在心里的，只不过是一些人性的感受，或对人性的领悟。

而那，便是记忆所能提供给我们的最为精粹的东西了。

好比一大捆旧棉花，经弹棉弓反复一弹，棉尘纷飞，陋絮离落，越弹越少，由一大捆而一小团。若不加入新棉，往往不足以再派什么用场。而一旦加入人对人性的思考，则就如同经过反复弹汰的棉中加入了丝绵，纤维粘连，于是记忆产生了新的一种价值，它的意义高出了原先许久许多。

115

以上，是我细读《点点记忆》想到的。

此前，我读过一些中国高干儿女们所写的，关于父母辈们的回忆文章。比如贺捷生大姐回忆贺龙元帅的文章，比如陶斯亮大姐回忆陶铸的文章，似乎还读过前国家主席刘少奇的女儿回忆其父的文章。我之所以不在陶铸和刘少奇的名字后加"同志"，乃因我根本没有妄称"同志"的资格。相对而言，《点点记忆》尤显得特殊。贯穿字里行间的思考，使之不同于一般的"纪实"，也不同于屡见的回忆，而更接近于长篇的"心得"——历时十年之久的狂乱年代中，一位女性以其对人性的细微坦诚的感受所总结的"心得"。那一种感受开始影响甚至开始袭击其人性时，她还是少女。我们可以想象，其后的整整十年中，她也许不曾笑过。"文革"也可以说是对她们和他们的一场空前的人性的袭击，袭击过后是长久的压迫……

但此种厄运不唯是点点们的，乃是许许多多中国人的共同的遭遇。首先是许许多多中国知识分子及文化人的，其次是许许多多被阶级成份划入"另册"的中国人的。政治风暴从建国以后对他们和她们的袭击几乎不曾间断过，而"文革"是一次总的"扫荡"。没有过笑容的少年和没有过笑容的少女，在中国在"文革"结束之前，大约要以百千万计……

尽管事实如此，我读《点点记忆》时，还是有多处受到了大的感动。

我写字桌的玻璃板下压着半页纸。那是台湾著名电影导演的复印手书。几行用碳素笔写的字，常入我眼已七八年之久了。

他写的是——"读完《从文自传》，我很感动。书中客观而不夸大的叙述观点让人感觉，阳光底下，再悲伤、再恐怖的事情，都能够以人的胸襟和对生命的热爱而把它包容……"

我读《点点记忆》的感动，与侯孝贤读《从文自传》的感动是一样的。我觉得《点点记忆》的行文，与《从文自传》的行文有相同之处，那就是——客观而不夸大的叙述观点；那就是——过来人对当年事的胸襟的包容性。

我认为，以上两点加起来，不仅决定了文章自成一格的品质，也真切地体现出了写文章的人的品质。某种难能可贵的品质。要求自己尽量做到实事求是的品质。

首先令我深受感动的是写文章的人和林豆豆的关系，以及她在"文革"结束十年以后第一次邀见林豆豆的情形。一声"豆豆姐姐"，似乎将父辈之间的仇怨，轻轻一系，打了个死结。这一种打算了却的态度，仿佛在历史和现实之间竖起了一道具有过滤性的墙。写书的人只想将墙那边的真相梳理清晰，本能地防止我们许多人内心里都每每会萌生的清算的动机，从墙那边沾染着历史的污浊渗透过来，毒害到自己的灵魂里。体现于人类政治中的最大不幸，莫过于隔代的清算。罗点点对林豆豆的态度，实在是值得我们中国人学习的，也实在是值得在我们中国人中提倡的。

不难看出，与全文相比，作者此段写得尤其心平气和，没有一丝情绪化的痕迹。分明地，下笔之际给自己规定了严格的原则——绝不蓄意伤害对方。甚至，还分明地，我们竟能看出怜悯。不是可怜，是怜悯。政治的伤疤，呈现在她们的父辈们身上，性质是那么地不同，后来又是那么地富有戏剧性。但呈现在儿女们身上，则几乎便是同样性质的狰狞的伤疤了。

可怜是俯视意味的。怜悯是相同感受的人们之间相互的不言而喻。罗点点和林豆豆，她们除了对父辈们"你存我亡"的斗争所持的不同观点，肯定还有某些极为一致的感受吧？知青经历的一章读来也令我深受感动。此经历使作者说出了这样的话——"中国老百姓因此成为世界上最安分守己，最热爱和平的人民。"

这一种对于中国老百姓的好感，非与老百姓同甘共苦过的人，是不太能认识到的。宽敞而豪华的客厅里，往往容易产生的是对中国老百姓所谓"劣根性"的痛心疾首和尖酸刻薄。甚至，容易从内心里滋生轻蔑。作者身为共和国"重臣"及赫赫有名的将门之女，思考到了中国老百姓那样一种民族心理所以形成的历史背景，真的使我不禁刮目相看起来。允许我斗胆而又放肆地妄评一句——这一种思考，都未必是她们和他们的某些父辈们当年头脑中认真进行过的……

鲁迅先生的家道从中兴而往社会的底层败落，这使他看待中国社会众生相的目光深刻而犀利。他那一种目光，有时令我们周身发寒。人的目光的深刻和犀利，是否一定必须与冷峻相结合，才算高标一格的成熟呢？《点点记忆》告诉我们，却也未必。它从反面给我们一种启示——人看待社会看待他人的目光，如果在需要温良之时从内心里输向眼中一缕温良，倒或许会使目光中除成熟而外，再多了一份豁达。而深刻和犀利与豁达相结合，似乎更可能接近世事纷纭的因果关系……

客观，温良的文风，使《点点记忆》通篇平实庄重。并且，也使我们读者不难进入一种从容镇定的阅读状态。此状态乃读记述了大事件的文章的最佳状态，使我们的思考不至于被激烈的文字所骚乱。

与棉花相比，丝绵的纤维细且长且韧。同样的被子，丝绵的被套，不但比棉絮的被套轻得多，也暖得多。人性原本非是什么厚重的事物。人生的本质是柔韧软暖的。丝绵的最薄处，纤缕分分明明，经纬交织显见，成网而不紊乱。在人性的丝绵的网罩之下，记忆的棉花才会长久地保持成被的形状而不四分五裂太快地成为无用之物……人性的薄处，亦即人性最透亮之处。这一种透亮，在《点点记忆》中多方位地呈现……

知青与红卫兵

"文革"是知青的"受孕"时辰。

"广阔天地"是孕育知青的"子宫"。

红卫兵是知青的"胎记"。这胎记曾使知青们被上几代人和下几代人中的相当一部分视为共和国母亲教育彻底失败的"逆子"。又好比《水浒传》中林冲们杨志们被发配前烙在脸颊上的"火印"。那是秩序社会的"反叛分子"们永远抹不去的标志,是哪怕改过自新了也还将永远昭告于脸的污点。中国民间有句俗话——"树活一张皮,人活一张脸"。秩序社会的"火印"烙在"反叛分子"们的脸上,是比发配本身还严厉的惩办,比"黑名单"高明。所以,在古代,一个人脸上被烙了"火印",那么就被公认为是社会异类了。连牛二式的泼皮们,也是可以瞪起眼斥之曰"贼配军"的。然古代的"火印",并不往任何女犯的脸上烙。以此体现着对女性的一点儿宽大。但是中国当代的知青们,由于经历了"文革";由于在"文革"中十之八九都曾是红卫兵;由于红卫兵当年的种种恶劣行径和后来的声名狼藉,知青们不分男女,凡曾戴过红卫兵袖标的,便似乎都与"十年浩劫"难逃干系,便似乎都应承担着几分历史罪责了。当代的"火印",虽非烙在他们或她们脸上,只不过烙在他们和她们自己没法跨越的经历中,却和烙在脸上是差不多的。一看年龄,再了解出身，便可断定他们和她们当年准是红卫兵。于是便使许多中国人不禁地忆起，自己当年曾如何如何怎样怎样地被红卫兵冷酷无情地迫害过。

所以，知青返城初期，尽管命运悲凉，境况艰难，但城市对他们和她们的态度，是同情与歧视参半的。

"活该！自作自受！"

"没有理由抱怨，只有理由忏悔！"

"大多数应该永远驱逐，不得返城！"

"变相垮掉的一代！"

"狼孩儿！整代都是狼孩！"

"中国只能将希望的目光从这报废一代的身上超越过去，直接投注于下一代身上！"

当年我听许多上一代人，包括许多一向心肠宽厚的知识分子和德高望重的革命老人，憾然而耿耿于怀地说过类似的话。

"当年你们为什么要那么凶恶？"

"政治热忱和凶恶行径怎能混为一谈？"

"你们这一代应该被永远牢牢钉在中国历史的耻辱柱上！"

"你们当年的'革命'方式令人发指！"

当年，我曾听许多人说过类似的话。质问中，谴责与困惑参半。所以，当年有一首唱出返城知青心理自白的歌——《我是一匹来自荒原的狼》。歌曰：

　　　　我是一匹来自荒原的狼，

　　　　城市曾是我家，

　　　　我的前身是被逐的青年。

我日夜思念我的亲娘，

只有娘对我们怀着温良……

如今，知青与城市，知青与上几代人与下几代人的抵牾，似乎早已被后来的岁月消除。隔阂似乎早已拆通。政治色彩的代沟似乎早已填平。但是，将绝大多数知青与令人谈虎色变的红卫兵剥离开来，仍是有必要进行的一件事。此事虽然已不再影响知青们的现在，但是对于尽量恢复历史的真实还是应该的。

在 1994 年和 1996 年，我曾两次接受德国两家电视台采访。后一次的摄像，还是名片《紫色》的一位摄影。地点都在"黑土地"餐厅。采访内容都是关于知青和红卫兵。

第一次，矮而且胖的，几乎秃顶、圆头圆脑的德国人自以为是地、言之凿凿地质问："你们红卫兵当年残酷地杀害了数以千万计的自己的同胞，这是人类近代史上最可耻的一页，而你们从来也没忏悔过，请问你对此……"

在摄像机镜头前，被一个分明怀着政治挑衅心理的德国男人面对面地凝视着，听他以国际法官似的口吻提出审讯般的问题，使我觉得情形不但十分严肃，并且严肃得引起我强烈的反感。尤其是，一想到他来自于一个法西斯主义主宰过的国家，一想到那个自认为世界上最优等的民族，在二战时期对犹太人灭绝人性的屠杀，更觉得严肃中包含着荒唐。

所以我不客气地打断他的话（实际上是打断了替他充当翻译的中国同胞的话。他看去是我的同代人）。我说："先生，请你不要一再用'你们红卫兵'这样的指谓对我提问题！我这个红卫兵当年没有伤害过任何人！恰恰相反，我曾尽量以我能做到的方式同情过被伤害的人！我负责任地告诉你——不是所有的红卫兵当年都如你所想象的那样是法西斯分子和盖世太保！绝大多数红卫兵，其实没打过人，没直接凌辱或迫害过人，没抄过家，更不一律是杀人凶手！要说可耻，我们两国历史上都有类似的污点！而你们的污点更大。如果说我们的污点中有大量墨的成分（我认为更多的红卫兵是通过'大字报'的方式伤害了别人），那么你们的污点百分之百是鲜血凝成的！至于谈到忏悔，你怎么知道当年的红卫兵现在不忏悔？我了解的中国红卫兵，其实几乎百分之百地忏悔过！'文革'中红卫兵并没伤害到外国去，所以只对中国忏悔，没必要对全世界下跪！尤其不必对你们德国人表示忏悔！……"

我早已看出充当翻译的我的中国同胞，一次次"贪污"了我的话。

于是我指着他说："你他妈的要照实翻译！不要因为他付你翻译费你就怕得罪他们！如果你不照实翻译，我起身便走！那么最尴尬的是你！……"

他翻译后，我缓和了口吻，问他是什么家庭出身。

他低声回答是工人家庭出身。

我说："那么你当年肯定也是红卫兵无疑。如果你小子当年打过人，那么你自己回答他，你当年打人时心里怎么想的？如果你当年没打过人，那么你告诉他，没打过人的红卫兵当年确有。在他面前的你我便是！"他脸腾地红了。

为什么，外国的电视台，采访中国的当代返城知青亦即当年的红卫兵，都偏偏要选择在"黑土地"进行呢？——因为那里四壁贴着毛泽东当年身穿军装，挥起巨手发动"文革"的一幅幅宣传画。

在这样的环境里，他们主观想象"黑土地"是当年希特勒每周一发表政治讲演的诺伊曼咖啡馆。想象在中国，在"文革"结束十七八年后，红卫兵阴魂不散，仍经常以返城知青的身份每晚聚于"黑土地"，一边大快朵颐，一边回忆"峥嵘岁月稠"。也许，还进一步想象，秘密策划中国的第二次"文革"……

所以，倒是他们自己的脸上，都有种心照不宣的颇神秘的表情。仿佛他们的摄像机摄下的，可能将是某一天突然变成现实的珍贵的历史资料。

那一天外边下着霏霏细雨。他们甚至可笑地，也有几分难以启齿地请求我再从外往里走一次。我满足了他们这一请求，扛摄影机的德国先生，半蹲着在我前边倒退上楼——我懂电影电视，我知道那是拍我的腿部……

在中国、在北京、在一个雨夜，一双腿沿着狭窄的楼梯而上——镜头一变，空间豁然宽敞，四壁皆当年的"文革"宣传画……

倘再配上如此旁白——"当年的中国红卫兵们，今天以返城知青的身份，经常聚集在这个专为他们开的餐厅讨论中国当前政治，总结'文革'经验……"云云，那一定是非常能蒙他们本国人的。

我满足他们的请求，实在是因为他们的可笑简直使我觉得可以游戏的心情对待他们的采访。

那一天晚上小餐厅无人用餐。大餐厅里只有两桌人。一位老女人，不是奶奶必是姥姥辈的年龄最长者；六十岁左右的一对夫妇；三十岁左右的儿、媳或女儿和女婿；一个三四岁的男孩儿。分明是一家五口。六十岁左右的父母不可能当过红卫兵；三十岁左右的小两口大约出生于1964 年或 1965 年，那么 1976 年"文革"结束才十一二岁，也不可能是红卫兵。显然，这一五口之家的每一成员都不可能有什么"红卫兵情结"。他们到"黑土地"用餐，不外乎两种原因——或是离家近，或是专为吃东北菜而至。

另一桌就是我这个中国人和德国的采访者们。而我们到这里来不是为了用餐。于德国的先生们是"醉翁之意不在酒"；于我纯粹是出于礼貌，为照顾他们的情绪。

德国的先生们大约感觉到了摄入镜头的气氛不够理想，还去采访那一家人，通过中国翻译尽问傻话。比如：

"您们一家为什么偏偏到这里来吃饭？"

"到这里来吃饭是希望引起特别的回忆么？"

"那一种回忆对您们很难忘么？有重要的意义么？"

却遭到了相当冷淡的对待。显然那一家人不高兴他们的用餐受到滋扰。

于是我说："先生们，我知道你们多么想要获得哪一种回答。让我告诉你们，我这个知青和当年的红卫兵，是第二次到这里。第一次是开会在这里用公餐。据我所知，这里并非当年的知青常来的地方，因为北京有许多比这里便宜的餐厅。出差的外地人倒是常来，因为他们吃的大抵是公款。而相对于公款，到这里来又算低消费。至于图钉按在墙上的知青名片，我第一次来时就有了。此次来并不见知青名片增加了。至于那些'文革'时期的宣传画，依我看纯粹是出于商业经营的目的，与有些餐馆悬挂旧上海的月份牌美女的目的没什么两样。总之，先生们最好明白，这里根本不是德国当年的诺伊曼咖啡馆。这里根本不是什么具有政治色彩的地方。与北京的一切餐馆饭店毫无区别。先生们的想象不但太主观，而且太好奇。在中国，出现毛泽东的画像，哪怕是他'文革'时期的画像，与在德国又出现希特勒的画像是完全不同的事。如果先生们对此并不明白，那么意味着你们对希特勒还缺乏起码的认识，对毛泽东的认识也是极其简单肤浅的……"

我看出，我这个被采访者，不但使他们感到一时难以驾驭，同时使他们感到极为沮丧。……

第二次在"黑土地"接受德国电视台的采访，我预先就通过翻译向采访者们指出了"第三只眼看中国"的误区，而且坦率言明了在同一地方接受第一次采访的感想。我的先发制人打乱了他们的采访计划，他们不再问红卫兵，不再问"文革"，而问中国的"改革"和经济问题了……

从"文革"至今，国外关于中国红卫兵和知青的文章书籍相当不少，似乎具有颇执着的追踪性。只要今天的中国返城知青一有活动，其活动几乎立即被涂上了政治色彩，而且总是与知青们的前身红卫兵联系在一起加以主观评述。国内这样煞有介事的言论虽已不多见，但也不是完全消亡了。

仿佛，有一根脐带，始终若隐若现地将知青与红卫兵各栓一头儿，所谓"剪不断，理还乱"。

我认为，红卫兵该当是声名狼藉的称号。如果居然不是这样，那么中国简直不可救药。

我认为，当年很凶恶的红卫兵，只是极少数。大多数红卫兵，只不过是身不由己地被"文革"所卷携的青少年男女。他们和她们，不但自己没打过人，没凌辱过人，没抄过别人的家。而且，即使在当年，少数人对于此类"革命行动"也是暗存怀疑的，起码是暗存困惑。不能因为是少数，便否认他们的存在。

对于大学里的红卫兵，我们姑且不谈。但有一点值得指出——几乎全国一切大学里的红卫兵，都曾分裂为两派。一曰"造反派"，一曰"保皇派"。"保皇派"一般反对打砸抢，反对武斗，反对"触及皮肉"。"保皇派"们高举的旗号是"十六条"。"十六条"是按毛泽东的指示以"党中央"的名义颁布的。但毛泽东在"文革"初期实际欣赏的是"造反派"，反而并不太喜欢主张严格遵守"十六条"的红卫兵们。所以，江青才敢在大学的红卫兵代表大会上公然说："好人打好人误会。好人打坏人活该！"并提出了使"造反派"们欢呼"江青同志万岁"的唯恐天下乱得还不够的口号——"文攻武卫"。而哈尔滨军事工程学院当年最大的"保皇派"红卫兵组织"八八团",乃是由毛泽东亲自传旨解散的。以上历史情况起码可以说明,无论在大学里高中里还是初中里,确曾有一批红卫兵,他们的本愿其实只想动笔,不愿动手,只想批判别人的思想、路线,不愿逼得别人家破人亡。总而言之,他们希望以较文明的方式表现自己"关心国家大事"。虽然,他们也是被利用的工具,也客观上起到了对"文革"推波助澜的作用,但主观上毕竟与很凶恶的红卫兵有区别。

"老三届",是指"文革"开始之前,已经读到了初三初二初一、高三高二高一的学生;"新三届",是指"文革"中由小学升入初中或由初中升入高中的学生。"新三届"中,有相当数量的学生,红卫兵"造反有理"的两年内是小学生,是红小兵。即使也"造反"过,对他人对社会的危害毕竟不那么大。只有极少数"文革"中的初中生后来升入高中。他们升入高中后,"上山下乡"已开始。红卫兵运动的气数已进入尾声。他们的红卫兵劣迹,是在升入高中以前,亦即在身份是"老三届"的"停课闹革命"的两年里。而他们并未能如愿以偿读完高中,很快也难幸免地"上山下乡"了……

所以,除却大学不做分析,中学高中红卫兵们的劣迹,主要发生在"老三届"中,"新三届"的同代人,显然比较冤枉地受了红卫兵狼藉名声的牵联。其大多数当予以平反。

在"老三届"中,以我的中学母校哈尔滨二十九中为例,略作回顾,便见分晓。我所在的初三九班五十四名学生中,仅一人在某次批判会上打过某位教俄语的男老师一次,另有一二人参加过抄家。因为他们在班里是太少数,所以我的记忆很牢固。打过老师的那名同学,当年是我们一些关系较好的同学之一。而且,正因为关系较好,又因为那次批判会是本班级范围内的一次极小型批判会,所以有人敢于公开喝斥。当然,公开而严厉喝斥的，是我和另外几个他的朋友。事后我们都很生他的气。数日内不愿理他。并且，告知了他母亲。他母亲又将他狠狠训了一顿。近几年我回哈市，与中学老同学相聚时，共同忆起当年事，他们都不免地自言惭愧。我们全校三个初中年级共一千二百余名学生，屈指算来，当年有过凌辱师长打骂师长劣迹的，组织过参加过抄家的，最多不超三十人。而且，几乎一向是他们。他们中有平素的好学生，也有名声不太好的学生。好学生，唯恐被视为旧教育路线的"黑苗子"，故"决裂"特别彻底，表现特别激烈。希望通过"造反"，校正自己的形象，重新获得"无产阶级教育路线"对自己的好印象，依然是"苗子"。至于那些名声不太好的学生当年的真实想法，据我分析不外乎三种：一、投机。过去我不是好学生，现在好与不好的标准不同了，甚至截然相反了，我终于可以也是了吧？不就是"革命"不就是"造反"么？比功课方面的竞争容易多了，也痛快多了。"该出手时就出手"，不"出手"白不"出手"，"革命"鼓励如此，何乐而不为呢？二、泄私愤。过去我怎么不好了？哪点儿不好了？原来不是我不好，是过去的教育路线教育制度不好，是老师们校长们教导主任们过去不好。原来我受委屈了，始终被压制啊！有毛主席撑腰，现在该轮到我抖抖威风了。哼，他们也有今天！……三、自幼受善的教育太少太少，受恶的影响太多太多。心灵或曰心理有问题。那恶的影响也许来自不良家庭成员的怂恿或教唆，甚至可能干脆是从父母那儿继承的。也许不是来自家庭，而来自家庭学校以外的某一恶环境。他们其实并无什么投机之念，也颇不在乎自己给哪一条教育路线哪一种印象。只不过快感于自己心灵中恶的合法又任意的释放。你若问他对哪位师长曾怀恨在心么？他们极可能大摇其头道没有的事儿！而这又可能是真的。但他们就是抑制不住地非常亢奋地去凌辱人伤害人打人。那时他们体验到无法形容的快感。这些人是最冷酷最危险的红卫兵。如果"革命"号召用刀，他们便会公开杀人取乐。像日德法西斯当年屠杀我们的同胞屠杀犹太人一样。恰恰是这样一些红卫兵，后来绝少忏悔，甚至于今也不忏悔。谈起自己当年的行径往往狡辩地说："当年我被利用了，上当受骗了。"

在"文革"中，有另一种现象也很值得分析研究，那就是——凡重点中学的红卫兵，有高中的中学的红卫兵，和各大城市的女中的某些女红卫兵，以及最差的中学的红卫兵，其"革命"皆表现出严重的暴力倾向。

哈尔滨市的几所中学当年又叫"工读中学"。其学生成分较为复杂。有就近入学的，也有落榜后扩招的学生，还有经过短期劳教的少男少女。社会看待这类学校的目光难免带有成见甚至偏见，这类学校的学生也常常敏感到自己们是被划入另册的。所以他们的"造反"不无对社会进行公开报复的意味儿。前边分析到的心灵或曰心理有问题的学生，在这类学校较其他学校多。所以这类学校注定了是中学"文革"运动的重灾区。

重点中学的红卫兵一向心理优越。故戴上了红卫兵袖标，依然要证明自己的优越，依然要以"革命"的方式体味那一种优越的感觉。加之这些中学既曰重点，当然办学方针上"罪名"更多，因而给了这些中学的红卫兵们更其大的"造反"理由和空间。

好比这样的一种情形——幼儿园的阿姨问某些受偏爱的孩子：阿姨处处优待你，你怎么偏偏带头调皮？

孩子回答：正因为你处处优待我，所以你有罪。

他不是不喜欢被优待，而是带头"调皮"时，能体味到区别于其他调皮孩子的别一种优越感。这别一种优越感比一向被优待的优越感更能使他获得心理满足。

上高中是为了考大学。尤其重点中学的高中生们，一脚大学门里，一脚大学门外——"文革"正是在这种个人前途攸关的时候明明白白地告知他们："革命"积极的可以继续上大学。高考制度废除了，上大学完全不需要考试，只以"革命"的表现来论资格。"革命"特别积极的，甚至可以直接培养为革命干部队伍的接班人。表现消极的，那只能怪你自己。那你白上高中了。这已经不是教育制度的"改革"问题，而是不折不扣的政治诱导了。又，在全国各大城市，凡有高中的中学，几乎皆为各级重点中学。这类学校的红卫兵"革命"精神高涨，实属必然。在这类学校，高中红卫兵是主角，初中红卫兵只不过是配角罢了。

至于女中的某些女红卫兵们何以特别凶恶，我多年来一直想不大明白。但是我亲见过她们抡起皮带抽人时的狠劲儿，凌辱人时的别出心裁。仿佛在这一点上，要与某些凶恶的男红卫兵一比高下。

真的，我至今也想不大明白。或许，仅仅要以此方式引起男人们对自己们是不寻常之女性的性别注意？与如今某些女性以奇装异服吸引男人们的目光出于同念？

当年，普通中学的红卫兵，往往大多数是"革命"行为不怎么暴烈的红卫兵。

似合乎着这样的逻辑——平庸的环境中多出"平庸之辈"。

我的中学母校恰是一所普通中学。

我这个红卫兵在"文革"中不争的"温良恭俭让"，还因我的哥哥是从这所中学考入全市的头牌重点高中继而考上大学的。从校长到教导主任到许多老师，都认识我，知道我是他们共同喜欢的一个毕业生的弟弟，就是逼我，我也不愿做出任何伤害他们的事。我下乡后，每年探家，甚至落户北京后每年探家，差不多总是要去看望我哥哥当年的班主任……

还有一些中等专业学校的红卫兵们，"革命"的暴力倾向当年也有目共睹。这可能是由于，他们的身份将很快不再是学生。而他们其实留恋学生身份。红卫兵是他们以学生身份所进行的最后的人生表演。因为是最后的，所以格外投入，而且希望一再加场。

当年哈尔滨市电力工程学校某红卫兵组织叫做"红色恐怖造反团"。它不但自认为是绝对红色的，而且确实追求恐怖行为。此红卫兵组织当年使许多哈尔滨人闻之不寒而栗。

还以我的中学母校为例，三十余人虽然只不过是一千二百余人的四十分之一，但也足以使一所中学变成他们随心所欲的"革命娱乐场"。母校的校长、教导主任以及数名老师遭到过他们的凌辱。比如被乱剪过头发，被用墨汁抹过"鬼脸"，被抄过家。

而起码有半数学生，在那一种情况之下不得不呼喊口号，以示自己对"文革"并无政治抵触。这实际上也等于直接支持了他们，间接伤害了被伤害者。有几次，我是这类红卫兵之一。仅仅为了一份合格的"文革"鉴定，我虽然违心但是毕竟参加过所谓的批斗会。

一次挂牌子、戴高帽、弯腰低头的批斗过程中，突然有一名手拿墨汁瓶的学生走上台，台下的学生还没有反应过来他究竟要干什么，被批斗者们的脸上、身上都已变黑。

刹那间台下极为肃静。

那是发生在我的母校的第一次公开凌辱师长的行为。那一名学生"文革"前因某种劣迹受到过处分。

台下刹那间的肃静说明了许多学生当时的心理状态。他们不但震惊，同时产生了反感。

我当时的心理更是如此。我在《一个红卫兵的自白》中对这件事做过较详的描述。

于是台上的学生在那一阵异常的肃静中振臂高呼"造反有理，革命无罪"之口号。

台下呼应者寥寥无几。

有名女生怯怯地喊了句："要批判思想，不要凌辱人格！"

她的声音立刻被台上的口号压住……

当然，挂牌子、戴高帽、弯腰低头也是对人格的凌辱，但却似乎在大多数"文革"中人的接受范围以内，并不认为过激。

目睹了数次凌辱事件以后，我的心理对此现象竟渐渐麻木了，反应不像第一次那么敏感了，仿佛也属于"革命"的常规现象了，所谓见多不怪了。

我想，大多数"文革"中人，其心理渐趋麻木的过程和我一样。

又一次，我与几名同班同学到我家附近一所中学去打篮球，见操场上围了一圈那所中学的学生——有一个人颈上被拴了链子，被抹了"鬼脸"，狗似的被牵着绕操场爬，还在被踢着被喝着的情况下学狗叫……

那人是那所中学的校长。

我和几名同学见状转身便走。我们都是老百姓家的孩子。我们的父母都很善良。我们的心灵中无恶。对于我们所憎恶的现象，我们也只有默默转身走开。因为你根本不可能制止得了。你的制止在当年也肯定不同于现在提倡的见义勇为，反而会使遭凌辱的人雪上加霜。

保守一些估计，平均下来，倘每所中学有五十名凶恶的红卫兵，那么全哈尔滨市近八十所中学，就是一支四千余人的具有暴力倾向虐待倾向的"队伍"。算上中专、大专、大学的同类红卫兵，再算上各企业各机关单位的同类人，将是一支三万余人的"队伍"。相对于二百余万人，三万余人仍只不过是七十分之一。

但就是这三万余人，就是这七十分之一，也足以使整个城市乌烟瘴气，全面混乱，人人觉得危机四伏，做梦都担心某一日在毫无心理准备的情况下突然被宣布为"革命"对象甚至"革命"的敌人。正如一首曲词中所写："唢呐唢呐……只吹的鸡鸣狗叫鹅飞罢！"——"文革"的宣传鼓动，便似那词中的唢呐……

那三万余人，七十分之一，乃当年生逢其世的"造反英雄"。仿佛天下者是他们的天下，国家者是他们的国家。除了毛泽东本人，没有任何权威可限制他们的几乎任何"革命"行动。而毛泽东在北京说："乱是好事，暴露了敌人，乱了敌人，锻炼了小将自己。"

当年，哈尔滨军事工程学院"红色造反团"的头头们，因不断制造武斗在北京接受周总理调解时，甚至趾高气扬，根本不将周总理放在眼里。

当年哈尔滨红卫兵人数对比，思想对比和心理对比的概况，我认为，基本上也就是全国学生红卫兵的概况。

当年，最凶恶的红卫兵依次"活跃"于以下城市——北京、长沙、武汉、成都、哈尔滨、长春，以及新疆、云南、内蒙古……

而北京有着为数最多的军人家庭的红卫兵。他们的凶恶甚于一切红卫兵。他们的"革命"在许多方面模仿他们父辈当年的革命，以"革命"是"急风暴雨式"的"暴烈的行动"为理论。而这理论亦正是他们的父辈当年遵循着夺取政权的革命理论。

所以，当年我对北京军人家庭的红卫兵，是心存厌憎的。因我无法分出当年的他们谁个凶恶，谁个人道，便只有一概地厌憎。当然，于今想来，他们中肯定也是大有区别的。也许，《阳光灿烂的日子》里的男主角们，便算是不怎么凶恶的了吧？

当年北京的某些女红卫兵，比全国其他一切城市的女红卫兵都心狠，颇敢往死里打人。她们中当年有人的行径肯定关乎命案。甚至，可能惨死于她们手中的不止一人。

有次与舒乙先生谈起他父亲老舍，舒乙说："你能想到么？当年肆意凌辱我父亲的，打他的，大多数是些中学的女红卫兵呀！按年龄还是些少女啊！……"

我说："红卫兵和红卫兵不太一样。"

他说："那倒是。有次又有些红卫兵闯入我家，就是些比较温良的红卫兵。'文革'中养花不是属于资产阶级生活方式么？可她们并没毁掉我家的花。临走还在门上贴了一张告示——'这家的老太太是画画的，可以允许养花，警告任何红卫兵组织不得采取极端行动'……"

舒乙先生说时流露出几分感慨的样子。

如果，将当年某些极凶恶的红卫兵比作盖世太保，比作党卫军，其实是并不夸张的，一点儿也不算耸人听闻。

我下乡不久，当了男知青们的班长。因为最初连队总共十几名男知青，也就只有一个男知青班。我的知青知己是不但和我同校且同班的同学。除了我俩，其他男知青来自三四所中学。有一名"工读"学校的高二的男知青，胸前一片狰狞可怖的疤痕。据我后来所知，便是下乡前在武斗中被火药枪喷射的。和他同校的一名初二的知青，曾神秘地向我透露——他是一名有恶迹嫌疑的红卫兵小头目，下乡纯粹是为了躲避追究。半年后他从我们连队消失了，据传是被恢复神圣使命的公安部门押解回城市去了……

一天中午，我正午睡，被同学拖起，让我去制止知青的打人暴行。离知青宿舍不远的院子里，住着一名单身的当地男人，五十余岁，被列为"特嫌"人物，出入受到限制和监视。我班里的三四名知青，中午便去逼供。等我俩走入院子，他们正从屋里出来，一个个脸上神色颇不安。为首的，一边从我们身旁走过一边嘟哝："真狡猾，装死！……"

我匆匆走入屋里，见床上的人面朝墙蜷缩着，不动也无声息。我走近叫了他几声，他仿佛睡着了。我闻到了一股屎尿味儿。时值盛夏，我见他的裸背上有几处青紫。我追上班里那三四名战士，喝问他们是不是打人了？他们都摇头说没打。"没打他身上为什么好几处青紫？！"我心头不禁冒火，拦住他们，不许他们走。为首的终于交待："他不招嘛，所以，只轻轻打了几下……"我不认为这是小事，立即转身赶去指导员家汇报。半小时后，连里的干部和卫生所的一名医生，都赶往那屋子。那人已经死了。他们打他时，往他口中塞了布。所以，尽管那院子离知青宿舍很近，但午睡中的我，却并没听到一声哀叫。那件事使我相当长的日子里内心自责。因为我是班长，有三四名知青不在宿舍里睡午觉，我却没想到问问他们究竟干什么去了……

连卫生所医生开的死亡诊断是"突发性脑溢血"。然而我清楚，医生清楚，连里的干部也清楚，那人实际上是被用木棒活活打死的。

我要求连里严厉惩处那几名知青。连干部们出于自身责任的种种考虑，只给予了他们口头警告。为首者，还是副班长。我又要求连里起码撤销他副班长职务，否则我不再担任班长。连干部们见我态度强硬，只得照办。但从此那几名知青对我耿耿于怀，而我也不再对他们有一点儿好脸色……

我当了小学教师以后，知死者是我一名学生的亲大爷。不久，又知死者根本不是什么苏修特务……

"黑土地回顾展"结束，一些北京知青与一些外地知青相聚叙旧的场合下，有一名外地知青谈到他那篇收在《北大荒风云录》的文章时说——当年我们思想太单纯太革命了，所以就难免做下了些错事……

恰巧，他那篇自述性的文章我看过——他下乡后，在一个冬季里，将一名老职工一个"大背"摔进了满着冰水的马槽里，那老职工当即昏晕在马槽，全身浸没水中……

只因为那老职工偷过点儿连里的麦子喂自家的鸡……

几天后那老职工死了……

我问他："你如今忏悔了？"

他说："是啊，要不我能写出来么？"

而我之所以那样问他，是因为我读他的文章时根本没读出什么忏悔的意味儿。写自己当年的暴力行径绘声绘色，最后的一行忏悔也只不过是用文字公开重申——自己当年太革命因而太冲动了……

我又说："你当年的行径和思想单纯与'革命'二字有什么关系？"

他一怔，反问："那你说和什么有关系？"

我冷下脸道："只和你的心理有关系！证明你内心原本就有一种恶。至于为什么有，你最应该自问！你现在还没找到正确的答案，证明你的忏悔根本算不上忏悔！……"

我说时，连连拍桌子，四座因而不安……

今年，当我们整代人回忆我们差不多共同的经历时（即使我们自己并不愿回忆，也还是要被别人一再地劝说着进行回忆。甚至，由别人替我们进行回忆。因为这回忆多多少少总会带些经济效益），我们几乎一致地、心照不宣地、讳莫如深地避开这一点——三十二年前，在我们还不是知青的两年前，我们的另一种经历另一种身份是红卫兵。

而红卫兵曾给许许多多家庭许许多多中国人造成终生难忘的伤痛。它不但声名狼藉并且是"文革"暴力的同义词。的确，它是我们的"胎记"，是我们脸上的"火印"，使我们整代人中的许多人一旦遭遇"文革"话题则不免羞愧无言。就如林冲们杨志们一旦被人正面注视，立刻明白别人在眈眈盯着自己脸上的什么。

而依我想来，"文革"话题在中国，也许将比知青话题更长久。起码，将会是你中有我，我中有你，共存共亡的两个话题，似母子关系。而我最终要说的是：

第一，不是整整一代人中当年凡戴过红卫兵袖标的，皆凶恶少年或残忍少女。

第二，所以这一代人中的大多数，亦即接着成了知青的人中的大多数，应被从以后的"文革"话题中予以解脱。事实是，这大多数，其实并不比当年全中国的大多数人更疯狂。

第三，疯狂的红卫兵有之。凶恶残忍的红卫兵有之。倘他们于今仍自言"当年太单纯太革命了"，那么意味着他们仍毫无忏悔，仍在狡辩；倘我们作为同代人替他们说，则意味着我们仍在替他们刷洗劣迹。而想想我们当年面对他们的凶恶和残忍做过配角和观众，（全中国人几乎皆如此！）由我们替他们刷洗劣迹又是多么具有讽刺性质！倘由以后仍热衷于"文革"话题的人仅从政治上去分析，那么不但不能得出更客观更接近真相的结论，也根本无法将他们和大多数区别开来……

最后，我将知青与红卫兵连在一起分析，乃是要达到这样的目的，倘我们的次代人或我们的儿女们今后发问："你们自己是不是觉得自作自受呢？"——返城二十年间，这难道不是我们常常听到的冷言冷语么？

而我们可以毫不躲闪地、坦率地、心中无鬼地迎住他们的目光回答说："我们大多数的本性一点儿也不凶恶。我们的心肠和你们今天的心肠毫无二致。我们这一代无法抗拒当年每一个中国人都无法抗拒的事。我们也不可能代替全中国人忏悔。'上山下乡'只不过是我们的命运，我们从未将此命运当成报应承受过！……"

记忆的组合

　　记不清为多少"知青"出的书做过序了——有独自一人出的；有众人合出的；有兵团"知青"写的；有插队"知青"写的；有一本的；有四卷的。由于我也曾是黑龙江生产建设兵团的一名"知青"，所作之序自然以"战友"们的书为主。

　　我将"知青"二字括上引号，乃因这一集体的冠称之于我们这一代，早已太不相符了——难道现在的我们都还没老吗？我将"战友"二字也括上引号，乃因那实在是我们一厢情愿的说法——我们只发过一次军装呀！而绝大多数的我们，不是连那一次也没赶上吗？从下乡到返城不是连一次枪也没摸过吗？

　　"知青"也罢，"兵团战士"也罢，如今都只不过是历史说法了，是四十几年前的中国烙在我们身上的印记。历史真厉害，它将它的印记烙在一些人身上，那些人就往往一辈子抹不掉了。而人和某一段历史的关系，似乎也就命中注定地永远也掰扯不清了。

　　掰扯不清的关系是令人纠结的。

　　人对令自己纠结的关系会产生一种总想理清头绪的愿望。

　　而这愿望，随着时代的演变，最终只有通过回忆来体现。

　　我所读过的"知青"书稿，都是回忆式的，都具有"纪实"之特征。

由于我们的"知青"经历是与"文革"年代重叠的，故这回忆必然都会成为国家记忆的佐证和一部分。而此点，乃是我们之回忆的价值与意义。

起初，是以"黑龙江生产建设兵团知青"这一广大名义合出一部书，外加厚厚的一部通讯录。后来，以师、团为单位也出书了。再后来，甚至以营、连为单位出书了。黑龙江生产建设兵团是当年"知青"最多的地方，所以出的书也多，大约已出版过二百七十多部了。

而我此刻正在为当年五十团的"知青"们的书作序。

为什么当年黑龙江生产建设兵团的"知青"们比当年全国其他地方的"知青"们更具有开展聚会活动和联络起来出一部回忆录的热忱呢？我想这与我们黑龙江生产建设兵团当年特别重视发挥"知青"中间存在的文学艺术能量的实际情况有关。在当年，兵团使我们的文学、美术、歌舞、曲艺等各方面的才华尽量不被埋没，尽量得到施展；也尽量将我们的生活变得丰富一些。而这便为兵团，也为后来的中国培植了一批文艺秧苗，使我们黑龙江生产建设兵团的知青具有了文艺传统。这一传统，在返城之后，由一批热心于知青联谊活动的"知青活动家"们所坚持——于是形成了一种独特的文化现象：中国"知青"文化。

所以，我是将当年五十团的"知青"们即将付梓的这一部书，也视为中国"知青"文化的一部分的。

我看这一部书稿看得很痛苦，写序也写得很痛苦——因为我前两天同时拔去了三颗牙，此刻创口还隐隐作疼。

并且，我又一次陷入了为难之境——分为八个部分共一百四十三篇文章组成的这一厚厚的书稿，使我不知先从哪一部分谈起。我是每一篇都认真读了的，每一篇都写得很真诚，但我的序也不能篇篇都写到啊。那就不是序了，是判卷了。而且我留意到，有的"战友"还写了两篇。

故我只能依照随看随记的一些心得归纳如下：

程继的《连队图书馆的故事》使我颇生感慨——在当年，他们几名"知青"竟征集到了《怎么办》这样的书提供给大家看，并且未被销毁，实在是一种幸运呢。尼克松的《六次危机》在当年是为高级干部所印的"内参书"，怎么会出现在一个普通连队图书馆呢？如果能将这一点也回忆起来，那就更好了！

顾谦克的《丰收的小屋》引起我不少共鸣。回忆中写到他们三个"知青"好友怎么样"偷"到了几本禁书。下乡前，我也"偷"过"禁书"，《叶尔绍夫兄弟》、《约翰·克利斯朵夫》我下乡之前就读过了。在几乎一切文学书籍都成了禁书的年代，在禁书的下场终究是会被当成废纸处理掉的年代，出于对文学阅读的饥渴而将它们从被遗忘的角落"偷"出来予以珍藏，我觉得是连上帝都会原谅的。我们"北大荒知青"中产生的画家刘宇廉我也曾认识的，并且也非常喜欢他的画作。我读了这一篇文章才知他已过世，故也令我心生叹息。而更引起我共鸣的是——三名"知青"好友关于《叶尔绍夫兄弟》的讨论，那是极左年代的青年对人性是什么"性"的叩问，这种叩问今天依然有意义。就我个人而言，是不喜欢书中关于老三斯杰潘与初恋的姑娘魏莉奇金娜的关系之写法的。也不是后来不喜欢，是当时初读就不喜欢。一如我从不喜欢保尔对冬妮娅的态度。如果这一篇文章能够站在今天的人性立场更深入地呈现一些感悟，就具有较多的思想含量了。

刘明原的《宇廉的黄河梦》也主要是回忆宇廉的文章，情真意切，令人动容。

侯德寅、李森、时乐、卫文平、邢培恩、徐丽娣、袁景文、张家龙诸"战友"，以自己在北大荒得到历练的人生经历，真诚诠释了北大荒何以被我们视为"第二故乡"的情结。

诸"战友"作了"笑谈从前"式的回忆。能"笑谈"之，证明乐观精神犹在，这是我们这一代难能可贵的。并且，我认为这一部分是重要的，有意义的。毕竟，我们当年只不过是"上山下乡"了。在我们之前，早已有一批比我们当年的年龄大不了多少的老战士在"北大荒"艰苦奋斗着了。推而论之，也早有农民祖祖辈辈生活与劳作在农村了。我们终究不是被"劳改"，我们的经历也终究不是"集中营"经历。以我们的回忆如实呈现此点，意味着我们对历史的诚实。

戴欣的《我的生母、继母、养母》给我留下深刻的印象。她是不幸的，却又是那么的幸运。她的继母身上，有一种令我崇敬的美德。我们中国，在当年仍有那样一些女性，实在是女性的光荣、中国的光荣。李慧蓉、励忠发、刘连瑛诸"战友"的回忆，皆有值得一读的价值。

朱巾芳是当过编辑的人，她的《情伤》高于一般回忆文章的水平，达到了写人物作品的水平。其中写到的兰心和王珍，在"文革"时期很有典型性。是极左政治异化青年人心智的标本。读来感慨多多。

高美娟的《舞动人生》也是写"他者"的，她所回忆的王艳懿身上那一种对舞蹈难以割舍，无怨无悔永不放弃的执着，使我联想到了我自己和文学的关系——王艳懿虽然并没成为专业舞蹈演员，但当年她以舞蹈之美为广大知青提供了欣赏。她努力地作为过了，她无愧于舞蹈了。而我每愧对稿纸，我是应该向她学习的。

董建新的《一桩"天大"的冤案》、杜望基的《地还是那些地》、刘宝森的《身处风口浪尖》、陆建东的《越级上书》、邹致平的《日记风波》、沈梅英的《内疚》、阮芸华的《忏悔》、钱品石的《〈南京之歌〉挨批揭秘》，都从不同角度佐证了"文革"年代的极左现象，且有自省。虽然，此书稿的回忆者中，并没有哪一位当年做过够得上是罪恶的事，但哪怕不得已地轻伤了别人，如今也要以文字方式公开道歉，这一点证明了一种人品原则。而这一种人品原则，在中国当前是应大大提倡的。

程继的《老兵的故事》令我心潮起伏。与我们比起来，"老培成"那样的北大荒老兵，显然有更多值得回忆的往事。他们大多数活不到今天，他们永远地沉默了。幸有程继写到了他们，令人欣慰。

林淑惠的《冬天的记忆》震撼了我——她从小就特别敬爱的二哥，居然在"文革"中被以所谓"现行反革命罪"处决了！她当年能经受住那一种打击而没有自杀，证明她是多么的坚强！

最后我要说——我与导演李文岐通了一次电话。由我编剧的四十集电视连续剧由他执导，而他正在日以继夜地进行剪辑。

我向他讲了本书稿中诸"战友"返城之后人生一切几乎从零开始的艰难——拖儿带女没有住处；双双找不到稳定的工作；夫妻两地分居团圆之日遥遥无期；还要不丧志气地考文凭、考大学；还要招架疾病对自己或亲人的突然袭击……总而言之，那是何等地不容易！比我在剧中写到的情况难多了！

我说："你能想象夫妻俩每晚挤睡在四尺宽的床上，而孩子睡地铺的那一种窘况吗？"

他说："那你的剧本中为什么不那么写啊？"

我说："因为考虑到了你拍摄的难度。"

他那端沉吟片刻，理解地说："可也是。几段画面还行。如果要在电视剧中如实那么表现，还真难为死摄影了。那么小的空间，也不好架机位呀……"

是的，我认为，本书稿中诸"战友"返城后的实际人生境况，比一切"知青题材"的电影电视剧中所呈现的不容易多了！

但是"战友"们都挺过来了。

我们是困难所压不倒的！——这一种坚忍的人生精神是"知青"经

历对我们的补偿，并且也拯救了我们自己。

回忆不是诉苦，是对历史的一份责任！

2012 年 4 月 3 日　北京

这个女人不寻常

我想，我是无可奈何地爱上了一个叫王葡萄的女人。

她是一个农村寡妇。

她已经三十六岁的时候，依然具有使大多数男人几乎没法不爱上她的可爱之点。

她是那样一个女人——不管一个男人已经爱过（包括暗恋）多少个女人了，他一旦认识了她，那也还是会立刻喜欢起她来。用歌苓小说中的话说——"接着就开始了"——爱她。而且，无怨无悔。

我的一位作家朋友老朴和我一样自然而然地爱上了王葡萄，如果说我爱她爱得无可奈何，那么老朴爱她简直爱得不可救药。在农村搞"四清"的年代和全国抽"文革"疯的年代，老朴两次成为史屯的新闻人物。第一次是以作家的身份到史屯去体验生活，住在王葡萄家里。他发现了王葡萄的一个重大"罪行"——她居然将她的公公孙怀清隐藏在自家地窖里已经十几年了。孙怀清不仅是王葡萄的公公、将她从小收养了的义父（否则她也许像无家可归的小猫小狗一样死于饥寒交迫之境了，或被迫成为幼娼），还是史屯的头号地主分子。他虽然并没做过什么恶事坏事，但因为是头号地主分子，在当年也难逃被镇压的厄运。他和诸类镇压对象被集体枪毙在河滩上。王葡萄夜晚去收尸，发现他虽中了枪，却

143

一息尚存。

　　此时的王葡萄该怎么办呢？她已经是一个小寡妇了。她的夫兄亦即孙怀清的另一个儿子因为成了革命军队中人，已坚决地和地主家庭地主父亲划清界线了。事实上，那一年孙家已只剩了王葡萄这一个曾是童养媳的女人了。若连她也不去收尸掩埋，那么孙怀清就只有暴尸滩头了。

　　王葡萄当时面临三种选择——掉头回家，任由野狗们将一息尚存的孙怀清啃成几根骨头，倒也省却了掩埋那一件怪麻烦的事；或者管他还有一口气没一口气的，只当他已经死得挺挺的了，就地挖个坑一埋拉倒。作为儿媳妇，那也算相当对得起一个被新政府镇压了的、是地主分子的公公了。就剩那么一<u>丝丝</u>气息，不是也和死差不多了吗；再不然，去告诉民兵之类的人，让他们来把是自己公公和义父的孙怀清再彻底地了结。弄成那么样了的一个人，委实也费不了别的男人们多大的事了。还不跟弄死一条虫似的？子弹，是绝不消再浪费一颗的了。而且呢，肯定的，小寡妇王葡萄必将受到表扬。某些人是会大为夸奖这一种政治觉悟的……

　　就没有第四种选择了吗？

　　仿佛，对于一个明智的人，真的是没有的了。

　　但王葡萄天生就不是一个明智的人。

　　用歌苓小说中的话说——她天生是一个"死心眼"的小女子。

　　她的言行，基本上是由一个"死心眼"的小女子天生的性情所促使的。

　　她是一个一直到三十六岁的时候也还是不明白也根本不曾想弄明白"政治"究竟是怎么回事的小女子。

　　所以，在那些非常清楚"政治"是怎么一档子事的形形色色的男人们的眼里，王葡萄之作为一个女人的绝对的"非政治"人格，反而成了她特别可爱的一点。我们都得承认，不，男人们都知道的，假使一个小女子本身从模样到性情是可爱的，那么再加上头脑简单这一点，则就更可爱了。

死心眼的，头脑简单的，完全没有什么明智尤其是明智的政治思想意识的王葡萄，她当时做出了最不明智的，在我们明智之人看来愚蠢透顶的事——她将她的公公孙怀清偷偷背回到家里，安顿于地窖……

在她看来，孙怀清只不过是一个兴许还有几分救的男人。一个从前无害以后更不可能有害于别的任何人的男人。而且，这个男人曾是包括她在内的一家之长；曾是对她有收养之恩教诲之德的人；曾是她的关于人情事理方面的启蒙老师……

进言之，她认为她只不过是在救一个人。

对于这一个人，见死不救，于情于理，在她那儿都是通不过的。

"在她那儿"又究竟是在哪儿呢？

在一个死心眼的、头脑简单的、不清楚政治之利害的农村小女子的心里。在她的人性之天生的质地里。

小说中的作家老朴，觉察到的正是王葡萄的这一秘密。是的，那只不过是一种觉察，并非发现。然而他试探地一问，她竟实话实说了。朴同志哑下嗓子说："这事可不得了，你懂不懂？""懂。"她马上回答，抬头看他。他一看就知道她说的"懂"是六七岁孩子的"懂"，不能作数。"你告诉我这么大的事，我非得报告上级不可。我不报告，我也死罪。""报告呗，"她把针尖在头发上磨磨，继续手上的针线活，"打着手电去报告，别又踩沟里了。"她下巴指指他的鞋，笑笑。

就像林语堂所说的——她是那种具有天生的感性能力的人，而这一点弥补了她的头脑简单。当朴同志由村里的干部领到她家时，她仅仅跟他说了几句短话，便已断定他是一个好人。一个好男人。于是她愿意在平时给予他一些照顾。看着他连洗一件衣服的样子都是那么笨拙，如同一个从没洗过衣服的大孩子，于是她自然而然地心疼起他来了。这小寡妇的眼，从没将一个男人的好坏看错过。而对于好男人，她每怀有一种天然的母性的心怀。如果他们有和她发生亲密关系的欲念，那她不但是理解他们的，自己也是喜欢的。在饥荒年代里，她将和自己所心疼的男人做爱当成精神上的副食。依她想来——再没有那一份快乐，人生也就太惨了。

她是一个天生的乐观主义者，并本能地用她的乐观影响乐观不起来的人，甚而可以说她还是一个享乐主义者。不管在多么艰难的岁月里，只要有爱，即使厨间绝炊她也还是乐观着。有爱，那就总可以满世界去发现一点儿可以吃的东西。闹蝗灾的年头，她会用心地干炒一锅大蚂蚱，还不忘应该撒入点儿辣椒末儿。吃过那美食以后，倘有男人陪在身边彼此温存，接着做爱，那么她甚至会对人生心怀感恩，咂出几分幸福的滋味……

这么样的一个小女子，男人还有法子不爱她吗？

朴同志朴作家，自然没有向任何方面告发她的罪行。非但没有，回到城市里以后，还在一本书中不吝笔墨写到了王葡萄一章；在他笔下，她是一位社会主义新农村的新妇女——另一个李双双似的女人……

掩卷沉思，作家梁晓声问自己，如果自己是当年那朴同志该怎样？

告发吗？

告发个鬼啊！

那就是"知情不报"，罪当同论呀！

同论就同论呗。

姓朴的作家都能豁得出去，姓梁的作家何以不能？

男人岂可被男人在德性方面比矮了！

……

但是切莫以为歌苓这一部小说只不过写了一个农村里的风流小寡妇。否。事实上王葡萄这一文学人物与"风流"二字毫不相干。她只不过头脑简单，是以每显出女孩儿般的天真。天真若蒲松龄笔下的那个经典的文学形象"婴宁"。故她的天真，便时常给人，尤其给男人们以"烂漫"的印象。那么，美了。倘若以为歌苓这一部小说只不过写了些农村里的蜂使蝶媒，男欢女爱，就大错特错了。

　　事实上，歌苓在写到男女情欲之事时，文字极为节制。这也是歌苓小说一贯的品相——她是一位从不以情色描写吸引读者的作家。这也是我一向敬她的原因之一。而且，依我看来，在这一部小说中，她的节制甚至未免到了吝啬的程度。

　　比如，上句写的是——"她已经在他怀里了。"

　　下句笔锋一转，竟另起一行写出了五个大煞风景的字是——"这就开始了。"于是，也就结束了。作家的笔又写别的事情去了。细想想，那风景，煞得也极好。"这就开始了"五个字，仅从文化看，无须细述的意思。语境含妙也。令我联想到老伊丽莎白女王的一句话——不高兴的事从不直说，而曰"令人难以愉快"。

　　这是一部极好看的小说。然而看过的人，大抵是复述不出什么故事来的。这是一部反故事性的小说。这是一部以写人物为创作宗旨的小说。进言之，这一部小说的文学特征乃是——亦庄亦谐生动俏皮的文字；氤氲成片绵绵不断的生活气息；大量的随手拈来落笔成趣的细节……

　　我认为这一部小说的无法漠视的文学价值乃是——为近二十年的农村小说之人物画廊，增加了王葡萄这一极其可爱的女性形象。而此前，她是绝无仅有的。一经有了这一人物形象，整个人物画廊于是生气盎然。这一部小说具有令人无法不陷入思考的人文主义主题。用王葡萄劝朴同志的话说那就是——"谁斗争你，就让他们斗吧。这世界，人和人，总难免斗来斗去的。斗过去就完了。完了就完了。"死心眼的王葡萄的心眼，却原来大得能装下世界的真相去！ ……头脑简单的王葡萄，却原来也具有哲学家般的对世事的深刻禅悟。这世上哪里有什么完不了的事？可不，"完了就完了"嘛！此言解大惑也。而最后我要说的是——这一部小说，对于中国人，委实相当于一部人文主义的启示录。

读者，如果你是王葡萄，在从前的、政治罪名满天飞的年代里，你敢将你虽中了镇压的子弹但却没死的家长背回家去，隐藏于地窖十几年不？

敢也还是不敢？人道主义乃人之根本道德。避谈人道主义的"人文"二字还算是什么鸟主义？正是在这个底线上，这个一度在中国曾被彻底摧毁的底线上，小寡妇王葡萄宛如中流砥柱，处乱不惊，担险不怵。这个弱小女子之形象，高且大矣！这一部小说，品相令我刮目相看也！真有点儿嫉妒严歌苓了……

论网络文学之网

友人命我笔谈对网络文学的看法，违命失敬。友人之所以谓友人，就是说该为那份友情做些逆愿之事的。何况，他又不是要我做不正派的事。更何况，他是友人非是官。而且，是我一向视为知己的友人。

但我的眼已多年没瞥向电脑了。新浪的一位青年编辑曾为我的博客服务过一个时期——我每次写好字纸文章由打字社传给他，他实行把关，审阅是否符合网络发表条例。我中断了它，乃因它后来被污言秽语所侵犯。不甚严重，然令我嫌恶。我视我的博客为自己的一处小小写作间——写作间可以同时是客厅，在我这儿却决不允许它被当成公共厕所，被少数惯于"随地大小便"的野狗般人闯入过几次也不行。我对文字场有"卫生"原则。

我从没觉得我不上网于是便沦为一个跟不上时代的人了。

我接触过许许多多沉湎于网络的人，给我的印象是他们知道得越多，他们头脑的独立思想能力反而越退化。思想是需要脑空间的。谁的脑空间都是有限的。正如一个整天吞吃垃圾食品的人不可能不生胃病。仅胃病那还是幸运的。

我这么好脾气从不愿对青年们恼火起来的人，竟也偶尔不给他们好脸色了。原因是——我接受采访纯粹是出于对青年记者们的工作的支持和工作压力的体恤。我真的心疼他们。但当他们向我发问时，我的好脾气顿时会变得不好了——因为那些问题几乎全是他们从网上信手拈来的。在他们之前，我已被记者问过多遍了，也已回答过多遍了。

我不认为一次能提出新一点儿、深一点儿的问题的采访对我有什么重要性。

但那对年轻的采访者很重要是不言而喻的。

我不当面言之，他们分明不喻。有时我当面坦言，看去他们仍不喻。

他们的大脑仿佛被网络之网罩住了，好比枝上的青果被网套扎住了。对于那样的青果，网套多大，它便只能长到多大。它的果皮上，以后将永远呈现着网套的罩痕。自己的文化背景被同化了而不自知的青年，几乎就丧失了与众不同一点儿的前提。

从网上知道了新事物和自己的头脑中产生了新思想是根本不同的两件事。别人的知识和思想即使公开在公共空间了，终归还是别人的。一味接受的头脑不太容易再成为具有产生能力的头脑。

具体说到网络文学，我认为——对执着于文学创作的青年们，网络肯定是功不可没的。倘无网络这一平台，他们创作激情的释放，显然不会像现在这样受到关注。

我认为连小学生都应视自己的每一篇作文为作品。

没有这种意识作文接近是强加之事。

而有了这种意识，作文的过程便是创作的过程了。

我认为不应对小学生作文要求有大人们所谓的"思想意义"；他们的创作愉快便是意义。

但我认为，对于初中生作文，一定要开始"意义"的启发。

而对于高中生作文，"意义"之有无，当作为评价的重要方面。

我虽不上网，亦知网上事。

我认为目前中国的网络文学，在所谓技巧、文字、想象力方面，其实都并不多么辜负"文学"二字。

就我个人而言，不喜欢炫技巧的文学。古今中外关于文学的那点儿技巧，从来不是文学作品怎样的第一标准。炫技巧本末倒置。

我认为80后90后的文字感觉，比我这一代人是文学青年时好得多。

我认为他们的想象力远在同龄时的我们之上。

他们的作品所缺的，也许是文学作品理应重视的"意义"。

他们认为想象力、技巧、文字才是文学作品纯粹的意义。他们最不以为然的是思想、情怀、价值观这些文学元素。他们特反感接受这些要求，尤其反感的是对思想意义和价值观的审视。

为什么他们会这样呢？

乃因他们从小学到高中的作文写作，经常被以不当的、呆板的、自以为是的成人们认为的思想意义和价值观主张所折磨。而且，他们那时就看到过，成年人们自己并不信的，口是心非，说一套做一套。

但我还是要强调——文学作品的思想、情怀、价值观取向确乎更是其品质怎样的证明。

谁也不可能永远是青年。文学青年也不可能。每一个文学青年终究，甚至可以说不经意间就会成为中年创作者、老年创作者。读者不会接受中老年作者一味只炫技巧和文字的作品。大多数有阅读品位的青年也不会。想象力、技巧、文字水平皆是文学之思想价值和意义的体现本领——当想象的翅膀托起思想；技巧提升情怀，个性化的文字表达出直抵读者心灵的人生或社会思想，那则好上加好。

为什么不呢？

当然，这里所言是网络文学，不是泛滥的网上文字。

至于有人只想通过网络写作早获名利，因而仅为商业目的写作，其实我也特理解。

那肯定是因为太缺钱了。

但挣够花了想回到有秉持的文学时，不妨考虑一下，文学也该有普世思想、情怀和价值观……

2014 年 3 月 14 日 北京

只看到的应看到的

不是所有的树都在山林中，不是所有的鱼都在江河湖海中，不是所有的花都是有花瓣的……

但所有的树都在植物学系的"山林"中，所有的鱼都必在水中，所有的花都有花蕊。

任何文艺作品或文艺现象，都在人类文艺活动或行为的"山林"中，都在文艺活动或行为的"江河湖海"中，都是靠其"文艺花粉"而传播影响，而保持基因而不绝灭的。

也就是说，无论一首诗，一幅画，一台戏剧，一部小说，一篇散文或随笔，或歌或曲，或电影或电视剧——对中文学子而言，都不应仅仅是那个"一"，而应是一个种类。因而在中文学子眼里，当由那个"一"而同时看到一种较大的景象。

诸位同学，大家应该清楚这一点——老师们讲课是分学科领域的，比如古代是一个领域，近现代是一个领域，中外也有领域区分。而在每一个领域，又细分为若干历史时期。没有哪一位老师，能将古今中外的文学现象如数家珍般一一道来。讲授古代文学的，往往对近现代文学知之甚少；讲中国文学的，往往对外国文学现象相当隔膜；讲小说的，往往对诗歌缺少发言权……反之亦是。

如今，无论在中国的大学里还是在外国的大学里，若要求老师们能够纵论古今中外的文学现象，已经很不现实。

那么这就要求同学们在接受中文知识的过程中，善于将课堂上所获得的方方面面的知识的片断，自行链接起来，以形成较宏观的人类文学现象的总印象。

而若不肯用些时间和精力进行课外阅读，是不能将那些课堂知识的片断链接起来的，总印象也是形不成的。

那么面对文艺作品的具体的"一"，也就只能就"一"说一，思维狭窄，语境单调。

古人形容一个思维开阔的人，每用"睹一叶而知秋"这句话。

那是因为，对于那样的一个人，其实他看到的不仅仅是眼前的一叶，还是别人的眼所看不到的一树、一种植物的"科"，乃至一片林……

让我们来以李安最近导演的电影《色·戒》为例。如果某人根本没有读过张爱玲的原著，便只能就电影说电影罢了。这样的人，无论说得多么义正词严，结果只能是情绪看法罢了。对于文艺作品，凡情绪之看法，大抵有种共性特征，即因为"它"竟是这样的，所以我不喜欢。而这是连文盲都能说出的看法。

中文学子，面对《色·戒》这样一部电影，起码应令人信服地阐述明白——它为什么注定是这样的，而不可能是另种样的。那么，前提便是——读过原著。读过原著就能阐述明白了吗？也不能。那也只不过有根据指出原著和电影的不同之处罢了。所以还要对张爱玲文学创作的总况有一定的了解，并且，有较公正的评价。

张爱玲文学创作的总况，为什么会具有那么一种鲜明的张爱玲特征？这便跟她的身世有关了。张爱玲成名于上海，这就跟上海当年的文化氛围有关了。上海当年的文化氛围究竟是怎样的？为什么会是那样的？张爱玲的身世，对于她作为一个中国人，一位二十二岁就成名并且几乎一夜间红遍上海滩的女作家、女知识分子和中国命运的关系，可能发生怎样的直接或间接影响？我们对她的哪些要求，是在当时历史条件下，中国人对一位中国女作家、女知识分子起码的，完全符合大情怀原则的要求？考虑到她的身世，她的年轻，她必然形成的人生观、爱情观，我们对她又应抱有哪些理解和包容？李安作为著名的华人导演，又为什么偏偏选择张爱玲的《色·戒》来改编和拍成电影？李安对于以电影《色·戒》来参评奥斯卡电影奖分明是踌躇满志的，这一点不会有什么争议。那么奥斯卡最佳外语片的评奖标准，相对于一部中国电影可能会做出何种反应？哪些政治意识形态的因素必起作用？

　　而那些依我们想来必属于政治意识形态的因素，却很可能只不过是文艺理念的不同。

　　我个人认为，对于《色·戒》这样一部电影，在西方人眼中，看到的可能更是特定历史背景之下男人和女人之间的某种情欲和性事真相。

　　以他们现今的文艺评价标准，《色·戒》如果能将那一真相（当然只是某种）呈现得淋漓尽致，当然会不失是一部好的文艺类电影。他们对特定的历史背景不感兴趣。因为毕竟"特定"在中国，非在西方。但正因为那历史背景的"特定"性，所以等于是绝大多数中国人的"历史伤痕"。故我们中国人，尤其大陆中国人，又尤其中老年人群体，是很难做到像看一部外国电影那么管它怎样，只看而已的。

　　如果《色·戒》真的是一部外国片，比如法国片吧，中国观众也许就不会有那么多不满了。

　　如果一位波兰导演导了一部波兰版的《色·戒》，估计波兰观众也并不会一致地无所谓接受的。因为波兰当年的同样性质的伤痛，和中国是一样深重的。文艺有时只不过是文艺，有时不纯粹是文艺。

李安肯定也是考虑到了这些的，而且他显然也愿意既顾及到大陆同胞的感受，又尽量贴近西方人对人性真相之复杂性、矛盾性感兴趣的文艺理念和评价标准，只不过他自身也陷入了矛盾，驾驭起来有些顾此失彼而已。

同学诸位，还要强调指出的一点那就是——相对于文艺，在中国人和西方人的思想中，"典型"一词，理解上几乎是相反的。他们认为，"典型"乃不普遍之意。《卡门》是不普遍的，《奥赛罗》是不普遍的，《美狄亚》尤其是不普遍的。

而我们则往往认为，"典型"性即普遍性。

我们古代、近代的文艺家们，也并不这么认为。

如果他们也这么认为，就没有《范进中举》的故事了，也没有《赵氏孤儿》、《王佐断臂》的故事了。

《阿Q正传》也是不典型的。

"典型"性其实是对某种普遍性的浓缩处理，有时甚至是对某种普遍性的极端化处理。

同学提问：老师，那为什么症状普遍的肺炎叫"典型肺炎"，而症状不普遍的肺炎叫"非典型性肺炎"？按您的逻辑，后一种肺炎不是才应叫"典型肺炎"吗？

答：据我所知，"非典"时期的"非典"患者们，他们的肺部X光片所反映的肺炎病症，恰恰是很不普遍的，很极端的肺炎病症。普遍的、一般的肺炎病人，不至于有生命危险。很不普遍的、很极端的肺炎病人，才会面临生命危险。如果大家承认这一事实，那么更明了的说法难道不应该是"普遍型肺炎"和极端的、严重的亦即"典型性肺炎"吗？

当然，我这种逻辑是修辞学逻辑。至于医学领域为什么偏偏反过来说，只有去请教于他们喽！

每一只手都是拿得动笔的

河北老年大学的学员张建娥同志，电话中希望我为由她主编的这一部文集作序——不久，我收到了此集的目录以及数篇文稿。目录显示此集共收五十余篇文章，而我所能读到的，仅一小部分而已。故我的序，不可能不是管窥言豹式的感想。

她寄来的文章很少，乃出于对我的体恤，不忍让我付出太多的精力和时间。

好在，她与另一位学员李玉洁同志，在信中对河北老年大学文学班的情况，文学班教师陈国伟先生的情况，文学班学员的写作成果等情况，作了较为详细的介绍，为我写序提供了参考的依据。

近年，全国不少省市的老年大学办得有声有色。起初是绘画、书法、摄影学习班对老年朋友们更有吸引力；现在，文学班也成为各省市老年大学的后起之秀了。

喜欢写作的老年朋友们渐多，对于老年大学，是值得高兴的事。对于喜欢写作的老年朋友，是有益于身心健康，足以使晚年之精神生活更加丰富多彩的良好现象。

古人常言：读书可以祛愚。

我以为——写作几乎可以祛病。这里所指，正是老年大学文学班那一种写作；因为喜欢，遂成爱好。因为首先是爱好，便免受为业之累，写时从容不迫，于是可祛老年寂寞无聊之病，精神无所寄托之病，内心孤独苦闷、性情乖张多疑之病。

好事须由热心人士来推广。老年大学是喜欢写作的老年朋友们的习写平台。从河北老年大学文学班学员们以往取得的写作成果来看，无疑是值得欣慰甚至骄傲的。

河北老年大学文学班有一位可敬的教师，便是陈国伟先生了。张建娥同志在电话中，李玉洁同志在信中，都对陈国伟先后表达了充满感激之情的敬意。肯定的，陈国伟先生是河北老年大学文学班的功臣，是学员们写作道路上的引路人、举灯人。学员们取得的成绩，也显然与他的热心执教分不开。

关于陈国伟先生，此集中已有人写了一篇文章予以介绍和颂扬，我不赘言。

我亦借作序之机，表达我真诚的敬意。

人们常说每个人的人生都是一部书。

这话说对了一半——只有写出来，才好比是一部书。而不写出来，虽仍可用一部书来比喻，却只不过是无字书。

陈国伟先生的教学思想中首要的一条是——启发老年朋友们破除"写作神秘"之见。

写作神秘不神秘呢？

这要看怎么来说。

写作基本上分为两类———曰虚构类写作；二曰非虚构类写作。

虚构类写作曰"创作"，那一个"创"字，证明需要有一定天赋。所以，每被视为"神秘"之事。

但非虚构类写作的空间也是很大的——散文、杂文、随笔、小品文、报告文学、记人记事的报道文章、缅怀文章都在其列。

对于这一类写作，我个人的心得是——真情实感比所谓技巧更重要。"我手写我心"一句话，主要是对非虚构类写作而言的。

此集中的作品，皆属非虚构类写作。如《大爱无垠·德教双馨》、《桑榆暮景多壮美》、《雷锋精神永远伴他行》、《德业相济馨杏林》、《说公交》、《芳邻》、《"家庭总理"张德润》、《奶屋里的阳光妹》、《谢谢你！洗车工》、《她待女婿胜亲儿》、《读者姑父》等篇，便都写得情真意切，体现了"我手写我心"。

以上文章，有的属于散文，有的类似报道。有的记与自己有关的人、事，有的将"他者"确定为自己写作的主体，证明了学员们的视域和心域是较广阔的。

每个人的人生既然——写来都像一部书，那么绝大多数的手是拿得动一支笔的。许多老年朋友已能熟练地应用电脑，这将会给修改带来极大的方便。

"我笔写我心"——这句话也可以解读为"我笔洗我心"。人以笔"写心"的过程，犹如在为自己的心灵洗浴。正是非虚构类写作，最能对人起到"洗心"的作用。

我祝河北老年大学文学班的老年朋友们，写出更多更好的文章，既享受自己写时真情投入的愉悦，也带给别人读时的感动和启迪！

2013 年 11 月 6 日 北京

大众的情绪

时下，民间和网上流行着一句话是——羡慕嫉妒恨；也往往能从电视中听到这句话。

依我想来，此言只是半句话。大约因那后半句有些恐怖，顾及形象之人不愿由自己的嘴说出来。倘竟在电视里说了，若非直播，必定是会删去的。后半句话应是——憎恨产生杀人的意念。

确实令人身上发冷的话吧？

我也断不至于在电视里说的。

不吉祥。不和谐。

写在纸上，印在书里，传播方式局限，恐怖打了折扣，故自以为无妨掰开了揉碎了与读者讨论。

羡慕、嫉妒、恨——在我看来，这三者的关系，犹如水汽、积雨云和雷电的关系。

人的羡慕心理，像水在日晒下蒸发为水汽一样自然。从未羡慕别人的人是极少极少的；或是高僧大德及圣贤，或是不自然不正常的人，如傻子。傻子即使未傻到家，每每也还是会有羡慕的表现的。

羡慕到嫉妒的异变，是人大脑里发生了不良的化学反应。说不良，首先是指对他者开始心生嫉妒的人。由羡慕而嫉妒，一个人往往是经历

160

了心理痛苦的。那是一种折磨，文学作品中常形容为"像耗子啃心"。同时也是指被嫉妒的他者处境堪忧。倘被暗暗嫉妒却浑然不知，其处境大不妙也。此时嫉妒者的意识宇宙仿佛形成浓厚的积雨云了，而积雨云是带强大电荷的云，它随时可能产生闪电，接着霹雳骤响，下起倾盆大雨，夹着冰雹。想想吧，如果闪电、霹雳、大雨、冰雹全都是对着一个人发威的，而那人措手不及，下场将会多么的悲惨！但羡慕并不必然升级为嫉妒。正如水汽上升并不必然形成积雨云。水汽如果在上升的过程中遇到了风，风会将水汽吹散，使它聚不成积雨云。接连的好天气晴空万里，阳光明媚，也会使水汽在上升的过程中蒸发掉，还是形不成积雨云。那么，当羡慕在人的意识宇宙中将要形成嫉妒的积雨云时，什么是使之终究没有形成的风或阳光呢？文化。除了文化，还能是别的吗？一个人的思想修养完全可以使自己对他者的羡慕止于羡慕，并消解于羡慕，而不在自己内心里变异为嫉妒。一个人的思想修养是文化现象。文化可以使一个人那样，也可以使一些人、许许多多的人那样。但文化之风不可能临时招之即来。文化之风不是鼓风机吹出的那种风，文化之风对人的意识的影响是逐渐的。当一个社会普遍视嫉妒为人性劣点，祛妒之文化便蔚然成风。蔚然成风即无处不在，自然亦在人心。

劝一个人放弃嫉妒，这种现象也是一种文化现象。劝一个人放弃嫉妒非是那么简单容易的事，没有点儿正面文化的储备难以成功。起码，得比嫉妒的人有些足以祛妒的文化。莫扎特常遭到前一位宫廷乐师的强烈嫉妒，劝那么有文化的嫉妒者须具有比其更高的文化修养，他无幸遇到那样一位善劝者，所以其心遭受嫉妒这只"耗子"的啃咬半生之久，直至莫扎特死了，他才获得了解脱，但没过几天也一命呜呼了。

文化确能祛除嫉妒。但文化不能祛除一切人的嫉妒。正如风和阳光，不能吹散天空的每堆积雨云。美国南北战争时期，一名北军将领由于嫉妒另一位将军的军中威望，三天两头向林肯告对方的刁状。无奈的林肯终于想出了一个主意，某日对那名因嫉妒而怒火中烧的将军说："请你将那个使你如此愤怒的家伙的一切劣行都写给我看，丝毫也别放过，让我们来共同诅咒他。"

那家伙以为林肯成了自己同一战壕的战友，于是其后连续向总统呈交信件式檄文，每封信都满是攻讦和辱骂，而林肯看后，每请他到办公室，与他同骂。十几封信后，那名将军省悟了，不再写那样的信，羞愧地向总统认错，很快就动身到前线去了，并与自己的嫉妒对象配合得亲密无间了。

省悟也罢，羞愧也罢，说到底还是人心里的文化现象。那名将军能省悟，且羞愧，证明他的心不是一块石，而是心宇，所以才有文化之风和阳光。

否则，林肯的高招将完全等同于对牛弹琴，甚至以怀化铁。

但毕竟，林肯的做法，起到了一种智慧的文化方式的作用。

前苏联音乐家协会某副主席，因嫉妒一位音乐家，也曾不断向勃列日涅夫告刁状。勃氏了解那无非是些鸡毛蒜皮的积怨，也很反感那一种滋扰，于是召见他，不动声色地说："你的痛苦理应得到同情，我决定将你调到作家协会去！"——那人听罢，立即跪了下去，着急地说自己的痛苦还不算太大，完全能够克服痛苦继续留在音协工作……因为，作家协会人际关系极为紧张复杂，帮派林立，似狼窝虎穴。

勃氏的方法，没什么文化成分，主要体现为权力解决法。而且，由于心有嫌恶，还体现为阴招。但也很奏效，那音协副主席，以后再也不用告状信骚扰他了。然效果却不甚理想，因为嫉妒仍存在于那位的心里，并没有获得一点点释放，更没有被"风"吹走，亦没被"阳光"蒸发掉。而嫉妒在此种情况之下，通常总是注定会变为恨的——那位音协副主席同志，不久疯了，成了精神病院的长住患者，他的疯语之一是："我非杀了他不可！"

一个人的嫉妒一旦在心里形成了"积雨云"，那也还是有可能通过文化的"风"和"阳光"使之化为乌有的。只不过，善劝者定要对那人有足够的了解，制定显示大智慧的方法。而且，在嫉妒者心目中，善劝者也须是被信任受尊敬的。

那么，嫉妒业已在一些人心里形成了"积雨云"将又如何呢？

文化之"风"和"阳光"仍能证明自己潜移默化的作用。但既曰潜移默化，当然便要假以时日了。

若嫉妒在许许多多成千上万的人心里形成了"积雨云"呢？

果而如此，文化即使再自觉，恐怕也力有不逮了。

成堆成堆的积雨云凝聚于天空，自然的风已无法将它吹散，只能将它吹走。但积雨云未散，电闪雷鸣注定要发生的，滂沱大雨和冰雹也总是要下的。只不过不在此时此地，而在彼时彼地罢了。但也不是毫无办法了——最后的办法乃是向"积雨云"层发射驱云弹。而足够庞大的"积雨云"层即使被驱云弹炸散了，那也是一时的。往往上午炸开，下午又聚拢了，复遮天蔽日了。

以自然界律吕调阳云腾致雨之现象比喻人类的社会，那么发射驱云弹便已不是什么文化的化解方法，而是非常手段了：如同是催泪弹，高压水龙或真枪实弹……

将嫉妒二字换成"郁闷"一词，以上每一行字之间的逻辑是成立的。

郁闷、愤懑、愤怒、怒火中烧——郁闷在人心中形成情绪"积雨云"的过程，无非尔尔。

郁闷是完全可以靠了文化的"风"和"阳光"来将其化解的，不论对于一个人的郁闷，还是成千上万人的郁闷。

但要看那造成人心郁闷的主因是什么。倘属自然灾难造成的，文化之"风"和"阳光"的作用一向是万应灵丹，并且一向无可取代。但若由于显然的社会不公、官吏腐败、政府无能造成的，则文化之"风"便须是劲吹的罡风，先对起因予以扫荡。而文化之"阳光"，也须是强烈的光，将一切阴暗角落一切丑恶行径暴露在光天化日之下。文化须有此种勇气，若无，以为仅靠提供娱乐和营造暖意便足以化解民间成堆的郁闷，那是一种文化幻想。文化一旦这样自欺地幻想，便是异化的开始。异化了的文化，只能使事情变得更糟——因为它靠了粉饰太平而遮蔽真相，遮蔽真相便不能不制造假象。

　　那么，郁闷开始在假象中自然而然变为愤懑。

　　当愤懑成为愤怒时——情绪"积雨云"形成了。如果是千千万万人心里的愤怒，那么便是大堆大堆的"积雨云"形成在社会上空了。

　　此时，文化便只有望"怒"兴叹，徒唤奈何了。不论对于一个人一些人许许多多千千万万的人，由愤怒而怒不可遏而怒从心头起恶向胆边生，往往是迅变过程，使文化来不及发挥理性作为。那么，便只有政治来采取非常手段予以解决了——斯时已不能用"化解"一词，唯有用"解决"二字了。众所周知，那方式，无非是向社会上空的"积雨云"发射"驱云弹"……

　　相对于社会情绪，文化有时体现为体恤、同情及抚慰；有时体现为批评和谴责；有时体现为闪耀理性之光的疏导；有时甚至也体现为振聋发聩的当头棒喝……

　　但就是不能起到威慑作用。

　　正派的文化，也是从不对人民大众凶相毕露的。因为它洞察并明了，民众之所以由郁闷而愤懑而终于怒不可遏，那一定是社会本身积弊不改所导致。

集体的怒不可遏是郁闷的转折点。

而愤怒爆发之时，亦正是愤怒开始衰减之刻。正如电闪雷鸣一旦显现，狂风暴雨冰雹洪灾一旦发作，便意味着积雨云的能量终于释放了。于是，一切都将过去，都必然过去，时间长短罢了。

在大众情绪转折之前，文化一向发挥其守望社会稳定的自觉性。这一种自觉性是有前提的，即文化感觉到社会本身是在尽量匡正着种种积弊和陋制的——政治是在注意地倾听文化之预警的。反之，文化的希望也会随大众的希望一起破灭为失望，于是会一起郁闷，一起愤怒；更于是体现为推波助澜的能量。

在大众情绪转折之后，文化也一向发挥其抚平社会伤口、呼唤社会稳定的自觉性。但也有前提，便是全社会首先是政治亦在自觉地或较自觉地反省错误。文化往往先行反省。但文化的反省，从来没有能够代替过政治本身的反省。

文化却从不曾在民众之郁闷变异为愤怒而且怒不可遏的转折之际发生过什么遏止作用。

那是文化做不到的。

正如炸药的闪光业已显现，再神勇的拆弹部队也无法遏止强大气浪的膨胀。

文化对社会伤痛的记忆远比一般人心要长久；这正是一般人心的缺点，文化的优点。文化靠了这种不一般的记忆向社会提供反思的思想力。阻止文化保留此种记忆，文化于是也郁闷。而郁闷的文化会渐限于自我麻醉、自我游戏、自我阉割、了无生气而又自适，最终完全彻底地放弃自身应有的一概自觉性，甘于一味在极端商业化的泥淖打滚……

反观 1949 年以后的中国，分明可以看到这样的情况——从前，哪怕仅仅几年没有什么政治的运动，文化都会抓住机遇，自觉而迫切地生长具有人文元素的枝叶，这是令后人起敬意的。

不能说当下的中国文化及文艺一团糟一无是处。

这不符合起码的事实。

但我认为，似乎也不能说当下的中国文化是最好的时期。

与从前相比，方方面面都今非昔比。倘论到文化自觉，恐怕理应发挥的人文影响作用与已然发挥了的作用是存在大差异的。

与从前相比，政治对文化的开明程度也应说今非昔比了。

但我认为，此种开明，往往主要体现在对文化人本人的包容方面。

包容头脑中存在"异质"文化思想的文化人固然是难能可贵的进步。但同样包容在某些人士看来有"异质"品相的文化本身也非常重要。我们当下某些文艺门类不要说人文元素少之又少，连当下人间的些微烟火也难以见到了。真烟火尤其难以见到。

倘最应该经常呈现人间烟火的艺术门类恰恰人间烟火最稀缺，全然地不接地气，一味在社会天空的"积雨云"堆间放飞五彩缤纷的好看风筝，那么几乎就真的等于玩艺术了。是以忧虑。

爱憎分明

让我们共同体验爱憎分明之为人的第一坦荡、第一潇洒、第一自然吧！

几经犹豫我才决定写下这一行题目。写时我的心里竟十分古怪——仿佛基督徒写下了什么亵渎上帝的字句。仿佛我心怀叵测，企图向世人散布很坏的想法。我能预料到某些人对这样一个题目的忐忑不安。他们大抵是些丧失了爱憎分明之勇气的人。这使我怜悯。我能预料到某些人对这样一个题目的不以为然乃至愤然。他们大抵是些毫无正义感的人。并且希望丑恶与美好混沌在我们的生活中。因为他们做人的原则以及选择的活法，更适应于丑恶而有违于美好。唯恐敢于爱憎分明的人多起来，比照出了自己心态的阴暗扭曲，甚至比照出了自己心态的邪狞。我不怜悯这样的人。我鄙夷这样的人。

世上之事，常属是非。人心倾向，便有善恶。善恶区分，便有爱憎。爱憎分明之于人而言，实乃第一坦荡、第一潇洒、第一自然之品格。

古人云：审其所好恶，则其长短可知也。又云：民之所好，好之；民之所恶，恶之。

怎么的，现在，不少人，却像些皮囊里塞满稻草似的人？他们使你怀疑，胸腔内是否有我们谓之为"心"的器官，纵有，那也算是心么？

男欢女爱之爱，他们倒是总在实践着。不但总在实践着，而且经验丰富。窃恨妒仇，也是从不放过体验机会的。不但自己体验，还要教唆别人。于是，污浊了我们的生活环境。在这些人看来世界大概是无是无非，无美无丑，无善无恶的。童叟仆跌于前，佯视而不见，绝不肯援一搀一扶之手，抬高腿跨过去罢了。妇姊呼救于后，竟充耳不闻，只当轻风一阵，何必"庸人自扰"？更有甚者，驻足"白相"，权作消遣。

苏格拉底说："无人自愿去作恶，或者去做他认为是恶的事。舍善而趋恶不是人类的本性。"

苏格拉底是对的么？

帕斯卡尔说："我们中大多数人欲求恶。"又说："恶是容易的。其数目是无限的。"还说："某些人盲目地干坏事的时候，从来没有像他们是出自本性时干得那么淋漓尽致而又兴高采烈了。"

帕斯卡尔所指的是人类生活现象的一方面事实么？

而屠格涅夫到晚年也产生了对人类及其生活的厌恶。他写了一篇优美如诗但情感色彩冷漠之极的散文——《山的对话》，就体现出了他的这种情绪。

当然我们不必去讨论苏格拉底和帕斯卡尔之间孰是孰非。人性本善亦或人性本恶是自古便有的命题。并且在以后的世纪必定还有思想家们继续进行苦苦的思想。

我要说，目前我们中国的某些人，似乎也患一种"疾病"，可否叫作"爱憎丧失症"？

爱憎分明实在不是我们人类行为和观念的高级标准。只不过是低级的最起码的标准。但一切所谓高尚一切所谓崇高，难道不是构建在我们人类德行和品格的这第一奠基石上么？否则我们每个人的内心必将再无真诚可言。我们的词典中将无"敬"字。

中国人口占世界人口五分之一。如果我们中国人在心理素质方面成为优等民族，那么世界五分之一人类将是优秀的。反之，又将如何？

思想哲人告诫人类——对善恶的无动于衷是人类精神最可怕的堕落。

生物学家则告诫我们—— 一类物种的灭绝，必导致生态链条的断裂，进而形成对生态平衡的严重威胁和破坏。

人类绝不是首先因憎激发了爱的冲动、力量和热情。恰恰相反，是由于爱的需要才悟到了憎的权利。好的教养可以给予我们爱的原则。懂得了这一点才算懂得了爱的尺度，也就懂得什么是恶了，也就必然学会了怎样用我们的憎去反对、抵制和战胜恶了。

爱憎分明的人是我们人类不可缺的"物种"，是我们人类精神血液中的白血球，是细腰蜂，是七星瓢虫，是邪恶当前奋不顾身的勇敢的蚁兵。因了爱憎分明的人存在，才会使更多的人感到世上有正义，社会有良知，人间有进行道德监督和道德审判的所谓道德法庭。

我们中国人是很讲"中庸之道"的。但我们的老祖宗也留下了这么一句"遗嘱"——"道不同，不相为谋"，并指出——"物以类聚，人以群分"。

可是我们当代的有些人，似乎早把老祖宗"道不同，不相为谋"之"遗嘱"彻底忘记了，似乎早把"物以类聚，人以群分"这借以自爱的起码的也差不多是最后的品格界线擦掉了。仅只恪守起"中庸之道"来。并且浅薄地将"中庸之道"嬗变为一团和气。于是中庸之士渐多。并经由他们，将自己的中庸推行为一种时髦。仿佛倡导了什么新生活运动，开创了什么新文明似的。于是我们不难看到这样的情形——原来应被"人以群分"的正常格局孤立起来的流氓、痞子、阴险小人、奸诈之徒以及一切行为不端品德不良居心叵测者，居然得以在我们的生活中招摇而来招摇而去，败坏和毒害我们的生活到了随心所欲的地步。所到之处定有一群群的中庸之士与他乘兴周旋逢场作戏握手拍肩一团和气。

我们常常希望有人拍案而起，厉曰："耻与尔等厮混！"

对这样的人，我们心中便生钦佩。

我们环顾左右，觉得这样做其实并不需要太大的勇气。然而我们当中有许多人唯恐落个"出头鸟"或"出头的椽子"之下场。于是我们自己便在一团和气之中，终究扮演了我们本不情愿扮演的角色。

更可悲的是，爱憎分明的人一旦表现出分明的爱憎，中庸之士们便会摆出中庸的嘴脸进行调和，我们缺乏勇气光明磊落地同样敢爱敢憎，却很善于在这种时候作乖学哆。

我们谁有资格说自己从未这样过呢？

因而我觉得我们首先应该憎恶我们自己。憎恶我们自己的虚伪。憎恶我们已经染上了梅毒一样该诅咒的"爱憎丧失症"。

那么，便让我们从此爱憎分明起来吧！

将这一希望寄托在别人身上，莫如寄托在我们自己身上。倘你周围确实无人在这一点上值得你钦佩，你何不首先在这一点上给予自己以自己钦佩自己的资格呢？如果你确想做一个爱憎分明之人，的确开始这样做了，我认为你当然有自己钦佩自己的资格。你也当然应该这样认为。

以敢憎而与可憎较量。以敢爱而捍卫可爱。以与可憎之较量而镇压可憎之现象。以爱可爱之勇气而捍卫可爱在我们的生活中发扬光大。让我们的生活中真善美多起来再多起来！让我们在我们每一个人的生活范围内，做一块盾，抵挡假恶丑对我们自己以及对生活的侵袭，同时做一支矛。让我们共同体验爱憎分明之为人的第一坦荡第一潇洒第一自然吧！其后，才是我们能否更多地领略人类之种种崇高和美好的问题……

民间意识形态与和谐社会

社会和谐或不和谐，主要是由民生问题来决定的。当然，这是指处理好了民族问题的前提之下。但人是高级的"动物"，只解决民生问题肯定是不够的。民生质量要求，乃是人民大众的基本权利。诸类民生诉求，皆须经由合法权利得以体现。而一涉及权利，自然也就绕不开民主。故民生与民主，是和谐社会的表里。正如一件较好的衣服要有"里子"，倘竟没有，尽管外表还中看，其实只不过是"样子货"。"中国特色的社会主义"，那也要有"中国特色"的民主。然究竟什么是"中国特色"的民主呢？除了主流即官方一直毫不松懈地，不断加大力度所强化宣传的"必须坚持党的领导"——其他方面，估计善于自圆其说者不是太多。

1949 年后，中国政治人士们一向认为，意识形态属于上层建筑——包括政治理论、政权纲领、社会思想、文化、教育。文艺属于文化范畴，也存在于教育界；故彼人士们一向认为，连文艺也应纳入上层建筑来看待之。文艺家们，自然也便都被视为或大或小地能够影响意识形态的人们了。因而是影响国家秩序稳定与否的人们，于是成为风口浪尖上的人们，于是成为宠辱不由自身的人们。当然，宠也罢，辱也罢，通常还是由得自身的。歌功颂德，必受宠也。反之，成为可包容的、被警惕的或活该受辱的人。

现在，情况发生了很大变化。所谓"意识形态"，不仅属于"上层建筑"，也分明属于"下层建筑"了。文化多元化已成为不以任何人的意志为转移，并且不可阻挡的世界潮流、中国大趋势。

于是，意识形态的多元化亦在所难免。

所谓意识形态，基本可分为三方面——政治人士们一定要强力推行的政治意识；知识分子们一定要努力发声的知识分子意识；民间必然存在的大众意识。

按照历史之悠久排序，民间意识形态由来最久，是以上两种意识形态的母体。所谓政治意识形态和知识分子意识形态，都是从民间意识形态分离出去的意识形态。

"人文伊始，文化天下"，指的便是人类文明雏形乍现，民间意识形态也随之产生。其后，从民间孕育了古代知识分子，于是有了知识分子的意识形态。孔子、老子、孟子、庄子等等古代思想家，起先无不是民间之一员耳。

早期的世界没有政党，只有帝王集团。他们的种种思想，一言以蔽之，便是王权意识形态——总结权谋之术和提升统治之术的意识形态。

政治意识形态，乃近代以来，政党出现以后的意识形态。

民间意识形态、知识分子意识形态、政治意识形态，三者关系怎样，决定中国更深层的社会稳定与否，和谐与否。这是深于民生问题的稳定，也是深于民生问题的和谐。

1949 年以后，政治意识形态试图控制民间意识形态的一概方面，扫荡知识分子意识形态在民间的一概思想影响。连民间意识形态和知识分子意识形态的共同底线——比如人道主义、同情心、道德感，亦一并以政治意识形态予以批判，希望借此手段，达到政治意识形态一统天下之目的。

政治意识形态是强势的，民间意识形态和知识分子意识形态是弱势的：故民间意识形态只有慑服于现实，知识分子意识形态只有沉默无声。能利用则利用，不能利用则打压，此种独教式的政治意识形态，在"文革"时期达到登峰造极的地步。

民生诉求，于是成为大逆不道之事。

知识分子作为社会良心的角色责任，于是被明哲保身所抵消。

但这等政治意识形态，不是起码的科学的意识形态。

因而是不可能持久的。

所以后来发生了"四五"运动。

民间意识形态和知识分子意识形态都被政治的意识形态逼得走投无路了，完全丧失意识自由的空间不符合人性。民生问题不仅是吃饭和生存的问题，还是意识的生死有无问题。

"四人帮"任意地压迫人性，那么他们的覆灭遂成必然。

历史的教训，值得政治人士们注意。

中国目前的意识形态现状乃是——电台、电视台、某些报刊，仍由政治意识形态牢牢掌控。

知识分子的意识声音，在出版方面还具有一定传播空间。标准时松时紧，空间忽大忽小。

而民间意识形态，则将网络当成了"根据地"。这"根据地"如"星星之火"，每抓住机会，形成一下"燎原之势"。一下而已，一下又一下，"燎"一下即自行熄灭，却一下比一下声势强大，不可小觑。

所以依我看来，目前之中国，似乎正形成着"三足鼎立"的意识形态局面。大幕已然拉开，"演义"还在后头。

政治意识形态仍是最强势的意识形态。但分明地，已淡化了绝对权威，再难以独步天下了。

知识分子意识形态，总体上并不能获得民间的信任。这乃因为，知识分子这个群体，由于经常表现出投机性、谄媚性，每每沽名钓誉的趋功近利性，在品质方面已被民间打了低分。对于中国知识分子们，这自然是可悲的。但一个事实乃是，某些知识分子正开始重拾良知责任，发挥着促进社会进步的正面作用。

　　而民间意识形态，虽然仿佛有了"根据地"，但得来太易，也就不知普遍珍惜，往往其声芜杂，宣泄多于理性，哗众取宠的表演多于发乎内心的表达。但毕竟，有时真的伸张了正义。

　　总体上看，民间意识形态所表达的，基本上还是"草根"之声，而非公民之声。

　　哪一天"草根"阶层自觉到自己是公民了，随之明了公民与社会的权利关系与义务关系了——那么民间意识形态在品质上就"飞跃"了，而政治意识形态，则就不但会留意倾听，而且要持敬畏的态度了。

　　于是，中国社会之深层和谐，将会有望在相互制约中达成……

忐忑的广场

自从世界上出现了城市，随之便出现了广场。

广场是城市的重要附件，没有广场的城市是不完整的城市。即使小的城市，也必有小的广场。而大城市的大广场，又往往足以成为代表城市以及国家的标志性符号，如北京天安门广场、莫斯科红场、华盛顿广场、巴黎协和广场、伦敦特拉法加广场等等。

对于城市，广场有两种作用。从城市建设美学的角度而言，广场的肃穆能够平衡它的喧闹，并且更加衬托它的繁华，使之于动态之中呈现开阔静谧之感。而在古代，广场也具有昭告国事、举行典礼、宣布急、特法令的功能。在一个城邦即一个国的古代，广场便是国家要闻的"发布中心"。所谓"昭告天下"，在古代，在许多城邦国，其实是在广场进行的。

在古希腊，诗人们经常到广场去朗诵他们的新诗；学者们经常在广场上演说或辩论。类似《一虎一席谈》那种辩论的情形，不但是古代各学院中常见的情形，也往往是广场上的情形。自然，民间艺人在规定时日可以在广场上卖艺；戏剧家们可以自组班子在广场上演出剧作。每每，执政官也会到广场上去倾听，观看。

广场是城市文化最初的摇篮。

在古代，在广场，"阳春白雪"和"下里巴人"共存共荣，相得益彰。

广场也是人类民主最初的摇篮。

在古罗马，恺撒是经过元老院投票和广场公选两项民主程序获得独裁地位的。当然，这种民选的结果是他以武力消灭了竞争对手为前提的。

恺撒被杀，消息也是在广场上向公众宣布的。

"我爱恺撒，但我更爱罗马"，布鲁图这句名言，是从罗马古城的广场传播向世界的。

当罗马不再是一个帝国的名字，而只不过是意大利首都的时候，亦即1600年的时候，意大利人在罗马的鲜花广场烧死了他们伟大的思想家布鲁诺。教会并未亲自干这一罪恶的勾当，他们将布鲁诺交给了"民间"，并且假惺惺地主张要尽量以温和的不流血的方式处置。

将一个人活活烧死的火焰是超"温和"的浇了油的高温的烈焰，并且当然不至于流血。

愚昧的"民间"动用私刑之残忍，一点儿也不逊于任何专制当局的拷问室里发生的残忍。

名字美好的鲜花广场见证了这一事实。

在沙皇俄国，车尔尼雪夫斯基被俄国的沙威们强迫跪在广场上的耻辱柱前表示"忏悔"，之后被押回监狱还要继续服刑。

那一年即1864年之后，彼得堡和莫斯科的大小广场经常竖起绞刑架，绞死反抗横征暴敛苛捐杂税的农民、宣传民主思想的大学生和知识分子。

那时离十月革命已经不远了。

一次世界大战以后，彼德堡和莫斯科的大小广场经常聚集着数百上千的人们，因为担心儿子、父亲或丈夫在前线的生死而相互打听消息。

电影《列宁在十月》中有这样的片断——临时政府的便衣在广场上

高呼："为了俄国的荣誉，我们要将战争进行到底！"而潜回城市准备策应革命的波罗的海舰队的水兵们则针锋相对地高呼："打倒战争！"

革命真的离那个国家不远了。

对于莫斯科红场，最体现正能量的一页乃是二战时期在莫斯科保卫战艰苦岁月中的阅兵式。当军乐响起，全世界为之肃然。

后来，我们都知道的，叶利钦跳上坦克，向民众发表演说，广场上一呼百应，掌声雷动。成功完成了对于政变的政变。于是，苏维埃共和国不存在了，新俄罗斯诞生了，它的铁腕政治家普京出现了。这一历史性变局对世界的巨大影响延续至今，导致今天的乌克兰政治危机，世界又因而神经紧张惴惴不安了一阵子。

在法国，读过《巴黎圣母院》的人都知道，卡西莫多是在格雷勿广场上被鞭笞的，而艾丝美拉达也是在格雷勿广场上被绞死的。它只不过是巴黎某区的小广场。巴黎的每一个区几乎都有自己的小广场，并且，也几乎都曾竖立过断头台或绞刑架。艾丝美拉达被绞死的情形，是在圣母院钟楼上用目光寻找她的卡西莫多眼睁睁爱莫能助地望到了的。他还望到，在相近的另一个区的小广场上，清道夫正用水刷洗断头台四周的石块路面，前几天有人在那里被断了头。

按照雨果的话说，法国当年有两个首都——巴黎是"思想之都"，里昂是"工业之都"；两个首都当时都暗燃着革命之火。在巴黎，革命之火暗燃于广场；在里昂，暗燃于工厂。

后来,路易十六与王后被断头于路易十五广场亦即后来的协和广场，正如英国的查理一世国王同样是在广场上被断头的。

而从法国历史来看，路易十六不但不是最坏的国王，简直还算是较为开明的国王。他与王后之被处死，只因法国大革命时期的多数领袖认为，他毕竟代表专制的王权，所以必须从肉体上加以消灭。

于是，巴黎的协和广场上，路易十五的雕像被推倒、毁掉，代之而起的是高耸的令人望而恐惧的断头台。

路易十六与王后的头被斩掉了。

不久，法国大革命时期的领袖罗伯斯庇尔，将另一位领袖丹东推上了断头台。

又不久，罗伯斯庇尔自己的头，也在断头台上被斩掉了。

革命者斩革命者的头，革命领袖斩革命领袖的头，与敌人斩他们的头一样毫不犹豫，毫不留情。

在一年多的时间里，那断头台斩下了成千上万颗人头，包括妇女、少年和少女的头。上一个月里是公社的人们斩下敌人们的头，下一个月里就可能是敌人斩下公社的人们的头。有时敌人也斩自己阵营中同情公社分子的人的头；同样，有时革命者也斩自己阵营中同情敌人者的头。只要被认为是敌人便当斩，有同情心者也当斩——年龄与性别根本不予考虑。

如果我们读一读雨果的《悲惨世界》，在被他称为"圣殿城"的圣安托万城，在它的议政大厅前的沙土广场上，与巴黎协和广场同样的血腥剧，在同一时期同样连续上演。

如果人类的广场自己能写自己的历史，它们将多么的感慨万端啊！

人类自己建造了城市，建造了广场，却在极漫长的历史时期内，使广场这种地方见证了人类相互之间极深极深的仇恨。这种仇恨像人退烧一样从广场这种地方逐渐退去，是近百年来才开始的事情。

二战结束以后，墨索里尼和他的情妇的尸体，遭到了在广场上被吊起、焚烧的下场。

中国最著名的广场，自然莫过于天安门广场。

"五四"运动爆发于天安门广场；

中华人民共和国的开国典礼举行于天安门广场；

在天安门广场，毛泽东8次接见来自全国各地的红卫兵，将"文革"之火燃遍全国各地；

而"四五"运动也爆发于天安门广场；

还有后来的"六四"风波；

并有走火入魔的法轮功信徒在天安门自焚；

更有恐怖人物驾车撞向金水桥……

天安门广场，它也见证了多少中国大事，或使国人感到痛心的、震惊的突发情况啊！

我有限的知识面使我觉得，中国的天安门广场，大约是世界上首都城市经历过最多次血雨腥风的广场。那一次次云涌星驰，血雨腥风，同它所载负的影响我们这个国家的光荣与梦想，合成为它的广场史。

我对世界各国的广场（包括天安门广场）史了解得多了点儿，有过几番思考之后，遂对发生于当今世界上许多城市的广场事件、广场运动，不再像年轻时那样看法简单、立场鲜明了。

我一向认为任何一个国家、一座城市的人们走向广场静坐，以表达诉求、抗议，乃是最正当的行动。而这也理应被视为广场这种地方的特殊"功能"之一。

在城市之中，广场太应该具有此种"功能"了。简直也可以说，被禁止了此种"功能"的广场，就是徒有其名的广场。

但我又觉得，我的眼已学会了透过合法的行动，洞察其背后的真相与假相、热忱与单纯、虔诚与伪装、复杂与简单、阴谋与阳谋的交织。

我更乐见这样的情形——静坐在任何一座城市的广场上的人们，以中年人为主。因为中年人看问题理应不甚偏激，中年人即使出于对各自家庭责任的考虑，也往往更能够保持起码的理性，不使自己的情绪失控，不使局面失控。

我倒宁愿青年们，尤其大学学子们起初做冷静的、审慎的旁观者。究竟介入与否，究竟站队于哪一立场，看明白了再决定。

广场既是聚集人的地方，也更是汇拢民间诉求之声的地方。诉求之声汇拢于广场，诚如胡适先生早年所言，必定已挟带了"正义的火气"。

倘连点儿"火气"都无，便断不至于聚拢。

胡适先生的心早年是很忧虑于那"正义的火气"之被利用的。并且，他的思想的睿智，也使他的眼能够洞察被利用的吊诡。

故当年的胡适先生就很孤立。

世界金融危机导致欧洲某些国家的财政破产，于是那些国家的人民走上街头，聚集于广场，要求国家保障他们的储蓄不至于化为乌有。

我在电视中看到一名彼国妇女接受采访时说："这是不可以的，这是绝对不可以的。"

她尽量克制着她的情绪，尽量使自己的语调和表情趋于正常。

她却震撼了我。

继而使我肃然起敬。

究竟是一种怎样的文化，又需要多长的时间，才会潜移默化使人成为那样的一类公民呢？

她的焦虑、不安、愤懑未形于色。她是那么的理性，然而捍卫自己的财富不受损失的决心又是那么的坚定。

"这是绝对不可以的。"——此言所体现的坚定难道还不够坚定吗？

如果有人怂恿，她的"正义的火气"便会使她打、砸、抢、烧起来吗？

我想是不会的。

因为不会，她的正义的诉求也就更加正义。

而任何政府，面对如此理性的公民，不认真对待其诉求，那也就太混账了。

政府若不愿被认为太混账，当然便会急人民之所急。因而，面临危机，政府和人民反倒更容易心往一处想，劲儿往一处使。

中国的问题在于，倘民众的"正义的火气"还不猛烈，有些官员则听而不闻，视而不见。仿佛民间既没有什么正义的诉求，也根本没有那诉求因被漠视而产生的火气。待那火气真的猛烈起来，想装作没看见没听到也不可能了，他们的表现又无非是——起初张皇失措，接着定下某种罪名，于是抓人、镇压。

结果是——理性的公民始终不见多起来，善于与民众对话的官员也始终不见多起来。

须知，与缺乏理性的民众对话，那种智慧要求太高了呀！

为着践行某种社会责任而发动之独立的、单纯的、始终不被形形色色的野心家、阴谋家、投机分子所利用，并从而左右的学运，我一向是以充满敬意的眼光看待的。

纵使在我看来是盲动的，不谙详情的，最终被证明是错的；只要能以理性收场，我也还是会不失敬意。

但政治是何其复杂之事！独立的、单纯的，从始至终不被利用，不被左右的学运，又谈何容易呢？

今日之中国，不论大小城市，几乎皆有广场，一多半广场是新的，还算不上有什么历史。社会批评家们往往指斥那类广场为"政绩工程"、"面子工程"。而有历史的广场，差不多也都旧貌换新颜了。

"政绩工程"也罢，"面子工程"也罢，既已成为事实了，只要不是豆腐渣工程，我主张城市里的人们，也就以好心情来接受事实吧。以后的政府官员们，不再为了政绩和面子好大喜功，劳民伤财，惹得民怨四起就是。

我愿以后中国各大小城市的广场，更是带给城市人欢乐的所在。

即使某日它们被抗议者游行者静坐者占领了，我也希望占领他们的是具有诉求理性的人们，而非动辄打砸抢烧冲击这里冲击那里的人们。

总而言之，我愿中国那些还算不上有什么历史的广场，在它们的新的历史形成的过程中，摒除暴力。我愿中国那些原本有过沉重的、血迹斑斑的历史的广场，不但旧貌换新颜，其续写下的新的历史，也与以往有所不同，而更应该是——记载中国人理性之光的历史。

让中国大小城市的广场，都见证中国人之理性的提升吧！

2014 年 4 月 5 日　北京

III

中国将如何

开
始

世界的丑陋

在全世界，卖淫、走私、贩毒、色情业的方兴未艾，文化的色情化，贿赂的丑闻，无不与商业瓜葛甚密。十之八九，是在合法经商的招牌之下进行的。连昔日韩国的总统，也东窗事发，原来曾被商所俘过，在全世界的睽睽注视之下站在了被告席上……

那些日子里韩国是多么的举国激愤啊！

出租汽车司机大瞪着两眼将车摇摇晃晃地开上了人行道。

警察发现他滴酒未沾。他是由于心理被刺激成那样儿。他接受不了他们的前总统原来是一个勒索巨贿的家伙这样一个铁证如山的事实。

而一个月薪一百万韩元的政府较高级官员，于头脑清醒之时算了一笔账，结论是他若想挣到他们的前总统受贿那么大数目的一笔钱，得工作四万余年。他算完这笔账倒不愿意清醒着了。于是跑去酒馆里喝得酩酊大醉，并用酒瓶子击碎了酒馆的玻璃，当众搂抱住女招待非礼无忌起来……

但是谁若问韩国人还要不要商业时代了。回答将是肯定的——当然还要！

一个理智的国家理智的民族，明白商业时代再有一百条一千条不好，却仍有另外一百条一千条别的任何时代所不可能带给人们的好处。却仍是人类唯一最好的选择。

总统索贿巨款，将他绞死就是了么！

韩国人尽可以许多许多次地选出一个总统，而对商业时代的选择却是不容反复的。一旦动摇了它的基础再要巩固它的基础，最短大约也需二十年。韩国人是明白这一点的。世界上几乎所有高度民主的国家的大多数公民，也都是明白这一点的。一个繁荣的商业局面光临的时代，对于这些国家的普通人来说，不啻是上帝对世间的一次巡礼。而总统对他们算什么呢？不过是比较认可的一名公仆罢了！

诚如托克维尔在《论美国的民主》第二卷中所言："民主社会中我们不知道还有什么其他东西能比商业更伟大、更辉煌了。它吸引了大众的注意力，丰富了大众的物质和精神需求的想象，把所有的旺盛精力都吸引过来。无论是谁，无论是任何偏见，都不能阻止人们通过商业而致富的愿望。民主社会中，所有大笔财富的取得都要靠商业的增长。"

然而商业这枝"玫瑰"，对于与之久违了的中国人而言，却未免太光怪陆离、杂乱无章、浮华而又浮躁了。它使人欲膨胀，人心贪婪。它使腐败现象如同倒片机将蝴蝶变成毛毛虫的令人厌恶的过程放映给人看。它使一小部分人那么不可思议地暴发，使他们中某些人暴发之后为富不仁……

所希冀的和已经面临的似乎根本不是一码事，于是许许多多的中国人迷惘、困惑、失落、痛心疾首而且愤懑了。开始以诅咒勾引坏了自己好儿子的娼妓般的语言诅咒商业时代。

但这似乎主要是几年前的情况。几年前商业在中国的混沌的初级阶段，确实是"刺"多"蕾"少的。现在它的"刺"已被共和国的法修剪掉了一些。现在它当年的一些"蕾"开花了。现在，普遍的中国人，已经能够比较冷静比较明智比较客观比较平和地凝视商业时代了。谁若问普遍的中国人——我们是否应该将商业时代这看起来总有点儿离经叛道的"新娘子"再一次逐出国门？普遍的中国人寻思一下，大约会宽容地这样回答：让"她"留下吧！世上哪有没毛病的"媳妇"，我们日后慢慢调教"她"吧。这么想和这么说，都无疑意味着一个民族的成熟。而这一种成熟，又完全可以认为，是对商业时代改变了太理想主义的期望。中国是一个动辄容易陷入理想主义思维怪圈的民族。而西方人却早就对商业时代的本质有所洞察了。《民主和教育》一书的作者杜威说："认为商业的事情在它自身的范围内可以'自觉'地成为一种理想的文化，认为它可以把为社会服务作为自身的宗旨，并让它来代表社会的利益和良心——这样的想法是极其荒谬的。先生们，我们在承认商业的贡献的同时，绝对不可以把它想象得很温良。因为这不符合事实。我们要给它套上鞍镫。我们跨在它背上的时候，要穿带马刺的靴子。只有在这一种情况下，它才能收敛它自私自利原则之下的欲望，满足自己的同时也对社会作些回报。"

杜威的这段话，对当前的中国人，尤其当前的中国首脑们，是非常有参考意义的。

一切有关商业的法规、法令，都是为了更好地驾驭它，使它更大限度地造福于社会的"鞍镫"和"缰辔"。同时也是不断激励它按照社会福利的总目标奋进的"马刺"。优秀的骑手和坐骑之间，常常达到一种"合二为一"似的最佳境界。这也是国家和商业时代之间的最佳境界。

税法是商业法规、法令中最重要的一条。

密尔在《功利主义》一书中说："买卖人对一切顾客买一样的东西收一样的价钱，并不随顾客出钱能力的大小而高低他的价目，世人都认为这是公道的，而不是不公道。但是若以此原则制定税法，就与人的人道主义和社会利便的感觉太不相容了。国家应对富人特别制定某几项高税。因为我们冷静分析不得不承认，国家这台机器，历来为富人的效劳比为穷人的效劳多。"

卢梭在他的《政治经济学》中则说得更明白："如果富人显示阔绰的虚荣心可以从许多奢侈之物中获得极大的满足，那么让他们在享受奢侈时增加一些开支，正是征收这种税的充分的理由。只要世界上有富人存在，他们就愿意使自己有别于穷人。而国家也设计不出比以这种差别为根据的税源更公平更可靠的税源。"

世界上许多商业发达的国家都早就这样做着了。

中国将如何开始呢？

再给它点儿时间吧。

如果，一个时代为了"造"出一个富人，不惜以产生三个甚至数个穷人为代价，那么不管它是不是商业时代，不管多少有思想的人极力加以赞颂，它总是要完蛋的。

罗斯金在《到此为止》一书中说："既然穷人无权占有富人的财产久为人知，我同样也希望，富人无权占有穷人的财产这一事理明昭天下。"

一切鲸吞、瓜分、巧取豪夺、挥霍浪费国家财产的人，都既不但对国家犯罪，同时也对人民犯罪。犯有制造贫穷罪和占有穷人财产罪。因为道理是那么的明白——那一部分财产原本是靠劳动者积累的。国家原本是可以用它救助一部分穷人，消灭一部分贫穷现象的。

萧伯纳在他的小说《巴巴拉少校》前言中说："金钱大量地聚积在一部分人手里，对他们来说多得没有什么价值了，而对另一部分人来说则少得可怜难以为生时，它就变成该诅咒的东西了。"

这样的现象往往是由于——"给四个人每天三先令，让他们干十到十二小时的艰苦劳动；而却常常向另一个人提供不劳而获的机会，使其轻而易举地便会得到一千或一万英镑。"

这决不是一个健康的、成熟的、人人衷心拥护的商业时代的特征。

健康的、成熟的商业时代的基本特征应该是——普遍的人们为了挣到使自己过上丰衣足食的生活的钱其实并不太难；某些人企图挣比这更多的钱其实很不容易。

在中国，目前相反的现象还随处可见。但是要消除这一种现象，中国又只有万桨齐动，中流击水。回头恰恰无岸。

商业时代的一切负面弊端，只有通过商业的进一步发展才能疗治。这一点是走过来了的国家向我们证实了的。好比一个在冰天雪地中决定何去何从的人，思考必须变得极为简单——哪里升起着炊烟哪里就是继续前行的方向。

而商业的炊烟，一向袅袅升起在时代的前面。商业不在其后插路标。它不但一向一往无前，而且总是随身带走火种。你需要火，那么就只有跟随它。国家是人类的公民，就像个人是国家的公民一样。人类进入了商业时代，任何一个国家"公民"都只能"跟着感觉走"，迁移不到外星球去。中世纪的罗马教堂曾发放过"赎罪券"——这意味着上帝也曾集资。宗教经商，赎罪靠钱，古今中外，概莫能外。商人是商业的细胞。商业是人类社会的动脉。商业其实从来不仅是人类的表象活动，也不仅是由它影响着人类的意识形态。它本身便是一种最悠久的最实际的意识形态的变种。它使政治像经济。它使外交像外贸。它使经济学像发财经。它使我们几乎每一个人的灵魂都有一半儿像商人。它使商人像马克·吐温说的那一种人——"如果金钱在向我招手，那么无论是《圣经》、地狱，还是我母亲，都决不可能使我转回身去。"

它使道德观念代代嬗变。它使人文原则改弦更张。它给一切艺术随心所欲地标价。不管是最古典的还是最现代的，最俗的还是最雅的。它使法绕着它转。今天为它修正一款，明天为它增加一条。以至于法典最厚的美国，律师们喟叹当律师太难了。它殷勤地为我们服务，甚至周到至千方百计净化我们每天所吸的空气和每天所饮的水的地步，但同时一点儿也不害臊地向我们伸手要钱。你不需要几万元一套的马桶，但是有别人需要。有需要便有利润，于是商便合法地生产之……你不需要纯金的水龙头，但是有别人需要。有需要便有利润，于是商便合法地生产之……它还制造格林童话里的国王才睡的黄金床……它还在月球上开发墓地。将来肯定也要在月球上开发旅游热线。人觉得地球上的商品已经太多太多，但明天商业还会向人提供令人感到新奇的东西。

商业早已开发到了人的头脑里，人的心灵里。人的思想人的精神其实早已入股商业了。人还敢嘴硬说人拒绝商业时代么？人有什么资格拒绝有什么资本拒绝？人每天的心思一半儿左右与商业时代有关。它本身微微地摇摆一次，万亿之众的命运和生活就不复是原先的状态了！

物理学家说：人是熵的减少者。化学家说：人是碳原子的产物。生理化学家说：人是核酸与酸相互作用器。生物学家说：人是细胞的聚体。天文学家说：人是星际的孩子。而商业时代说：我是人类的奶娘。过去是，现在是，将来仍是。谈到将来，便确实产生了一个终极关怀的话题。人类不再吮"她"的乳汁行不行呢？这话题太沉重，也太遥远。还是不讨论吧！邓小平同志的一种思想方法，不失为很实际的方法——如果我们的智慧不够，不妨留给下一代人去解决……

当今中国青年阶层分析

不差钱的"富二代"

报载，当下中国有一万余位资产在两亿以上的富豪们，"二世祖"是南方民间对他们儿女的叫法。关于他们的事情民间谈资颇多，人们常津津乐道。某些报刊亦热衷于兜售他们的种种事情，以财富带给他们的"潇洒"为主，羡慕意识流淌于字里行间。窃以为，一万多相对于十三亿几千万人口，相对于四亿几千万中国当代青年，实在是少得并没什么普遍性，并不能因为他们是某家族财富的"二世祖"，便必定具有值得传媒特别关注之意义。故应对他们本着这样一种报道原则——若他们做了对社会影响恶劣之事，谴责与批判；若他们做了对社会有益之事，表扬与支持。否则，可当他们并不存在。在中国，值得给予关注的群体很多，非是不报道"二世祖"们开什么名车，养什么宠物，第几次谈对象便会闲得无事可做。传媒是社会的"复眼"，过分追捧明星已够讨嫌，倘再经常无端地盯向"二世祖"们，这样的"复眼"自身毛病就大了。

由于有了以上"二世祖"的存在，所谓"富二代"的界定难免模糊。倘不包括"二世祖"们，"富二代"通常被认为是这样一些青年——家境富有，意愿实现起来非常容易，比如出国留学，比如买车购房，比如谈婚论嫁。他们的消费，往往也倾向于高档甚至奢侈。和"二世祖"们一样，他们往往也拥有名车。他们的家庭资产分为有形和隐形两部分：有形的已很可观，隐形的究竟多少，他们大抵并不清楚，甚至连他们的父母也不清楚。我的一名研究生曾幽幽地对我说："老师，人比人真是得死。我们这种学生，毕业后即使回省城谋生，房价也还是会让我们望洋兴叹。可我认识的另一类大学生，刚谈恋爱，双方父母就都出钱在北京给他们买下了三居室，而且各自一套。只要一结婚，就会给他们添辆好车。北京房价再高，人家也没有嫌高的感觉！"——那么，"另一类"或"人家"自然便是"富二代"了。

我还知道这样一件事——女孩在国外读书，忽生明星梦，非要当影视演员。于是母亲带女儿专程回国，到处托关系，终于认识了某一剧组的导演，声明只要让女儿在剧中饰一个小角色，一分钱不要，还愿意反过来给剧组几十万。导演说您女儿也不太具有成为演员的条件啊，当母亲的则说，那我也得成全我女儿，让她过把瘾啊！——那女儿，也当属"富二代"无疑了。

如此这般的"富二代"，他们的人生词典中，通常没有"差钱"二字。他们的家长尤其是父亲们，要么是中等私企老板，要么是国企高管，要么是操实权握财柄的官员。倘是官员，其家庭的隐形财富有多少，他们确乎难以了解。他们往往一边享受着"不差钱"的人生，一边将眼瞥向"二世祖"们，对后者比自己还"不差钱"的生活方式消费方式每不服气，故常在社会上弄出些与后者比赛"不差钱"的响动来。

我认为，对于父母是国企高管或实权派官员的他们，社会应予必要的关注。因为这类父母中不乏现行弊端分明的体制的最大利益获得者及最本能的捍卫者。这些身为父母的人，对于推动社会民主、公平、正义是不安且反感的。有这样的父母的"富二代"，当他们步入中年，具有优势甚至强势话语权后，是会站在一向依赖并倍觉亲密的利益集团一方，发挥本能的维护作用，还是会比较无私地超越那一利益集团，站在社会公平和正义的立场，发符合社会良知之声，就只有拭目以待了。如果期待他们成为后一种中年人，则必须从现在起，运用公平、正义之自觉的文化使他们受到人文影响。而谈到文化的人文思想影响力，依我看来，在中国，不仅对于他们是少之又少微乎其微，即使对最广大的青年而言，也是令人沮丧的。故我看未来的"富二代"的眼，总体上是忧郁的。不排除他们中会产生足以秉持社会良知的可敬人物，但估计不会太多。

在中国，如上之"富二代"的人数，大致不会少于一两千万。这还没有包括同样足以富及三代五代的文娱艺术界超级成功人士的子女。不过他们的子女人数毕竟有限，没有特别加以评说的意义。

中产阶层家庭的儿女

世界上任何一个国家，中高级知识分子家庭几乎必然是该国中产阶层不可或缺的成分，少则占三分之一，多则占一半。中国国情特殊，20世纪80年代以前，除少数高级知识分子，一般大学教授的生活水平虽比城市平民阶层的生活水平高些，但其实高不到哪儿去。20世纪80年代后，这些人家生活水平提高的幅度不可谓不大，他们成为改革开放的直接受惠群体是无可争议的事实。不论从居住条件还是收入情况看，知识分子家庭的生活水平已普遍高于工薪阶层。最差的，生活水平也早已超过所谓小康。

然而2009年以来的房价大飙升，使中产阶层生活状态顿受威胁，他们的心理也受到重创，带有明显的挫败感。仅以我语言大学的同事为例，有人为了资助儿子结婚买房，耗尽二三十年的积蓄不说，儿子也还需贷款一百余万，沦为"房奴"，所买却只不过八九十平方米面积的住房而已。还有人，夫妻双方都是五十来岁的大学教授，从教都已二十几年，手攥着百余万存款，儿子也到了结婚年龄，眼睁睁看着房价升势迅猛，不知如何是好，只有徒唤奈何。他们的儿女，皆是当下受过高等教育的青年，有大学学历甚至是硕士、博士学历。这些青年成家立业后，原本最有可能奋斗成为中产阶层人士，但现在看来，可能性大大降低了，愿景极为遥远了。他们顺利地谋到"白领"职业是不成问题的，然"白领"终究不等于中产阶层。中产阶层也终究得有那么点儿"产"可言，起码人生到头来该有产权属于自己的一套房子。可即使婚后夫妻二人各自月薪万元，要买下一套两居室的房子，由父母代付部分购房款，也还得自己贷款一百几十万。按每年可偿还十万，亦需十几年方能还清。又，他们从参加工作到实现月薪万元，即使工资隔年一升估计至少也需十年。那么，前后加起来可就是二十几年了，他们也奔五十了。人生到了五十岁时，才终于拥有产权属于自己的两居室，尽管总算有份"物业"了，恐怕也还只是"小康人家"，而非"中产"。何况，他们自己也总是要做父母的。一旦有了儿女，那一份支出就大为可观了，那一份操心也不可等闲视之。于是，拥有产权属于自己的一套房子的目标，便离他们比遥远更遥远了。倘若双方父母中有一位甚至有两位同时或先后患了难以治疗的疾病，他们小家庭的生活状况也就可想而知了。

好在，据我了解，这样一些青年，因为终究是知识分子家庭的后代，可以"知识出身"这一良好形象为心理的盾，抵挡住贫富差距巨大的社会现实的猛烈击打。所以，他们在精神状态方面一般还是比较乐观的。他们普遍的人生主张是活在当下，抓住当下，享受当下；更在乎的是于当下是否活出了好滋味，好感觉。这一种拒瞻将来，拒想将来，多少有点儿及时行乐主义的人生态度，虽然每令父母辈摇头叹息，对他们自己却未尝不是一种明智。并且，他们大抵是当下青年中的晚婚主义者。内心潜持独身主义者，在他们中也为数不少。三分之一左右按正常年龄结婚的，打算做"丁克"一族者亦大有人在。

在中国当下青年中，他们是格外重视精神享受的。他们也青睐时尚，但追求比较精致的东西，每自标品位高雅。他们是都市文化消费的主力军，并且对文化标准的要求往往显得苛刻，有时近于尖刻。他们中一些人极有可能一生清贫，但大抵不至于潦倒，更不至于沦为"草根"或弱势。成为物质生活方面的富人对于他们既已不易，他们便似乎都想做中国之精神贵族了。事实上，他们身上既有雅皮士的特征，也确乎同时具有精神贵族的特征。

一个国家是不可以没有一些精神贵族的；绝然没有，这个国家的文化也就不值一提了。即使在非洲部落，也有以享受他们的文化精品为快事的"精神贵族"。

他们中有不少人将成为中国未来高品质文化的守望者。不是说这类守望者只能出在他们中间，而是说由他们之间产生更必然些，也会更多些。

城市平民阶层的儿女

出身于这个阶层的当下青年，尤其受过高等教育的他们，相当一部分内心是很凄凉悲苦的。因为他们的父母，最是一些"望子成龙"、"望女成凤"的父母，此类父母的人生大抵历经坎坷，青年时过好生活的愿景强烈，但这愿景后来终于被社会和时代所粉碎。但愿景的碎片还保存在内心深处，并且时常也还是要发一下光的，所谓未泯。设身处地想一想确实令人心疼。中国城市平民人家的生活从前肯定比农村人家强，也是被农民所向往和羡慕的。但现在是否还比农民强，那则不一定了。现在不少的城市平民人家，往往会反过来羡慕农村富裕的农民，起码农村里那些别墅般的二三层小楼，便是他们每一看见便会自叹弗如的。但若有农民愿与他们换，他们又是肯定摇头的。他们的根已扎在城市好几代了，不论对于植物还是人，移根是冒险的，会水土不服。对于人，水土不服却又再移不回去，那痛苦就大了。

　　"所谓日子，过的还不是儿女的日子！"这是城市平民父母们之间常说的一句话，意指儿女是唯一的精神寄托，也是过上好日子的唯一依赖，更是使整个家庭脱胎换骨的希望。故他们与儿女的关系，很像是体育教练与运动员的关系，甚至是拳击教练与拳手的关系。在他们看来，社会正是一个大赛场，而这也基本是事实，起码目前在中国是一个毫无疑问的事实。所以他们常心事重重、表情严肃地对儿女们说："孩子，咱家过上好生活可全靠你了。"出身于城市平民人家的青年，从小到大，有几个没听过父母那样的话呢？

　　可那样的话和十字架又有什么区别？话的弦外之音是——你必须考上名牌大学，只有毕业于名牌大学才能找到好工作；只有找到好工作才有机会出人头地；只有出人头地父母才能沾你的光在人前骄傲，并过上幸福又有尊严的生活；只有那样，你才算对得起父母……即使嘴上不这么说，心里也是这么想的。

　　于是，儿女领会了——父母是要求自己在社会这个大赛场上过五关斩六将，夺取金牌金腰带的。于是对于他们，从小学到大学都成了赛场或拳台。然而除了北京、上海，在任何省份的任何一座城市，考上大学已需终日刻苦，考上名牌大学更是谈何容易！并且，通常规律是——若要考上名牌大学，先得挤入重点小学。对于平民人家的孩子，上重点小学简直和考入名牌大学同样难，甚至比考上名牌大学还难。名牌大学仅仅以高分为王，进入重点小学却是要交赞助费的，那非平民人家所能承受得起。往往即使借钱交，也找不到门路。故背负着改换门庭之沉重十字架的平民家庭的儿女们，只有从小就将灵魂交换给中国的教育制度，变自己为善于考试的机器。但即使进了重点初中、重点高中、重点大学，终于跃过了龙门，却发现在龙门那边，自己仍不过是一条小鱼。而一迈入社会，找工作虽比普通大学的毕业生容易点儿，工资却也高不到哪儿去。本科如此，硕士博士，情况差不多也是如此，于是倍感失落……

另外一些只考上普通大学的，高考一结束就觉得对不起父母了，大学一毕业就更觉得对不起父母了。那点儿工资，月月给父母，自己花起来更是拮据。不月月给父母，不但良心上过不去，连面子上也过不去。家在本市的，只有免谈婚事，一年又一年地赖家而居。天天吃着父母的，别人不说"啃老"，实际上也等于"啃老"。家在外地的，当然不愿让父母了解到自己变成了"蜗居"的"蚁族"。和农村贫困人家的儿女们一样，他们是中国不幸的孩子，苦孩子。

我希望中国以后少争办些动辄"大手笔"地耗费几千亿的"国际形象工程"，省下钱来，更多地花在苦孩子们身上——这才是正事！

他们中考上大学者，几乎都可视为坚卓毅忍之青年。

他们中有人最易出现心理问题，倘缺乏关爱与集体温暖，每酿自杀自残的悲剧，或伤害他人的惨案。然他们总体上绝非危险一族，而是内心最郁闷、最迷惘的一族，是纠结最多、痛苦最多，苦苦挣扎且最觉寡助的一族。

他们的心，敏感多于情感，故为人处世每显冷感。对于帮助他们的人，他们心里也是怀有感激的，却又往往倍觉自尊受伤的刺痛，结果常将感激封住不露，饰以淡漠的假象。而这又每使他们给人以不近人情的印象。这种时候，他们的内心就又多了一种纠结和痛苦。比之于同情，他们更需要公平；比之于和善相待，他们更需要真诚的友谊。

谁若果与他们结下了真诚的友谊，谁的心里也就拥有了一份大信赖，他们往往会像狗忠实于主人那般忠实于那份友谊。他们那样的朋友是最难交的，居然交下了，大抵是一辈子的朋友。一般情况下，他们不会轻易或首先背叛友谊。

他们像极了于连。与于连的区别仅仅是，他们不至于有于连那么大的野心。事实上他们的人生愿望极现实，极易满足，也极寻常。但对于他们，连那样的愿望实现起来也需不寻常的机会。"给我一次机会吧！"——这是他们默默在心里不知说了多少遍的心语。但又一个问题是——此话有时真的有必要对掌握机会的人大声地说出来，而他们往往比其他同代人更多了说之前的心理负担。

他们中之坚苦卓绝者，或可成将来靠百折不挠的个人奋斗而成功的世人偶像，或可成将来足以向社会贡献人文思想力的优秀人物。

人文思想力通常与锦衣玉食者无缘。托尔斯泰、雨果们是例外，并且考察他们的人生，虽出身贵族，却不曾以锦衣玉食为荣。

农家儿女

家在农村的大学生，或已经参加工作的他们，倘若家乡居然较富，如南方那种绿水青山、环境美好且又交通方便的农村，则他们身处大都市所感受的迷惘，反而要比城市平民的青年少一些。这是因为，他们的农民父母其实对他们并无太高的要求。倘他们能在大都市里站稳脚跟，安家落户，父母自然高兴；倘他们自己觉得在大都市里难过活，要回到省城工作，父母照样高兴，照样认为他们并没有白上大学，即使他们回到了就近的县城谋到了一份工作，父母虽会感到有点儿遗憾，但不久那点儿遗憾就会过去的。

很少有农民对他们考上大学的儿女们说："咱家就指望你了，你一定要结束咱家祖祖辈辈都是农民的命运！"他们明白，那绝不是一个受过高等教育的儿女所必然能完成的家庭使命。他们供儿女读完大学，想法相对单纯：只要儿女们以后比他们生活得好，一切付出都是值得的。中国农民大多是些不求儿女回报什么的父母。他们对土地的指望和依赖甚至要比对儿女们还多一些。

故不少幸运地在较富裕的农村以及小镇小县城有家的、就读于大都市漂泊于大都市的学子和青年，心态比城市平民（或贫民）之家的学子、青年还要达观几分。因为他们的人生永远有一条退路——他们的家园。如果家庭和睦，家园的门便永远为他们敞开，家人永远欢迎他们回去。所以，即使他们在大都市里住的是集装箱——南方已有将空置的集装箱租给他们住的现象——他们往往也能咬紧牙关挺过去。他们留在大都市艰苦奋斗，甚至年复一年地漂泊在大都市，完全是他们个人心甘情愿的选择，与家庭寄托之压力没什么关系。如果他们实在打拼累了，往往会回到家园休养、调整一段时日。同样命运的城市平民或贫民人家的儿女，却断无一处"稚子就花拈蛱蝶，人家依树系秋千"，"罗汉松遮花里路，美人蕉错雨中棂"的家园可以回归。坐在那样的家门口，回忆儿时"争骑一竿竹，偷折四邻花"之往事，真的近于是在疗养。即使并没回去，想一想那样的家园，也是消累解乏的。故不论他们是就读学子、公司青年抑或打工青年，精神上总有一种达观在支撑着。是的，那只不过是种达观，算不上是乐观。但是能够达观，也已很值得为他们高兴了。

不论一个当下青年是大学校园里的学子、大都市里的临时就业者或季节性打工者，若他们的家不但在农村，还在偏僻之地的贫穷农村，则他们的心境比之于以上一类青年，肯定截然相反。

回到那样的家园，即使是年节假期探家一次，那也是忧愁的温情有，快乐的心情无。打工青年们最终却总是要回去的。

大学毕业生回去了毫无意义——不论对他们自己，还是对他们的家庭。他们连省城和县里也难以回去，因为省城也罢，县里也罢，适合于大学毕业生的工作，根本不会有他们的份儿。而农村，通常也不会直接招聘什么大学毕业生"村官"的。

所以，当他们用"不放弃！绝不放弃！"之类的话语表达留在大都市的决心时，大都市应该予以理解，全社会也应该予以理解。

"这是一个最好的时代！

这是一个最坏的时代！"

以上两句话，是狄更斯小说《双城记》的开篇语。那究竟是一个怎样的时代，此不赘述。狄氏将"好"写在前，将"坏"写在后，意味着他首先是在肯定那样一个时代。在此借用一下他的句式来说：

当代中国青年，他们是些令人失望的青年。

当代中国青年，他们是些足以令中国寄托希望的青年。

说他们令人失望，乃因以中老年人的眼看来，他们身上有太多毛病。诸毛病中，以独生子女的娇骄二气、"自我中心"的坏习性、逐娱乐鄙修养的玩世不恭最为讨嫌。

说他们足以令中国寄托希望，乃因他们是自 1949 年以后最真实地表现为人的一代，也可以说是忠顺意识之基因最少，故而是真正意义上脱胎换骨的一代。在他们眼中，世界真的是平的；在他们的思想的底里，对民主、自由、人道主义、社会公平正义的尊重和诉求，也比 1949 年以后的任何一代人都更本能，更强烈……

只不过，现在还没轮到他们充分呈现影响力，而他们一旦整体发声，十之七八都会是进步思想的认同者和光大者。

大官村的"海选"

　　4月24日晚九点半,不期然地被中央电视台播放的一期节目所吸引,于是想为那节目写篇小文的冲动自觉而强烈。

　　节目当属专题片类,以纪实风格,非常生动地反映了吉林省某县大官村农民"海选"村长的全过程。

　　这大官村有一千二百余名符合选民年龄的农民。它的前任村长是上级任命的。虽然也经过选举,但却是上级提名在先,农民投票于后。建国以来一向的"中国特色",所谓"集中领导下的民主"。这"集中",自然带有"长官意志"。这意志的出发点,一向以替农民——推而广之,替广大人民群众做主为愿望。这愿望一向以替人民负责为原则。这原则以考虑到广大中国人民是否习惯民主,是否善于运用自己的民主权利为思想方法的前提。而答案又几乎一向是"否",于是又几乎一向地由"长官"替人民替群众做主着。它的好处是,使民主之程序一向变得非常之简单,使"长官"之目的一向顺理成章地得以实现。它的坏处是,使人民群众的民主意识一向地处于被动,并于长期的被动中渐渐地主观丧失,渐渐地习惯于完全依赖"长官"做主,渐渐彻底放弃。若"长官"的做主是英明的,此等民主的结果皆大欢喜。若"长官"昏庸,压制贤才,安插亲信,重用庸常之辈甚至品行不端之辈,则意味着合法的强加，意味着假民主之名对人民群众民主意识和民主权利的合法的强奸。

所幸节目的制作人通过采访，比较令人信服地向我们证实——大官村的前任老村长，非是一个善于以权谋私鱼肉村民的人。他基本上是一位作风正派的农村基层干部，而且在村民中获得较为广泛的公认。村民对他的意见是工作缺乏魄力，缺乏开拓精神。

这样的一名村干部，采取一向的选举方式，先提名，后选举，先"集中"，后民主，显然也不至于引起村民们多么普遍多么强烈的反对。

但是大官村的上级"长官"们，今年决定将彻底的民主权利毫无保留地奉还给村民。于是在这个叫"大官"村的农村，为了选出一个中国官体制中最小的官——村长，上演了一幕"海选"的时代活剧。以我理解，"海选"似乎有点儿在一个村里进行"全民公决"的意思。于是就有了必要的选前动员，就有了初选，就有了竞选演讲，就有了再次决选。前任老村长并未主动放弃竞选资格和权利。采访者问他有信心没有？答曰："有。"问有几分信心，答曰："相信群众，有八九分信心。"问知道谁可能是自己的竞争对手不，答曰："知道，有三个人。"并一一道来，坦率谈出他们与自己竞争的优弱之处。他似乎稳操胜券，一方面承认三个竞争对手各有值得自己今后学习的长处，另一方面确信他们并不构成对自己的巨大"威胁"。再采访三个竞争者，问想当村长么，皆曰："想。"他们在这件事上表现出了东北农民可爱的实在。想就是想。不讳言想。不顾左右而言他。不支吾。不吞吐。不口是心非。都回答得明确而简洁。如果说三人的回答各有什么不同之处，那么无非是第二个人在"想"字前边加上了"非常"二字；第三个人在"想"字前边加上了"当然"二字。

于是我们看到，在这个叫"大官"村的农村，竞选者们当村长的愿望不但皆十分强烈，而且皆认为机不可失，须当仁不让，而且都表示竞选图的是能有机会为改变大官村贫穷落后的面貌贡献能力和才智。

问他们有信心么，其回答所表现的信心，并不亚于老村长。于是我们看到，分明的，老村长落选的可能性还是存在的。事实也证明了这一点，两名竞选者的票数紧咬老村长之后，相差无几。但是"半道杀出一个程咬金"！一个叫王臣的人票数后来居上，迅速超过前两名竞争者，将他们"淘汰出局"，与老村长以三票之差顺列榜一榜二。初选的结果是——村长将产生于前任村长和村抽水站抽水员之间。

二者之间的"决一胜负"势在必行。问老村长想到了这个王臣会成为自己的最后竞争者么，答曰："没想到。从来也没听说他也想当村长。"诚所谓"真人不露相，露相不真人"。问王臣为什么竞选，答曰："不服气。"——言下之意，自己能当得更好。问有信心么，答曰："百分之九十以上。"问少老村长三票，是否打算拉些选票，答曰："起码要说服更多的人相信，我能当一个好村长。"再采访村民，一些人继续拥护老村长，另一部分人却分明更加看好王臣。前者严肃地提醒后者："给了民主，不能滥用！头脑里要有点儿辩证的哲学，有的人，给一万元也不能选他啊！"

后者们郑重反驳："你有你相信的人，我有我相信的人！看问题看人的方法不同，干吗强求一致？没有争议的人往往可能是老好人儿，有争议的人反而可能有作为！"

决选那一天，再问老村长还满怀信心么。

答曰："不那么足了。"

问还有几分信心。

答曰："只有六七分了。"

问王臣有信心么。

答曰："当然有。"

问仍有几分。

答曰："百分之九十。"

比竞选开始前的老村长，到了紧要关头更加显得从容镇定，更加显得稳操胜券。问村民们怎么看怎么估计，都说看不清端倪难以估计到结果了。都说只能由票数来决定了……

决选之中，王臣的票数一度遥遥领先，老村长的票数明显失利。于是镜头给向两个浑然不觉的竞选者（他们那时都顾不上理睬镜头了），一个不动声色然而暗自得意；一个强自镇定却分明心神不安。

看到此处，我不禁地推想——在那个叫"大官"村的农村，两个农民所锲而不舍一争到底的，显然不仅仅是小小的村长之位吧？肯定还意味着更多些的什么吧？比如村民们对各自的信任程度，比如威望，比如面子，比如各自背后拥护者们的群体感奋或失落……

"海选"将他们推到了一种犄角之势。"海选"将他们各自的拥护者也都卷入了一种你"存"我"亡"、我"存"你"亡"的心理场。所谓"出水才看两腿泥"。所谓"开弓没有回头箭"。"海选"使个"大官"村气氛颇有些紧张……然而接着峰回路转，老村长的选票又开始扶摇直上。于是二人的神色又都发生微妙的变化，于是些个眉头紧锁的农民之眉头渐渐舒展了，于是些个起先表情松弛的农民之表情渐渐黯然了……

二十几分钟的一部纪实性的专题片，拍得主题鲜明，人物突出，各有可爱的性格，各有精妙的语言，有一波三折的情节，有起伏跌宕的悬念……简直像一部小电影！不，比不少农村题材的国产电影要好看得多，思想意义也要积极得多。恐怕，农村竞选这一事件，将使编剧们不再好意思写入剧本，即使写了，也将使导演们不再好意思纳入分镜头脚本，如果都看过这部小专题电视片的话。

真实永远比虚构具有更直接的启示性。大官村"海选"十分真实地告诉我们：

第一，民主并不多么可怕，也不多么复杂，只要人不仅仅是叶公好龙地谈论它；只要人发自内心地要求它，选择它；只要人愿为它的实现做些起码的事情，那么它带给时代带给社会的益处，乃是有目共睹的。正如大官村的一名村民所说——怎么不好？至少，让被选上的人有种危机感。这次不努力为大家服务，下次不选你！正如大官村再次当选的老村长所说——有压力了，感到群众对自己的要求更高了。干得不好，下次机会就是别人的了……

第二，中国农民的大多数，进言之，中国人民的大多数，其实践民主方式的水平，远非某些人士所杞人忧天地估计的那么低。恰恰相反，他们实际上已表现出了较成熟的民主意识。只要诚心诚意地将民主奉还给他们，并得体地协助他们而不是操纵他们，他们也是能够实践得较为出色的。在这一点上，他们的成熟已经不成其为任何问题，倒是某些人士的叶公好龙是成问题的，滞后的。

第三，"公仆"者，乃由人民所选出为人民服务之人。在中国社会的广大基层，人民对此最有发言权。对他们，人民的识别力，远比上级的识别力要高。因为人民离他们近，上级离他们远。而他们往往可以很容易地蒙蔽上级，却不那么容易蒙蔽住群众的眼睛。这就是为什么，有些基层干部，早已被群众看出是以权谋私的伪"公仆"，而上级依然庇护着，厚爱有加地重用着的原因之一。在此种情况下，人民与那些伪"公仆"抗争的方式，无非三种：或上访，或示威，或以民主的权利罢免之。上访对于人民是很无奈的事。示威往往是被逼得走投无路，不利于安定大局。唯运用民主的权利，是最理想的方式。人民的民主权利越充分，人民越强大。人民强大了，伪"公仆"们就渺小了。人民强大了，人民就越来越成为国家的主人了。"公仆"们才能真正复归到为人民服务者的本位……

树欲静而风不止

近三十年来，中国之实际情况差不多是这样——国民在郁闷中成长着，国家在困扰中发展着。

对于我们同胞国民性的变化，我不用"成熟"一词，而用"成长"，意在说明，其变化之主要特征是正面的，但离成熟尚远。而我们的国家，也分明在困扰中令人欣慰地发展着，但其发展颇为不顺，国民所感受的林林总总的郁闷，其实也正是国家的困扰。

但一个事实却是——虽然普遍的国民几乎经常被令人愤懑的郁闷从四面八方所包围，社会经常弥漫着对各级政府的强烈谴责之声，但总体上看，中国社会现状基本上是安定的。潜在的深层的矛盾衬出这种安定显然的表面性，但即使是表面的，肯定也为国家逐步解决深层矛盾争取到了可能的甚至也可以说是宝贵的前提。

"树欲静而风不止。"古今中外，没有一个国家一向如世外桃源尽呈美好，波澜不惊。

日本多年前发生过奥姆真理教地铁放毒事件。那事件甫一过去，我恰去日本访问。地铁站台荷枪实弹的武警壁垒森严，到处张贴着通缉要犯的布告，其中包括数名女大学生。2011年，日本又遭遇了海啸袭击，发生了核泄漏事件。从1996年至今，除了以上两大事件，日本亦不能说太平无事。比如首相秘书贪污事件、校园少年犯杀害同学的事件……

韩国也如此，前总统因家族受贿问题曝光跳岩自杀，因政府引进美国牛肉，现任总统几乎面临下台的局面；"天安舰"沉没事件——以上事件，曾使韩国人一次次冲动万分……

欧美各国也殊少宁日，一方面恐怖袭击使各国政府风声鹤唳，忐忑不安，国民们的神经时常处于高度紧张状态；另一方面，各国受金融危机冲击，失业率增长，国际金融信任度降低，时而曝出令全世界瞠目结舌的新闻。如《华尔街日报》的窃听事件，世界银行总裁的性案风波……

如果放眼世界，将社会分为相当稳定、较为稳定、不稳定、极不稳定四个级别，那么中国处在哪一个级别呢？

我认为，首先中国不属于极不稳定的国家当无争议——阿富汗、利比亚、伊拉克……那些国家才显然处于极不稳定之中。

中国也不属于社会极稳定的国家。我这样认为首先是从普遍之国民的综合素质而言的。这一种综合素质的水平，决定一个国家的公民在面对国家大环境恶化时的理性程度。其次也是从一个国家的公民与政府之间的长久关系而言的。欧美各国，其西方式的民主国体存在了一两百年不等，他们的国民早已适应了、习惯了、认可了那一种国家制度。虽然那一种制度的弊端也多有呈现，他们的国民对那一种制度也不无怨言甚至质疑，但是他们起码目前还不能设想出另一种更好的也更适合的制度取而代之。这一种国民与国家相互依赖的关系，使他们具有一种"万变不离其宗"的理性意识。基于此种理性意识，面对颓势，他们具有一种以不变应万变，相信一切都会过去的自信和镇定。

那么，在较为稳定和不稳定之间，中国属于哪一类国家呢？

社会不稳定的国家具有以下特征：

一、其政府管理国家的意识、能力，不是与时俱进，而是意识偏执，固守不变，能力每况愈下。

二、经济发展停滞不前，甚至发生倒退，致使人民的生活水平不是逐渐提高，而是一日不如一日，连好起来的希望也看不到。

三、对于大众生活的艰难视而不见，对于大众怨言及正当诉求充耳不闻，甚至以专制手段压制之，摆出强硬对着干的态度。

这样的国家目前世界上还是有的，但实在已不多。进言之，处于社会不稳定状态的国家，要么它的大趋势毕竟还是与世界潮流逐渐合拍的，要么倒行逆施，直至彻底滑向世界潮流的反面。

目前之中国显然不是这类国家。所以我认为，目前之中国是一个社会较为稳定的国家。

政府管理国家的意识已由从前国家当然以政府为主体逐渐转变为以人民为主体。管理已不仅仅是一种权力意识，同时也是责任意识了。

政府管理国家的能力亦在提高。不是指压服能力在提高，而是指向"以人为本"的宗旨改进的觉悟在提高，方式方法在提高，经验在提高。

特别要加以肯定的是，中国人的公民意识显然在提高，并且还在以不停止的、较全面的精神风貌提高着。目前之中国人，已不再仅仅将自己低看成"老百姓"。嘴上往往也仍说"咱们老百姓"，而实际上，此"老百姓"与历朝历代各个不同历史时期被叫做的彼"老百姓"，身份内涵已大为不同。目前之中国人，也不再仅仅满足于被文字表意为"人民"，不再仅仅满足于文字表意上的"人民利益高于一切"、"为人民服务"等等口号，而开始要求各级政府将"为人民服务"落实在具体行动上，而开始名正言顺地向政府提出各种"人民"诉求，主张各种"人民"权利，包括监督权。于是，现在的中国"人民"，无可争辩地史无前例地接近现代公民了。

故我对目前我们的同胞的国民性方面令人欣慰的变化，持特别肯定的看法。这一种特别肯定的看法，包括我对 80 后的看法，也包括我对 90 后的看法。我还要进而这样说，包括我对 80 后、90 后们的下一代的看法。

当然，这并不意味着我们中国人的国民性已很值得称赞了。依我看来，体现在我们某些中国人身上的丑陋的、恶俗的、邪性的言行，在目前这个世界上每不多见的。比如大学生救人溺亡于江，而捞尸人挂尸船旁，只知索要捞尸费的现象；比如发生矿难，煤老板贿赂媒体，悄塞"封口费"，而某些政府官吏暗中配合力图掩盖的现象；比如拜金主义、媚权世相等等。我们当下国民的文化素质，不是也每遭西方文明国家人士的鄙视和诟病吗？

所以我说正在"接近"现代公民。现代公民不仅具有不轻易让渡的公民权利意识，同时还应具有现代社会之公德自觉。在后一点上，某些中国人往往还表现得很不像样子，令大多数中国人感到羞耻。

中国在中国人日益增强的权利意识和仍显缺失的公德意识两方面的挤压之间发展着。中国人的公民素质在经常从四面八方包围而来的郁闷中有希望地成长着。

两方面自然是互相博弈的关系，却又并非在博弈中互相抵消，而是共同增减，共同提升。中国人的权利意识每有提升，政府的管理能力也便相应提升。政府的管理能力越人性化，中国人的公德体现也越接近公民素质。反之，政府的管理言行越滞后于中国人的希望、要求和期待，中国人的郁闷感觉越强烈。但这并不是什么中国之发展和中国人之变化的奥秘，而是全世界一切国家向现代化转型的规律。

中国和中国人在改革开放以后，只不过都被这规律所"转型"了而已。那么，对于中国和中国人，好光景之可盼的根据也正在于此……

近虑远忧

对于某一个人而言，有些时候，仅仅有钱就够了。

对于某一个民族而言，许多时候，仅仅有钱是不够的。

对于某一国家而言，一切时候，钱都不过是这样一些东西——你可以说它很主要，你可以说它太主要，你可以说它非常非常主要，但你永远都不能说，永远都不能真的认为，它是唯一主要的东西。

我们完全没有必要总是去思考人类存在的意义。这是一个危险的思想误区。人类的存在本身就是意义。正如一个具体的人活着便是一种最应该被重视的意义。但我们却知道，人类存在的意义绝不是，从来不是用金钱覆盖地球。这一点并不足以使人类觉得幸福。那么除此之外我们还需要什么呢？高涨的物价总是会降下来的。低微的工资总是会调上去的。通货膨胀总是会得到遏制的。住房问题交通问题社会福利问题等等困扰我们的许多问题，总是会逐步地得到改善的。发达国家做得不错，经验不少，甚至可以说卓有成效。彼人也，吾亦人也，他们做得不错的，我们也必会做得不错。只不过我们需要比他们长的时间罢了。

那么在这之后呢？

在这一切目的实现之后我们便会不再忧郁了么？

未必尽然。

放眼隔洋望去，物质发达了的国家的许多人们，包括他们的许多富人，并非都满面祥和与安泰，并不都像吃饱了饮足了睡够了无忧无虑了的猩猩。"世纪末心态"这个词是他们概括出来的，便是一个明证。相对于我们，他们是地球上先富起来了的一部分人类。这一部分人类似乎仍被什么所困扰着。似乎仍陷于某种忧郁之中。似乎心存着种种的惶惑……

那仍困扰着他们使他们忧郁使他们惶惑的是什么呢？为什么我们正羡慕着他们的这一个时代，他们却仿佛觉得是处在"世纪末"？

那便是对我们人类自身的惶惑。我们人类的心灵之中某种宝贵东西的沙化现象泯灭现象正困扰着我们。

那宝贵的东西便是人类对自己同类的爱心。便是人们对自己同胞的爱心。从猿到人，我们是否真的进化了，标准其实也是包括这一点的。如果完全丧失了这一点，我们人类则就连动物都不如了。即使我们每个人都拥有了豪华的住宅高级的轿车终日锦衣美食，我们还是会感到活得羞耻。因为这一种活法，也只不过能证明我们是最娇贵的动物，并不能证明我们是地球上最进化了的动物。

爱心泯灭的人类，只能是这地球上一切动物中最为凶恶可怕的动物。

我以为，目前的中国人，在诸忧之中，其实也是普遍地忧着这一点的。中国人并不低等，并不愚昧。我们既有近虑，其实也有远忧。近虑种种，重重地包围着我们。远忧逼近，眈眈地虎视着我们。我们每个人对自身以及家庭的体面的物质生活前景的近虑，和对我们自身以及我们的后代子孙的善变亦或恶变的远忧，从两个方面压迫着我们，使我们内心里的忧郁已处在空前的状态……

那么就让我们说服自己接受这样的信念吧——为着我们和我们的子孙后代，必须像战士一样，在我们每个人的内心保留住一点儿爱和一点儿善。哪怕一点点儿，让它像种子一样，像最宝贵的遗产一样，遗传给我们的后代，在我们子孙后代的内心里生根，长叶……

我们不可能指望中国暴发了的些个所谓富豪去爱我们的穷困的同胞们。这种指望是迂腐的。暴富者无爱心。这几乎是一条规律。他们做出的样子，那也必定搀杂了太多的其他目的。他们首先要保留住的，是他们的金钱和财富。他们要在爱和善方面进化，并从这两方面对待我们的普遍之同胞，注定要比我们需要的时间长久得多。甚至只能指望他们的下一代。上一辈为富不仁，下一代或下下一代，才进化为有良知的富人，这也几乎是一条规律。

当然我们也不必自作多情地尝试着去爱他们。完全没有这个必要。其实爱和善在我们心中原本已剩不多，一点而已。稀少的东西最应给最需要的人们——那便是活得远不如我们的人，以及和我们活得差不多的普遍的人。

我们以爱和善对待他们，穷困对压迫他们的程度，将会因而减弱。

我们爱恤他们的上不起学的孩子，他们的孩子，将来长大了，才不会以冷漠和敌视对待我们的孩子……

同时，我们也会觉得，自己内心里的忧郁，对自己心灵麻木现状的沮丧和悲哀，也会减弱……

我们不能成为慈善家。这也根本不是在宣扬慈善，这只是爱，一种符合我们心灵进化阶段的温馨的博爱，和一点点善，证明我们仍属人类的那么一点点……然而有和没有是大不一样的。你想想吧……

我的科学观

小梁：

接你约稿电话，匆过半月；截稿日期迫近，终作决定，以此书信方式完成你布置给我的"思想作业"。以我之见，相比于议论体，书信的方式更任意些，也更易于由我有限之思想能力来驾驭。

为了完成这一"思想作业"，半月来，我是经常自我考问的，并且还读了一些相关的书籍、文章。现将肤浅心得汇报如下：

一、正如文化并不仅仅意味着是文艺，科学也不仅仅意味着科技。然而一种现象是，若听文艺人士谈文化，谈来谈去，每每仅在文艺的范畴来谈。而若听科技人士谈科学，又每每仅局限于科技的范畴。

我认为，科学之不同于科技，乃在于其包含了思想的而非仅仅物化的成果。进言之，科学更是一种精神，一种态度。而科技，乃是那精神、态度所转化的事物现象。

所以，中国既有科学院，也有社会科学院。科学院提供物化的科技成果；社会科学院提供思想成果。

理性之精神、态度是科学的灵魂。无此灵魂，科学不能言之为概念全面的科学。无此灵魂，科技之成果即使产生，也很可能走向其造福于人类社会的良好初衷的反面。这是常识，不必举例赘述。

我接下来要谈的，主要是作为精神和态度的思想层面的科学，而非科技层面的科学。谈后一层面的科学，乃科学家们的专长。

二、中华民族，原本是一个具有科学之精神和态度的民族。"天人合一"这种思想的产生便是证明。"天无私覆，地无私载，日月无私照"，亦证明先人对自然界主体的感恩和敬意。先人二十四节气的划分，是多么的符合自然规律啊。每一节气的名谓，又起得多么富有诗意啊！《千字文》的开篇几行中，有两句是"闰余成岁，律吕调阳"，即指出了我们中国人之历法与岁月规律之间的矛盾统一的关系。

当然，我强调此点，并不意味着我认为我们中华民族在先人时期是多么的优等。事实上，正如别国的古代史中也记录了种种科学思想一样，我们的先人的种种蒙昧表现，同样一点儿也不比别国的先人们的蒙昧少些。

全人类都是由科学的精神、态度及思想成果而促而推才逐渐进化的。科学的思想成果转化为科技现象，而科技现象更加激发科学的思想成果之丰富。

哪一个国家的封建时期越长，越巩固，哪一个国家的科学思想越式微；哪一个国家的科技水平越低下。大抵如此。

西方诸国封建时期结束得比中国早；所以他们的科学思想之成果比中国成熟得早；所以这也使他们的科技发展水平远远领先于中国。

发明创造要由专利机构来鉴定和承认；一旦被承认将获得法律保护——这是现代科学思想，它使西方在科技方面曾日新月异。

三、陈独秀大声疾呼中国要恭迎民主和科学两位"先生"时，我认为，他是希望中国将一种大科学观引入为强国良方的。同时认为，他对科学采取的是"一分为二"的理解，并且认为针对当时中国，他看到了根底上的缺失。他以民主来指代科学之社会发展的思想，以科学来专指科技。他没有只为中国呼唤"德先生"的光临，也没有只为中国呼唤"赛先生"的到来，又证明科学之概念，在他那里毕竟是完整的，是你中有我、我中有你、合而为一的概念。既合而为一又一分为二，乃是为了使更多的人易于理解。

四、"人定胜天"、"与天奋斗，其乐无穷；与地奋斗，其乐无穷；与人奋斗，其乐无穷"、"凡是敌人反对的，我们就要拥护；凡是敌人拥护的，我们就要反对"；"以阶级斗争为纲，纲举目张"、"阶级斗争要年年讲、月月讲、天天讲"……诸如此类的一些思想，其不符合科学之精神和态度，是不言而喻的。甚至，也与中国先人凡事求成，重视天时、地利、人和的经验背道而驰。

湖南民间有句话是"霸得蛮"，意指要达到某一目的，不妨孤注一掷，一往无前；谁若被视为绊脚石，踢开之或干脆灭之，是为"霸"；孤注一掷便不计代价，一往无前便不顾后果，是谓"蛮"。

又霸又蛮，能否必定达到某一目的呢？

当然往往也是能够的。

若是某一人的行事精神与态度，特殊情况下还无可厚非。但若以那种精神和态度行使政府权，甚而治国，对国对民都是有害的。这已被历史证明了。

想要一步跨入共产主义，想要一朝"超英赶美"，想要在全民中肃清思想违逆者的"人民公社化运动"、"大炼钢铁运动"、"文化大革命"，不但都不符合科学之思想，而且体现的是"霸得蛮"的专断的强权现象。

此种现象，在改革开放三十年中，在各级政府的作为中，尤其是在前二十几年中，简直也比比皆是。

前任国家主席胡锦涛提出的"科学发展观"，正是针对以上现象的。

"科学发展观"是精神，是态度，是思想。

是周恩来青年时期的诗句"邃密群科济世穷"所要苦苦寻觅的关乎国家前途的科学精神、态度和思想。"群科"就不是一种科学，就不仅仅是科学。甚而可以认为，主要所指乃是科学思想层面的进步成果。

陈独秀们也罢，周恩来们也罢，蔡元培、胡适、鲁迅、陶行知、傅斯年们，皆医国之士，简直也可以说皆是医国志士。他们的人生路径尽管不同，主张也各持短长，却有相同之点，即——由"霸得蛮"而渐趋理性。

陈独秀曾与吴樾相争，都认为自己才应是那个该去实行恐怖爆炸之法，宁肯与清廷大臣同归于尽的人——那是何等的"霸得蛮"！

蔡元培耻做清廷官僚，偏要加入同盟会，而且以一介书生秘密研制炸药，想要当仁不让地领导同盟会对清廷势力实行"革命恐怖"式打击的"敢死队"——那也是何等的"霸得蛮"！

每一个中国精英人士由"霸得蛮"式的爱国青年而成为理性的更深沉的爱国者的人生过程，对于我们这个国家实行"科学发展观"都具有重要的科学启蒙意义。

五、以我的眼看来，我们中国对于科学的重视，不论是思想成果还是技术成果，确乎是比"霸得蛮"之时代进步了许多。

理性精神作为科学精神的灵魂，其首义便是虚心学习的态度。没有此种态度，科学便只不过是坐而论道。

不久前，我在某省某市参观汽车制造厂——那是中外合资企业，受益匪浅。

该厂的规模分为一期与二期。

在进行一期建设时，外商指着图纸大为不满地说："这算什么？除了占地面积和厂房框架，再什么也看不到！没有细节，没有计划说明书，怎么合作？！"

我们中国人说："计划没有变化快，细节那是先干起来以后才面对的事，你们得入乡随俗。"

除了按中国人的习惯办，老外们没辙。

可想而知，那合作摩擦不断，争争吵吵，成本也大。

庆功会上，中国人说："当初你们很不满意，现在满意了吧？我们中国人的干法没什么不可嘛！"

话虽这么说，但自己们清楚，为了合作成功，很是因为计划不周着急上火过。

二期建设就不同了。我们主动做出了详细的计划，图纸也画得面面俱到，连每一间办公室的每一套桌椅怎么摆都体现在图纸上了。

老外们看后说："OK。"一处未改。

后来是——图纸变成现实了，竟没多买一把椅子，也几乎没有什么剩余建材。

这是主动学习之一例。

武汉市及其开发区市民服务中心，与全国类似服务中心相比，服务配套称得上是一流的。服务中心的出现，显然是受先进国家建设服务型城市之理念的启发，结合了中国国情的产物。

而这不能不说，是科学态度的思想成果转化为事物成果的又一例。

计划生育在我国实行多年了，当年有当年的必然性。现在，二胎政策传言即将放开，现在放开也有放开的必然。由前一种必然性而向后一种必然性转变，乃是理性思想的转变。

科学是什么？

尊重客观实际的思想与服务于客观实际的科技的结合而已。

科技不更新则渐落后，思想不更新则必阻碍社会进步——这也是常识。对于现在之中国，强调哪一方面更重要，哪一方面次重要；哪一方面应优先，哪一方面可暂停，都是有害无益的，即使那有害之点暂被遮掩，最终也还是要呈现的。

六、科学的无形无状的思想成果，与科学的可见的技术成果，合为任何一个国家的"科学发展观"的双桨。有的国家不可谓不重视发展科技，特别是军事科技，但它们的国家理念并不正确，总想成为"霸得蛮"的国家；比如日本，若一味像现在这样发展下去，终将自食恶果，使整个国家走向反面。有的国家目前实行的仍是特专制的家族统治，那么自诩是什么国家有什么意义？拥有了原子弹又于国于民何益？

中国改革开放三十年来，成就全世界目睹，问题也令国人忧心。一概的成就，细分析之，无一不是思想转变才取得的。一概的问题，也无一不是思想违背科学二字的结果。

故所以然，我们才说改革尚未成功，强国仍须努力。

为了早日实现习近平主席所言的理想的"中国梦"，中国应该荡起科学的双桨！

是的，必须是双桨。

小梁，以上就是我的一些肤浅的思想心得，谢谢你一再促我就"科学"二字进行思考。

2013 年 12 月 8 日

武汉的启示

　　我最近一次去到武汉，是 12 月初的事。此前我是去过几次武汉的，言"此前"，其实是 80 年代以后。对于我，80 年代以前的武汉，只不过是，并且只能是中国近代历史上一座城市的冠名而已。

　　但历史书告诉我，它不愧是一座英雄的城市；那些与它有关的中国近代史上的大事件，同时也与中国后来的命运息息相关。

　　当然，成为中学生的我，还知道武汉有值得武汉人乐道的黄鹤楼和长江大桥。武汉长江大桥不但是武汉人的骄傲，一个时期内也是中国人的骄傲，中国的骄傲。

　　80 年代以前的我，对于武汉，确乎的只不过知道以上几点。

　　80 年代以前的中国人，从这座城市到那座城市的机会少得可怜——何况我是北方人，哈尔滨与武汉之间的距离，是会令当年的中国人咂舌的。自费旅游更是连做梦都不敢想的事。

　　后来我便去到了几次武汉。每次都是去开会。以"去到"来说特别恰当，因为次次都会从机场乘车至宾馆，于是在宾馆吃、住、开会；一结束，最快时间内又乘车赶赴机场。往往，会议期间就没离开过宾馆。若谁问我对武汉的印象怎样，我是无法回答的。

　　但此次去到武汉甚为不同——不是去开会，而是成了市文联的几位作家客人之一。目的地也只有一个，分头到处走走、看看，听听武汉人对自己城市的介绍；一句话，是去感受武汉的。可以说，这是唯一的一次，我与武汉发生了较亲密的接触，也对它真的有了些印象；而且是较深的印象，引起我一些思考的印象。

一、武汉人特在乎他们的城市形象。

现在，又有哪一座城市不在乎自己的城市形象呢？都很在乎的。简直也可以说是比着在乎的。但，如果一座城市的地下地上，竟有一万余处在施工建设，它还在乎得了自己的形象吗？即使在乎，又可能在乎到什么份儿上呢？我在武汉的几天里，武汉的地上地下便有一万余处在施工。然而我一点儿都没觉得空气中有施工造成的粉尘。除了有一天难以幸免地出现了雾霾，另外的几天空气是较为清新的。尽管，由于施工也使这里那里的路段形成并不严重的堵塞，但交通基本是顺畅的。城市的大小街道、马路也都非常干净。是的，可以说是非常干净。当城市开始苏醒时，工地集中的路面已洒过水了。我没从任何一条马路上看到工地载运卡车掉下的泥巴、碎砖、石块之类的东西。也居然没发现过烟头、纸片。自然，天亮前被清扫过了。但清扫过的马路能保持一整天都那么干净，这是不容易的。北京就根本做不到。北京的有些马路，即使是新铺就的，一旦有哪处工地的载运卡车驶过，路面上往往便会有泥巴存在了。有时还不是泥巴，是水泥或一坨坨的沥青。似乎没人管，据说管不过来。于是，被压扁了，却又不可能被压得与路面一样平。结果便是一条新路，这里那里，像平底锅上贴了颜色不同的面饼似的。而且北京人似乎习以为常，特包容，仿佛都认了那是根本没法子避免的事。有次我乘车于八达岭高速公路，险些遭遇车祸———一块从建筑工地载运卡车上掉下的锐石，接连扎破了四五辆车的轮胎，那是高速公路上相当惊险的一幕。

是的，我认为，如果北京也有一万处地方同时大兴土木，马路、街道便根本做不到像武汉那么干净了。

或许有人会说——那是因为武汉市的领导干部们特在乎他们的城市形象，即使是在有一万余处地方同时开工建设的情况之下。

这么说也对。

但我认为这是领导干部之间应互相学习的。有些城市的领导干部头脑是反过来想的——那么多处工地同时开工，脏、乱、差免不了的嘛！也没有太当回事的必要嘛。兴建结束了，情况自然就好了嘛。这么一想，少操心了，但那兴建的时期，不论本市人还是外来人，几乎就没有不因此而烦恼的了。

并且我也不认为，在乎城市形象的仅仅是武汉市的领导干部——我们都知道，马路上的烟头多是司机们丢出车窗外的，包装盒饮料瓶之类也是。要保持马路的干净，仅靠领导干部们发布禁止通告是不行的，还要有开车的乘车的人们的自觉配合。没有后一种配合。通告的作用不大。罚款会起作用，但那也得被抓了"现行"。所以，自觉是最重要的。

一座城市有万余处地方同时开工，这是城市管理最难的时期。一切影响城市形象的劣习，也往往在这一时期被放任甚至养成。

武汉市不然，恰恰在有万余处工地同时开工的情况下，领导更上心地抓城市管理，民众更自觉地保持城市环境卫生——我认为，这是难能可贵的，有益于在城市人与城市的关系方面，养成"我的城市"之良好意识。

公平地说，恰在此点上，北京做起来不容易。因为北京是外来人口最多的城市，要使三分之一左右的外来人口也养成"我的北京"的意识，不是一蹴而就的事。

二、武汉人是虚心好学的吗？

我对此点很没把握，只得在小标题后加上问号。包括武汉人在内的湖北人，一向自诩"九头鸟"。外地人也往往这么概括湖北人。以我的语文水平，不管怀着多么友好的态度来理解，都难以得出虚心好学的结论。

然而我有理由说，某些或曰有些武汉人确乎给我留下了虚心好学的印象。

在武汉开发区参观汽车制造厂，一位车间主任向我讲了这么一件事：

当初与外商合资建厂时，外商代表看着武汉人绘制的图纸皱眉道："这算什么？完全没有细节嘛！没有细节怎么做施工计划呢？没有计划，又怎么能合作得顺利呢？"

武汉人说："放心。只要有双方的诚意在，咱们肯定会合作得顺利又愉快。"

武汉人还说："细节是在干中出现的嘛！图纸上标那么细有何必要呢？计划没有变化快，只要我们双方的合作诚意不变，那就等于有了最可靠的计划。"

老外们听得一头雾水，却只得入乡随俗。

我不知道合作得顺利不顺利，但合作得颇愉快是肯定的。武汉人也是中国人啊，咱们中国人很少使外国人合作伙伴不高兴过呀。

但在二期工程开工前，武汉人对图纸也认真起来了。认真到什么程度呢？连每间办公室的桌椅该怎么摆都画在图纸上了。那是最佳摆法。

老外们一看，竖起了大拇指，连说："OK！"

他们居然未对图纸提出一点儿疑义。

二期工程完工后，连一把椅子也没多买。按照格外注意细节的图纸建成的车间，材料浪费现象降低到了最低程度。那些桌椅在办公室的摆法，至今无人改变——最佳摆法嘛！

我不能不承认，这种虚心好学的精神，也是难能可贵的。

中国人从古至今一向倡导虚心好学的精神，但中国人在很长时间里是不太虚心也不怎么好学的，所以在很长时间里在很多方面一直落后着。中国人在关起家门自己人学习自己人时，每爱搞运动，所以新中国的历史上"学习运动"多多。运动来运动去，学习这件事，几乎被中国人搞成了一哄而上的忽悠之事。改革开放后，出国学习考察的中国人一批接一批，其实又没学回来多少真经验。何况借机游山玩水的中国人也多多。

开发区的一些武汉人，不张不扬地，特低调地，就将外国的经验学来了。不但学来了，还予以提高了。他们对流水线进行了很智慧不费多少钱的革新，使组装工人的劳动更省力了，生产效率更高了，连老外们也不禁交口称赞："中国人真聪明！"

武汉人替咱们中国人长了脸。

我希望那种虚心好学的武汉人多起来。希望许多中国人在虚心好学方面，虚心地向那种武汉人好好学习。

三、武汉人是居安思危的。

没有中外合资的汽车制造厂，便没有武汉开发区，这是一个事实。

我与开发区的人们谈到了美国汽车之城底特律的前车之鉴。

他们自信满满地说："您放心。武汉开发区绝不会成为中国的底特律。"

武汉市委市政府与开发区的领导们瞻前虑后，审时度势，早已为开发区的明天绘好了另一幅蓝图。开发区地域湖泊较多，我想皆是由长江涨水倒灌形成的堰塞湖，大小二十余处。开发区的同志引导我前往观看了几处，水质良好，不曾受任何污染。他们告诉我——不久后，市政府与开发区两方面，将共同投资，在十余处较大的湖泊之间挖通水道，使它们连接起来，修堤栽树，养鱼植苇，那便会成为武汉近郊一处风景旖旎的旅游休闲地。当汽车制造业为武汉的就业与经济发展完成时代使命时,旅游业将接续发挥作用。

开发区的同志说:"虽然,我们武汉不乏景美之地,但我们有信心将未来的开发区建设成'风景这边独好'的所在,使这里不仅成为武汉的风景名片,也成为湖北省的风景名片。"

80年代以来,"政绩工程"之现象流毒于官场,使中国不少城市在发展的过程中拆拆建建,建建拆拆,几乎处于无休无止的拆建状态。往往是前任走了,后任来了,前任的"政绩工程"便随之遭到后任的否定,于是拆之;于是后任的"政绩工程"匆匆上马。为什么要匆匆上马呢?无它,那工程关乎自己官职之"与时俱进"而已。既然是为政绩而工程的,工程是否符合科学发展观倒在其次了,主要之目的反而是作为政绩证明体现得及时不及时了。百姓对那样一些劳民伤财的"政绩工程"现象一度怨声多多。近年,情况有所好转。

其实,官员们的政绩由城市发展中的重点工程来体现、证明,本也无可厚非。但若以为只能由此点来体现、证明,正如以为只能靠GDP来体现、证明一样,即使不能一言以蔽之曰大错特错,起码也是急功近利的,片面的。

武汉市政府,不仅关注着开发区未来转变发展形态的方向,也为武汉市未来的发展制定了相当超前的,较长期稳定的发展方向——武汉市未来四十年发展纲要。

我认为这是一种"大政绩"思想和情怀的产物,摆脱了为证明一己政绩而工程的狭隘心理。

"大政绩"思想的基础是大情怀。

大情怀乃是超一己目标的情怀;是真的对一座城市的未来负责任的情怀;是充分考虑下几代城市人对自己的母亲城满意不满意的情怀;是

对为什么当官这一根本问题的自我叩问与回答升华之后的一种情怀。

我祝开发区的新蓝图在它的明天得以顺利实现。

祝武汉四十年发展纲要每隔几年都带给武汉人新的惊喜。

四、当官的，为百姓花费你舍得吗？

在武汉市一处地价较高的地段，有一座可作为标识的大楼——武汉市民服务中心。

据我所知，中国许多城市特别是一线城市，省会城市，都开始出现旨在方便市民的服务中心了。

在中国，官员们、老板们、"土豪"们过的是一种"不接地气"的活法，因而他们不太了解，终日生活在"地气层"的小百姓，有时办点儿事是多么的难。谁家从一个区搬到另一区居住了吗？那么户口本要改写的吧？就这么一件事，往往也会将人支得满市跑来跑去，不盖许多章是办不成的。

市民服务中心的出现，正是为了在诸如此类的方面方便于普通市民的，因而也是大受市民欢迎的新事物。

但服务中心与服务中心是很不相同的。

有的城市，只不过因为别的城市已有了，本市没有领导面子上不好看才有的。仅仅是为了有而有。所以，名为"服务中心"，实际上位置偏，而且服务功能既不齐全，也不能形成流水服务。故名义上虽有，市民们办事之难还是个难。

我问武汉市民服务中心的同志，它所在的地段地价如何？

答曰："在武汉不是最高的，那也是较高的啊。"再问："政府明明能赚到的钱，建服务中心就赚不成了，还得投入一大笔建设资金，政府不觉得亏吗？"

复答："怎么会呢！城市是市民的城市，绝大多数市民都是纳税者，花纳税人的钱为纳税人建服务中心，天经地义嘛！市委市政府在选地段时就是这么想的啊！"

要得！

但是在中国，真能发自内心那么想的官员，其实并不很多。现在毕竟多些了。多些了也还是并不很多。甚至，简直应该说很少。

有些人一当上了主管城市发展建设的官员，地皮就成了他那本经济账上的摇钱树了。医院很旧，市民看病像农民工春运时期探家的情形，他们是视而不见的；缺少绿地，城市"肺"日渐萎缩，他们也是不忧虑的。好地段只要有人出得起大价钱，即使是卖给私人盖什么会所，他们也是乐不可支的。

他们似乎不明白——城市是所有市民的城市，那么城市地皮该卖给谁，谁买了建什么，起码也应听听市民们的声音。

我认为，武汉市委市政府的领导们，他们是明白城市是所有市民的城市这一常识的——武汉市民服务中心建在交通便利的街区，而且舍得花钱建得好一些，使市民们去那里，感觉是在一个较好环境中接受服务；此点便是"明白"的证明。

对于政府，每一笔直接为人民花的钱，都是最值得的。

正因为市委市政府明白，开发区的领导们也便明白——所以开发区的群众服务中心，乃是开发区最醒目的建筑。

武汉市民服务中心也罢，开发区群众服务中心也罢，不但使普普通通的人们接受服务时少了许多烦恼，而且心理上也获得到了被重视的欣慰，有尊严感。

基于同样的指导思想，开发区最好的地方，不是为富人盖了别墅区，而是正在筹建开发区职工活动中心……

五、武汉的市民文化是健康的文化。

不论去过武汉或还没去过的人，差不多都知道武汉有一条汉正街。

我与武汉的作家朋友们在汉正街聚过一次餐。有四五位民间歌手在我们聚餐时前来献唱，当然不是无偿的。但听他们唱一首歌或湖北花鼓，只不过十元二十元的事。依我听来，他们大抵唱得并不算好——唱得好也就不在汉正街上唱给食客们听了。

但他们皆唱得很投入，情绪饱满。或曰，唱得敬业。

毫无疑问，有些人是为贴补家用。但也有些人，似乎更是由于喜欢唱、喜欢有听众欣赏那种良好感觉。所谓独乐乐，莫如众乐乐。

我们离开时，见摆在外边的餐桌间，还有人在为食客吹萨克斯、奏小提琴。

我要强调的是——起码我在汉正街听到、看到的情形表明，武汉之民间的市民文化，乃是健康的。与某些城市逐俗捧淫的民间文化现象形成对比。

这是我没想到的。

健康的民间文化现象，正因为是民间的，更可使一座城市在气质方面加分。反之，必定减分。减分而不以为耻，则往往会败坏一座城市的声名的。

我相信，两三年后，当武汉那万余处工地先后竣工了，武汉将会更美。

我相信，随着武汉城市建设四十年规划的逐步实现，十年二十年后的武汉，将不但令中国人刮目相看，而且肯定会成为令全世界瞩目的大武汉……

2013 年 12 月 23 日 北京

"开发蓝色国土"的历史记录

2013年5月，中国海洋石油总公司的付饶联系我，请我谈谈我与海油结缘的往事。看到1993年的《中国海洋石油报》报道，我的思绪回到了二十年前。

上世纪90年代初，中国海洋石油总公司当时的副总经理陈炳骞是我和李国文老师的老朋友。炳骞当时负责总公司政治思想文化方面的工作。炳骞介绍说，海洋石油这支队伍的整体文化层次是相对高的，当时就有博士了。我们谈到，这支队伍像当年的大庆一样，有很多热爱文学、文艺的年轻人才，甚至比当年的大庆还要多。

这样的一支队伍工作在远离大都市的地方，尤其在海上，他们既要有文化生活，也要有对自己工作和生活相关方面的艺术反映。当时确实有一些写书的人。每年会出不少报告文学，那些报告文学中有一些是写得相当不错的。我现在还记得有一篇反映年轻的工人最初接触平台上新工作的情况：平台建成时还有很多外国专家指导，零件很多，外国专家以为他们不能很快地掌握。没想到我们的工人在很短时间内将很多莫名其妙的零件记得烂熟于心，还开展过类似"大比武"的比赛。一些报告文学把中国的海洋石油工业各支队伍中的先进事迹、生活形态都通过诗歌、散文、报告文学加以反映了，还集结成册、成书。

因此炳骞想要有一块自己的宣传园地，就找了我、李国文、叶楠三位作家探讨建报的事情。他希望这个报能建得快一些，我们讨论后即定名为现在的《中国海洋石油报》，觉得这样更直接、更明白，新闻出版署批起来顺利一些。1993年9月29日的《中国海洋石油报》试刊号上，就有我的散文《我之呐喊》。后来我又陆续在《中国海洋石油报》发表了十余篇稿件，包括《人类应当学会欣赏海洋》、《向"为祖国献石油"的人们致敬》等。

付饶这本《南海第一井》，也是海洋石油员工文艺作品的传承和发展。

"蓝色国土"成为《中国海洋石油报》擎起的第一面旗帜。我在上世纪90年代也参与了"蓝色国土"征文的组织和评审工作。事实上当时我们已经敏锐地察觉到，领海也是我们的"国土"。而且当时就已经提出要纠正我们中国人对于海疆长年来不全面的认识。"国土"是相对于"海岸线"来说的。我们原来认为，陆地才是我们真正的"国土"，只要没有踏上"陆地"，便不算侵犯一个国家。上世纪90年代中国已有"海疆"意识了。我们那时对"海疆"开始重视了，但是国人了解得并不多。因此提出要把我们的"海疆领域"也是我们国土的组成部分这一概念确立起来，并且要让国人都知道。在这个情况下，大家考虑要确定"蓝色国土"的意识。当时王彦总和陈炳骞总达成了一致的想法，也将这些讨论的结果向中央领导同志汇报过。我个人觉得，由于在海疆前沿工作，中国海洋石油总公司在我们中国最先敏感意识到三个问题：第一，领海是国土；第二，海平面下面有能源；第三，也是非常重要的，将来可能由于能源的问题和周边的国家有一些摩擦，外交上会有举措。当时就强调了，如果外交上没举措的话，会拖得旷日持久，以后会比较难办。这种思想当时是有的。当时我们在讨论征文的时候，不仅是讨论文学的问题，我们面前是有地图的，看着地图已经谈到今天这些争议的问题。海洋石油总公司的同志们跟我们讲过，哪里哪里本来就是我们的，在二十年前谈得特别强烈、激动，但是因为中国海洋石油总公司毕竟不是外交部门，所以也只能在语言上有所表示。

我后来一直关注"蓝色国土"这个概念，但是心里也比较清楚这不是中国海洋石油总公司一个企业能够完成的事，它一定是国家理念、外交行为，甚至这种外交一定要有强大军事力量做支撑，才能保卫、开发好蓝色国土。我觉得"搁置争议，共同开发"也是目前挺好的提法。习近平主席提出"进一步关心海洋、认识海洋、经略海洋，推动海洋强国建设不断取得新成就"释放出一个信号：新一届党和政府领导班子对海洋问题十分重视。

某些"蓝色国土"本来属于我们的国土范围，是无可争议的，在这一点上关注的年轻人还是不少的，从网上都能看到一种关注。但是中国海洋石油总公司本身为争取开发"蓝色国土"的正当权益做了哪些努力，这方面年轻人知道得相对比较少。社会舆论对国企也有一些不理解。

不宣传，国人也不知大庆；不宣传，国人也不知有大庆精神。注重总结才能使更多的国人了解。海洋石油工业的开端虽然与大庆艰苦创业过程不一样，我觉得也是付出很大的。因为我们原来没有这样的一支队伍。这就像中国最初海军的诞生一样，可以做同样的比喻。

海洋石油工业科技含量高、风险高、投入高，勘测比在陆地上复杂多了。台风、海冰……还有各种不同的复杂环境。我一直想去海上平台看一看，但遗憾一直没去成。想来在平台上的生活比在岛屿还困难，平台甲板只有篮球场这么大，而且又分几层，非常复杂。

付饶的这本《南海第一井》，对中国海洋石油工业的发展追根溯源，具有科普的价值。尤为宝贵的是，首先，他挖掘出了工作在一线的海上石油尖兵，他们所经历过的海疆上的摩擦，让国人了解细节。第二，这本书满足了海油员工对文化的诉求，人有一个普遍的共性，那就是对与自己事业有关的作品会更敏感。付饶涌动着作为海洋石油员工的"由我来反映"的冲动。我们恐怕要多为这样的人提供机会和平台。他们做这些事情就会有"终于有我们自己的人写我们自己的事儿了"的满足。客观上也能达成让外界来了解海油的目的。

我写过一些知青文学，也有一些媒体让我谈现在的年轻人需要向知青年代的年轻人学习什么。我认为，目前中国处于一个浮躁的时代，时代本身也很焦虑。这还不只是中国的现象，目前世界也处于一种焦虑状态。付饶作为当下的年轻人，他的焦虑其实也是多层面的——他自身生活、工作的焦虑；受整个国家环境的影响，替国焦虑。这两种可能性都是有的。事实上，文化本身能够消解这种焦虑，使它变成理性思考、理性认识的一个方式。消解这种焦虑还有一点特别重要，它使人和人的关系不仅仅是行业内的同事关系，不仅仅是工作关系，还可能是一种亲密朋友的关系。消除人心里的焦虑就是消除人和人之间的矛盾，文化能起到这个作用。我觉得各个时代的青年有各个时代不同的压力，形式不同而已。写实文学本身以后会成为散发式的，会写到生活态度、生活情趣、生活质量观、幸福观，朝一个大散文的方向开发。

关于《风云翰墨》的杂感

民盟广东省委的领导嘱我为此书作序，也可以说是"命"我，违则不恭。

读罢校样，一时不知该怎样写。老实说，此书起初使我讶异，随后产生了几点杂感。正是这几点杂感，使我渐悟编者们的意图。记录如下，就教于读者。

一、关于"全人格"

"全人格"之概念，我第一次见到——在此书的序言中。但相近意思的概念，我自然较早已明。

美国的教育界，在上世纪80年代曾提出过这样的教育理念——"向社会提供'完全'的人"。

被誉为20世纪最伟大的心灵导师的戴尔·卡耐基，一向教诲人们自我培养"健全人格"的重要性。

中国之教育界，对于青少年学生全面的素质教育也曾呼声甚高。

"完全的人"也罢，"健全人格"也罢，"全面的素质教育"也罢，都有"全人格"的意思。依我想来，却又并非是"全人格"的主旨。

章祖安先生之"全人格"观点,乃是他的艺术观。

那么革命者、革命家须具有"全人格"吗?

答案当然是肯定的。

不具有"全人格"的革命者,其革命动机、革命行为往往会被各种各样的私心杂念所左右;不具有"全人格"的革命家,每每会将革命引向歧途。

我想,这一点是被证明了的。

二、关于丽达对保尔的批评

保尔在中国曾大名鼎鼎,无需介绍。读过《钢铁是怎样炼成的》这部小说的人,都会记得,丽达是保尔最主要的革命引路人和良师益友。当保尔是普通共青团员时,丽达已是州团委书记。

她曾严肃地批评保尔——革命者不仅仅是高举红旗,挥舞战刀,呐喊口号冲锋陷阵的人。革命者也不都像你一样,烟不离手,经常口吐脏话。

受到那一次批评后,保尔戒烟了,不再说脏话了,也养成良好卫生习惯了。

但,在《钢铁是怎样炼成的》一书中,丽达口中并没有道出过革命者究竟应该是怎样的。

但,书中的丽达这一位女革命者却是这样的——对革命极其忠诚;战斗时像保尔一样英勇,一样不怕牺牲;对同志像春天般温暖。爱看书,有思想。因有思想而更爱看书。

丽达是一位被进步的高尚的文化所"化"的革命者。

三、关于我们民盟的先贤们

我们民盟当初是由一大批进步的、爱国的、爱人民的、肯于为一个好社会而"铁肩担道义"的知识分子组成的政治组织。

今天,我们民盟自然是,而且也应该是一个不但支持并热忱于促进改革的民主党派。

我们的先贤们,都曾是极可敬的人。

如果我们对他们的生平了解得多一些,则会总结出这样一点,他们都是被"文明思想"所化的人。

那么我想说,对于他们,"全人格"首先是"文明思想"之有无。

他们既然是有的。

我们也当然应有。

有心改良的光绪皇帝那时曾叹息:可惜民间积习甚深。

积习甚深的何止是那时的民间!

官场上就不积习(应指伪习、陋习)甚深吗?

知识分子群就不积习甚深吗?

一心改良的梁启超曾大声疾呼:要以文化造"新民"!

谭嗣同甚至不惜为唤起国民的"新民"意识抛头颅、洒鲜血。

民间其实往往是无辜的,无奈的。

然而中国之幸乃是——一大批具有自由之思想,独立之精神的知识分子毕竟涌现了!

他们中后来许多人成为我们民盟的先贤。

他们之精神赖思想而独立;他们之思想携精神而自由。

他们便是梁启超所言之当时中国的杰出的"新民",被新思想的闪电激活了思想脑区的知识者新民!

而对于人类社会，新思想当然是与进步同轨的"文明思想"。

四、再论"全人格"

美国教育界提出的"完全的人"是针对"科技半脑人"而言的；

卡耐基所重视的"健全人格"，是心理学意义上的人格；

中国教育界讨论的"综合素质"，强调的是青少年德、智、体、美的全面发展；

我认为，我们民盟人所应具有的"全人格"，当是以进步文化为自己人生底蕴的人格。

习总书记说："打铁还需自身硬。"

说："从善如登，从恶如崩。"

若丧失了对进步文化的肩承，作为民盟一分子，便难说是具有了"全人格"。

若丧失了对进步文化的肩承，民盟总体上就会削弱文化知识分子民主党派的特色。

"全人格"无非便是——好的个人品质、进步文化的修养与对社会良知的自愿秉持——乃是思想信仰的"三结合"。

达成了以上"三结合"，即使像闻一多那样烟斗不离手，像张澜那么衣着随便，或偶尔骂一句"他妈的"——也都依然值得我们永远怀念。

五、关于书法

关于书法我实在没什么可谈的，是外行。

但我能明白编者们的意思——"问渠那得清如许，为有源头活水来"。

九位粤盟先贤思想源头的"活水"——非他，进步文化（中国传统文化中当然也包含有进步文化的元素）而已。

而他们的翰墨，正是他们的思想源头有"活水"的间接证明。

静好的时代

　　这次我随身带来的差不多是五六本杂志，我在途中就已经认真地读完了其中的两册杂志；刚才我们邹进先生说的那一首诗，我就是在到上海的列车上，在一本杂志上读到的。或者是《青年博览》，或者是《读者》上，这是关于一段小诗的一个摘录。我觉得这就是书籍、阅读和人的关系。你错过了这个机会，你没有翻开那一本杂志，你就不知道有一个叫邹进的人，他对于阅读这件事，对于现代文明下人的生活方式的改变，有着这样的一些想法。不管你同意还是不同意。

　　读书对人有什么好处呢？某些外国电影中每有这样的对话：就一人游说另一人参与某事，另一人反问，对我有什么好处？事关好处，老外们喜欢直截了当。所谓好处当然可以指精神上的。我常被绑架到各种场合劝人读书，我觉得这是一件极尴尬的事情。劝人读书就好像劝一个不喜欢运动的人要坚持健身一样。而我碰到的许多不健身的人经常跟我说，长寿的秘诀就是吸烟、喝酒、不锻炼。你要碰到一个不读书的人，他说，我没有觉得对我有任何损失，事实上你是无语的。因此我谈的是读闲书，闲书与闲书不同，有的闲书不值一读，有的闲书人文元素的含量颇高。读后一类闲书即使不能益智，起码也能养心怡情。在那样一些场合往往并没有人直截了当地问：读书对我有什么好处？然而我却看得出，几乎所有的人内心里都在这么问。事关好处国人之大多数仍羞羞答答的，其实大家心里也都在问，读书究竟对人有什么好处呢？现而今，谁愿意将时间用在对自己什么好处也没有的事上呢？非说"书中自有颜如玉，书中自有黄金屋"，那就等于是忽悠。若说书是知识的海洋，其书恰恰指的不是闲书，而是专业书，而是学科书。若说书能养成气质，无非指的是书卷气，但要形成那种气质得读很多书，而且论到气质，谁又在乎自己书卷气的有无呢？分明当下更令人肃然起敬的是官气和财气，谁敢说官气和财气就不属于气质呢？要知天下事，看报、看电视、上网就可以了，凤凰卫视有一档节目便是"天下被网罗"，专门报道网络新闻，何必读闲书呢？要了解历史吗？网上的史事资料足可以满足一般人对史的兴趣。都说读书的人会有别种的幽默感，但目前中国人最不缺乏的就是幽默感，微博、短信每天互夸的幽默段子不是已经快令国人餍足了吗？

那读书究竟对人有没有好处呢？我个人觉得，如果一个人自觉地摆正自己是人类一员的位置，就好回答。因为文字的产生开启了人类真正的历史，同时派生了传播知识思想和信仰的书籍。工具的发明只不过使人类比其他动物在进化的长征中跃进第一步，运用工具使人类的智商在生物链上独占鳌头，但是如果没有书籍的引导，人类只不过是地球上智商最高，但也最狡猾、最凶残的动物。世界上没有其他动物像曾经的人类那样，以食自己的同类为乐。地球上只有人吃人才载歌载舞。书籍是人类最早的上帝，教我们的祖先有所敬畏、忏悔和警戒。读书，世界读书节，是体现人类对书籍感恩的虔诚心。

为什么一个国家读书人口的多少也标志着该国的文明程度呢？因为读书不但需要闲暇的时间，同时需要人在那一时段有静好的心情。有些事人在不好的心情下也可以做，比如饮酒、吸烟、听音乐，有些事会使人产生好心情，但不见得是一种又沉静又良好的心情，甚至可能是一种失态、变态、庸俗的所谓好心情，比如集体的娱乐狂欢，比如成为动物斗场上的看客。对于人，只有一种事能使人处于沉静又良好的心情，沉静到往往可以长久地保持一种姿态，忘了时间，进入一种因为自己的心情沉静了，似乎整个世界都沉静下来的程度。找到一种内心里仿佛阳光普照，或有清泉淙淙流淌，或有炉火散发着惬意的暖度。细细想来，这么一种又沉静又良好的时光，迄今为止，除了是读书的时光，几乎还是读书的时光。当然，指的是读好书。一个时代，一个社会将读书当成享受的人多了，证明它留给人的闲暇的时光是充足的，体现了高层面的人性化，同时证明人心的较良好的状态是常态。失业者的闲暇时光也是有的，但如果长期失业，他们会因那样的被闲暇而脾气暴躁，希望他能享受读书时光的静好，是站着说话不腰疼。故读书人口多了，间接证明一个时代，一个社会本身是静好的时代，静好的社会，静好的国家。反之反证。

数字阅读的时代刚刚来临，是否意味着人类将会告别读书这一古老而良好的习惯呢？刚才我们听到陈超馆长以及你们都谈到这一种忧虑啊。有人断言那是早晚的事，最快五十年后便成现实。我认为不会，起码一百年后还不会。一百年后的地球怎样呢？没谁说得准。为什么不会呢？因为人与书籍的亲情对于一部分读书人类而言，早已成为基因，成了DNA的一部分。小海龟一出壳就会朝向海岸爬，有读书习惯的人类的后代往往两三岁的时候就会本能地将带图带字的书籍往父母手中塞，小孩子与书籍的亲情是父母日常习惯的示范的结果。一位母亲给自己的孩子读书上的好故事，永远是人类的美好式亲情。不管水平多高的朗读者的录音起初都比不上坐在孩子身边的母亲的捧书亲读。人长大以后一般不会牢记偎在妈妈怀里吃奶的细节，但听母亲给自己读书的温馨往往会成为终身的记忆。只要有携带读书基因的父母，人类的读书种子便会一代代繁衍不息，写书的人、出版者、发行者、图书馆工作人员，是为这样一些人类服务的。后一种人某一历史时期会少，但永不会绝种。数字书籍与字纸书籍并非前者灭后者的关系，而有时也应该是相得益彰的关系。

一位母亲教自己两三岁的孩子用手机或弄iPad，这种情形不论是画，是摄影，在我看来是可怕的，会使我做噩梦；梦到外星人变成了人类的母亲们，而将人类真正的母亲给害死了。今天的广告创意者是多有才能呢？为什么苹果也罢，三星也罢，刚才包括我们看到的那个广告图片也罢，从没有人推崇过以上情形的广告：就是一位母亲在教自己两三岁的孩子看手机，对吧？因为那也许将遭到集体的抗议甚至起诉，罪名是企图异化人类后代，使人类从基因上变种。

博客时代很快就被微博时代抢了风头，微博时代已分明是强弩之末，海量的段子令人眼花缭乱；这个情形似乎已经过去，人们转发的兴致已经不那么高了。原来的时候我有明确的感觉，我在初用手机的时候每天都得转发个段子，后来我碰到转发的人，问，你们怎么不转发给我了？他自己有一点索然了，因为太多了，他已经转发过一年的光景了，他玩腻了。微博是什么呢？微博最使人刮目相看的是传播消息的速度，远快过报刊、广播、电视。但人类不是仅仅靠知道一些事才感觉到自己存在。人类还要知道某些人为什么成为那样一些人，某些事为什么会发生，更要知道自己属于哪种人，什么人；如果想要改变，怎样改变。人生苦短，应当活出几分清醒，唯有书籍能助人达成此点。电脑功亏一篑，而手机不能，甚至恰恰相反。我跟我的研究生谈过一次话，因为她是眼睛红着在跟我谈论文，我说昨天晚上干什么了，她说昨天晚上在网上阅读了。我说，几个小时？她说三个小时到四个小时。我说你一直在网上阅读老师给你留下书目的那些文章吗？她说不是，半个小时之后我想轻松一下。

我说半个小时之后，又之后呢？她说又之后我就下不来了，就去看别的了。我不太相信，有人在网上读雨果的《悲惨世界》上、中、下，读托尔斯泰的《战争与和平》，读《追忆似水年华》，对吧？好多名著都不可能是在网上读的，所有那些在网上阅读的人，除了我们的陈超馆长，十之七八是忽悠我们，他在冒充读书人。（掌声）

我建议小学五六年级的学生应该像断奶那样告别儿童的文字故事，开始读少年故事，而初中生应该开始读青年故事，高中生应该开始读一切内容健康的正能量的成人书籍。总之读书这件事起码要超越实际年龄两三岁，否则谈不上益智，怡情也太迟了，怡心则成马后炮。我认为对于今日之儿童少年，怡情、怡心比益智、励志更重要。我们现在到处看到的励志，都想让大家成为大款，我们的儿童、我们的孩子们似乎只剩下了这么一种志向。一个智商较高但缺乏人性之美的人，即使外表再帅再靓，也很难是可爱的，令人敬佩的。谁不希望自己是可爱的呢？这是我们人作为人的底线，读书能使我们保持这种底线。

故我建议当下之中国男性也应该多读一些出自女性笔下的文章、文学作品、书籍。我的阅读体会是汉文字在当代女性笔下呈现的种种优美似乎超过了男人，不但喜读而且爱写的中国当代女性向汉文字、汉词汇中注入了前所未有的灵动、俊美的气息。同样，我也建议当下之中国少女、姑娘们读一些男人们笔下的文章、文学作品，这里主要讲散文、杂文、随笔以及较有思想含量的书籍。这年头知识泛滥，而思想，对于中国人却又是弥足珍贵的。如果当下之中国女性仅仅陶醉于自己是极感性的动物，是我们这个时代的悲哀，毕竟女性是半边天。如果我们对这个时代不中意，改变它是男女共同的事业，而改变时代也需要靠思想。

我最近读到的一篇好文章是发表于本期《粤海风》杂志上的上海作家协会吴亮先生的一篇书评，或曰关于一本外国学者写的书的批评。我读了一遍尚不能完全明了他的观点，但其思想表达之美已令我折服。作为美文，推荐给诸位。因为我跟吴亮仅在二十年前见过一面，我不存在给他做广告的嫌疑。

我建议人们吸收中国传统文化思想时应取这样一种态度，如果说世界是地球村，那么文化思想，不论东方的，西方的，首先都是人类的。将传统文化思想当成盾，企图用以抵挡西方文化的心理，是我所反对的。我赞成各美其美，美人之美，美美与共的文化态度。阅读使女性变美，会使美女更美。我们看绘画史就知道，西方的油画史中多次画到阅读中的各种年龄的女性，而且既然进入了美术史，既然成为经典，一直到现在被人们欣赏而不厌，那就证明她真的是美的，再也没有比人类在阅读的时候的姿态更美的了。尤其对于女性，我个人觉得有四种姿态是最美的：第一就是阅读时的女性，第二就是哺乳着的年轻的母亲，第三就是恋爱中的女孩儿，哪怕她手持一枚蒲公英在遐想，第四就是白发苍苍的老妪闲坐在家门口的那样一种安适，我觉得这是非常非常美的。

谈到读书对人究竟有什么好处，我想举我自己的一个例子，就是我在下乡之前或者在"文革"之前看过托尔斯泰的一个短篇叫做《舞会以后》，讲的是在要塞中做上尉副官的主人公伊凡爱上了司令官的女儿，那姑娘是相当俊美。有一天这个司令官的花园里正举行派对，绅男淑女在月光下，挽着手臂浪漫地谈诗、谈爱情、谈崇高的情操、谈人格的力量等等；而就在花园的另一端，在实行着鞭笞，在鞭打一名开小差的士兵，因为他回家去看了自己生病的孩子。这时就有了伊凡和司令官女儿的对话，他问那女孩为什么，女孩告诉他原委。他说你去替我请求你的父亲可以终止了，因为我已经暗数了已经鞭笞的次数。那女孩说，不，我不能，这是我父亲的工作，他在执行他的工作，以后你如果成为我们家庭的一员，你应该习惯这一点。伊凡吻了她的手之后告辞了，他在心里面对自己说：上帝啊，哪怕她是仙女下凡，我也不能爱这样的女孩。这样的女孩之可怕就在于，我们从二战中的一些资料中可以看到，在屠杀犹太人的时候，纳粹军官和他的妻子孩子们可能正在领导督察，他们显示出德国上流社会的某种姿态。

一个人在他少年的时候读到这样的书，这书肯定影响了他的心灵，这使我有资格对外国记者们说——当他们来采访我的时候问，你在"文革"中的表现的时候——对不起先生们，你们选错了人，我正是在"文革"中知道怎样去关怀人，同情人，暗中给人一点温暖。

还举一个例子，就是我的三名没有见过面的知青战友的过去，我从一篇文章中看到关于他们的书的事情。他们当年是某团部的电话员、广告绘画员，还有一位是图书管理员之类的。他们发现有一个破仓库里藏着那么多当时封起来不给借阅的书，有天晚上就偷偷地拿了几本，回去拉上床单看。偷看的其中一本书是前苏联的《叶尔绍夫兄弟》，叶尔绍夫兄弟中有一个老三叫斯杰潘，这斯杰潘参加过二战，他的军队集体失去了战斗能力，他成了俘虏，却没有自杀。后来他逃出来，回到了家乡。战争结束，和平建设开始了，他跟两个哥哥都成了官员，但两个哥哥都不能公开和他见面。他们都拒绝认他，包括他爱过的姑娘。他爱过的姑娘后来被德军毁容了。她在见到他的时候也在说，我被糟蹋的时候你在哪里？不管他在哪里，他曾经是一位战士，但他失去了战斗能力。那么在这个时候，三个阅读的青年中，有一个青年说，我想说一句心里话，我是那么地也同情斯杰潘。我觉得读书就应该这样读，这样思考，我个人能理解那时那种人性的营养是怎样注入了这少年的心田。当书籍的、人文的营养注入了少年的心田的时候，我们就会对那样的事情怦然心动。比如说我曾经在课堂上读过这样一篇小小的散文。二战结束后，一队德国的士兵路过一个集体农庄，所有的村民们都列队两边怒视着德军们。

队伍中有一名年龄最小的士兵，他受伤了，他恐惧，发冷，浑身颤抖，他还在哭泣。这时候有一个老大娘向他冲过去，那小兵当时就吓呆了，其实那老大娘跑过去之后只不过是把自己的头巾摘了下来，给他围上。我对人性所能达到的这样的高度充满了敬意。但是，只有读书才能使人对这样的一篇小文心有灵犀，人们不仅仅是对那些虽然可笑但没有多大意思的段子有感觉。谢谢大家！

主持人：梁先生请留步，谢谢梁先生给我们带来这次精彩的演讲。让我们再一次以热烈的掌声表示感谢！下面是提问的时间，大家举手示意。

提问人：梁老师您好。（**梁**：你好！）我是原来《中国图书商报》的记者潘启雯，我们8月1日更改为《中国出版传媒商报》。刚才梁老师说，男性要读一些女性写的书，女性要读一些男性作家的书，您能不能给台下的女读者推荐一本书，也给男读者推荐一本书呢？谢谢！

梁：推荐一本？（笑声）我想不论是男性读者还是女性读者，读一本书而欲获益匪浅，那绝对是不够的。我现在的感觉是，到了我们这个年龄不应该仅仅是读小说。我经常觉得，作为作家，我们的想象力已经远远低于现实本身的"创造性"。就是现实中发生的事情使我们在提笔写的时候经常告诫自己，你要这样胡编吗？人怎么可能坏到那样的程度？人怎么可能虚伪到那样的程度？人怎么可能堕落到那样的程度？作为一个21世纪的中国的医生，怎么可能会把自己还比较熟悉的人的孩子给卖掉？这种想象力即使写到书中去，它也不真实，但是生活告诉我们，这就是真事。包括那个上海的法官们去嫖娼的事情，关键在于，又说句实在话，法官们那样，我想也不奇怪。我比较震惊的是揭发他们的那个人，那是一个人的复仇，一个人的潜伏，一个人的战争（掌声），而且我觉得他只有那样战斗才能成功。有这样的细节，就是当对方的母亲去世了，他居然还出现在对方母亲的丧礼上，并且还献了一个花圈，然后呢又站在对方背后、近在咫尺的地方打量着对方。仔细一想，社会把我们中国坚持正义的人逼到了什么份儿上，是吧？使我们真的要变得老谋深算，真的要变得君子报仇，十年不晚。

所以，我只有在看到和我比较熟悉的作家的名字的时候，而且是重点作品的时候，我会读一下小说。这个年龄要读一些史，要读一点哲学。而且我个人认为，从唐到北宋的这一段历史，其实不读也罢，我们都知道那段中国太辉煌了。可从南宋一直读到元朝，再读到明朝。我觉得明朝都可以越过去，再读一下清朝，这时能够明白，我们中国人怎么会变成今天这样的一种心性。大家都说大清朝有康乾盛世，但是我建议大家回去画中西历史图表，画图表你就能看出来。从宋末开始近六百年，尤其是后四百年的时候，西方出现了那么多大事件，出现了那么多改变国家制度的思想力，而中国是宋词、清诗，然后呢，《四库全书》，然后是《康熙字典》，然后是《全唐诗》。我们全民族的思想力在那么漫长的时间几乎都变成了修书，对吧？因此我觉得真正要读一读史，真正要读你得从晚清到民国，到 1949 年以前。我们要补上这一课，看看那时的中国人和我们有什么区别。说句心里话，我更想的是，那时的知识分子和我们有什么区别。我每读那时的史和诗的时候，我心里就在想，我怎么变成了这样？我还努力想变好一点，也不过就好了这么一点点，或者叫做不坏的一个知识分子，但中国不仅仅需要这样的知识分子。谢谢！

主持人：非常谢谢梁教授，虽然没有一本具体的书，但是我们大家记到了很多很多的书。我想大家可以抓紧宝贵的时间，还有谁要提问？（笑声）我问一下，梁先生我想问一下，你现在如何健身？

梁：我属于那种不运动的人，但是偶尔散散步。我已经写了这么长的时间，有时候写小说，有时候写杂文，到后来写中国社会各阶层分析——受前辈的文化知识分子的影响太深，总想肩起来一点儿对我们时代起作用的责任，但是我真的觉得累了。最近我下决心了，我何必非要做堂吉诃德呢？我来做桑丘，因为我觉得我做堂吉诃德那么长时间，现在有资格做一下桑丘，做堂吉诃德的责任应该留给今天的三十岁左右的人们。嗯，谢谢大家！（掌声）

提问人：梁教授您好！今天听了你的演讲，我感到震撼。您在这震撼了我，也震撼了大家。但是，震撼的时间太少了，地点太小了，范围太小了。我只提一个要求，希望放大您的声音，努力放大，放大再放大。作为一个出版社的从业人员，我深深知道，网络的毒害很大，限定网络有这么难吗，我希望在您的呼吁之下，我们这个民族重新回到读书这个优秀的传统当中来。谢谢！

梁：网络呢，我倒也不视它为洪水猛兽。但是我在火车上读《读者》的原创版，我发现原创版有一封编者致读者的信，那信里面也透露出刚才的那种悲观。说这么长时间了，我们的原创版还凝聚着这样一些粉丝，这样一些读者，谢谢大家。那意思透露出它的读者群也已经在萎缩。还有一点，我以前坐火车的时候，说起来应该是我们那个年代，在火车里经常有推着车来卖杂志，后来我发现没有了；我又坐了几次火车，发现没有了。我发现火车上所有的人都拿一个大的笔记本（电脑），或者拿一个 iPad。我要说的是女性们，即使看 iPad 的时候也要设计师临时设计一下，看 iPad 这个姿势怎样更美一点？我有一次在饭店里吃饭，离我不太远的地方一张桌子上坐着一个中年女性。我非常害怕，我总以为她神经是不是有一点不对，因此可能我的表情流露出来了，她也不拿好眼色看我。她拿着这么大的一个手机，她拨弄手机的姿势非常夸张，这样（笑声）。我们那时候还不知道她在干嘛，我们生怕她一会儿会冲过来，是吧。我觉得，这些是老美发明的，是西方发明的，可是这个国家非常奇怪。你看奥巴马告诉他的女儿们，要限制他们上电视的时间，要限制他们用手机的时段。许多美国电影里面可以看出，他们都给孩子买那个智能最单纯的手机，就说爸妈要知道你在放学之后，在某个时间，你在哪儿，就是那样的手机而已。可我们这里孩子们看、玩的那手机越来越智能。关键在于，有一次我在机场，看到中外两个团队的孩子们，大约是中学生，是夏令营互送的。这一面儿是外国的孩子们，人手一本书，包括我们中国的字纸的那种图很多字很少的书，他在学汉语，他们都在那认真地看。到我们这儿，人手一手机，我立刻就看到，这是他们发明的东西，在我们这儿变成了这样，而他们的人不这样，他们的孩子不这样。这两种孩子长大后是要竞争的，我们要思考这个问题。谢谢大家！

主持人：还有最后一位。（**梁**：好的。）

提问人：梁先生您好！我是《经济参考报》的记者王毅。梁先生您刚才说到我们应该多读一些晚清民国时候的历史书籍，在我们这样的年龄，可以少读一些小说，多读一些有思想的东西。我想提的问题是，晚清民国时期有没有哪一位有思想的文人对你影响最大？而且有没有哪一位思想家，或者有思想的文人的作品对梁先生有影响？

梁：有。太有了——蔡元培、陈独秀、胡适、梁启超……等等，他们的道德文章，确实令我极为尊敬。但，一个人不应只读自己尊敬的人的书，应尽量读一切有助于自己开阔思想维度的书。亲爱的同志，我跟你说，就在昨天晚上，华东师大的三位教授同志到房间里去看我，其中一位是当年复旦大学高我两届的同学。他在那个年代由于对于"四人帮"的倒行逆施，保持他的独立的品格，后来被同学揭发了，然后就被开除党籍和学籍了，被罚回崇明岛去劳改了。因此当时我没见到他。昨天他来看我，带了他的两位教授同伴。我们昨天晚上都在谈我们对于国家的发展的肯定，那发展我们要看到，就包括像跟我上大学的时候就是不一样，复旦大学那个时候位置上还是一片荒野呢对吧，但是现在你们看浦东新区等等，我们要看到这一点。但是我们也感到了忧虑，那些忧虑是需要我们共同交流，共同碰撞，有的时候我们这样的人，觉得自己读了一点书的人，居然还看不明白目前的中国是怎么样的，甚至还看不明白我们未来的方向究竟是怎样的。因此就要不断地交流，不断地看书，不断地来判断，这样才能使我们作为一个文化知识分子，在特殊的情况下摆正自己的立场，因为我们有时要表达立场。谢谢大家！

中国人，你缺了什么

社会缺少对公民的要求

更多的情况下我是不想说什么，我之所以还在写，正是由于懒得说话。因为很少说话，很少交流，就把平时想到的写下来。

中国人缺了什么？我想说两点：一是缺少社会对我们的要求；更加缺少社会对我们的保障。我不太能够分得清楚究竟是前一种"缺少"还是后一种"缺少"，导致中国人目前的焦灼、烦躁和郁闷。

后一种"缺少"是大家更常谈到的，一个中国人几乎从一降生就开始有所感触，缺少安全感。比如奶粉质量有问题，玩具、家具、装修质量也有问题。

孩子上学问题。一到孩子上托儿所的年龄，家长们的烦恼差不多就开始出现，进较好的托儿所得求人找关系；上小学也是这样，上不了好的小学，似乎就进不了好的中学和大学。遵循这一逻辑，西方的某些著名人物可能都不会成为他们后来成为的那种人，因为他们上的托儿所、小学、中学、高中都相当一般，甚至在大学里的成绩也不是名列前茅。

大学毕业之后，就业也成为一个问题。再接着是高房价，还有交通、空气质量、饮水质量等问题。我们说这些单靠监管解决不了，更深层的情况是生产粮食、蔬菜和水果的土地也有了问题。既然中国人也只能活到这个份上，那就不用管这些，爱怎样就怎样，也得吃喝，也得呼吸，也得活着。

当然，别有什么病，生病更可怕。我活到这么大年纪，很少上医院，到四十五岁的时候去过几次，北京的几所大医院相当令人震撼，好的医院整个感觉像接踵摩肩的超市，每个窗口都要排队。任何医院的一名医生我估计一天恐怕要接待五十位左右的门诊患者，有时候可能更多，如果你正好是后面的几位，他不希望五分钟内把你打发掉就是一件奇怪的事。我经常碰到的情况是患者坐下之后，医生问你哪不舒服，有什么感觉，最后问你想吃什么药，排了一上午，可能五六分钟就看完病，拿着药单，所取出的药和之前几次可能都差不多，关键在于你还不知道这个药的品质。

当然，我们本身也缺少，作为现代最文明人类社会对于他的公民的一些要求。前一阵有报道，一个孩子在埃及的古墓乱刻乱画。那是在埃及，是在人家古文明的建筑上，不是咱们自己家里；在长城上，反正那么多人留了，找个地方插空再留一个也就没什么。

中国人可能缺少这方面的教育，这是什么原因？似乎是由于社会本身应该给予人们的保障太少，社会有时也不太好意思对自己的公民提出过多的要求，社会不提，学校不提，家长对孩子也不提，最终导致孩子们不明白现代中国人应该是怎样的。

中国人缺少对公共道德的遵守

几乎可以肯定地说，中国人在国际上的形象并不是很好。我第一次出访法国，由于不知道法国公交车的规定——他们一律从后门上车，从前门下车——我看前门开着，大家排在后门，就从前门上车了。也不是挤车挤惯了，只是想早点上车就可以早点开车，可那法国司机对我鼻子不是鼻子，脸不是脸地训斥了半天。我不太清楚他用法语说了什么，陪同我们的是法国外交部人员，他与司机说了几句话，司机顿时对我客气了。下车之后外交人员告诉我，他对司机说我是日本人，法国人不喜欢中国人，因为太不懂规矩，如果说是日本人，法国人就会以为是初犯。当时我的自尊心受到非常大的伤害。

后来我写了一篇《文明的尺度》，文章的结尾写到：我感觉可能是文明在西方，传统在台湾，腐败在大陆。为什么会有这种感觉？我们乘车到法国巴黎郊区的一个乡村旅社住宿，当天刮风下雨，山路也很窄，我坐在司机旁，前面的车上有两个法国女孩子脸朝后，望着我笑，他们可能很少看到中国人。当时有客人在等着我们，心里很着急，车又开不快，前面有车又不能超过去，心想真倒霉，要是我们的车在前面就好了。后来有一段路够宽，前面的车停下来，开车的那位父亲下了车，我们车上负责开车的法国外交部人员也下了车，两人在那说了半天，我心想，还跟人家说什么，赶快把车开过去就是了。

那位父亲对他说，一路上都是他的车在前边，这不太公平，现在请我们开到前边去。外交部的小伙子说，我们马上就要到住的地方，还是保持原来的状态吧。那位父亲接着说了一句话，还是希望我们开到前边去，车上坐着他的两个女儿，他不能让女儿认为不让车是理所当然的事情。恐怕我们中国人就缺这一点，我不太知道这是由于什么样的文化，需要多长时间，才能够直抵人心，而且成为一种不可度量的似乎先天具有的遵守。

我们经常讲外国人等红灯过路的事，虽然路上没有行车，依然会等到绿灯再过。我一般要求自己不闯红灯，特殊情况下人行道虽然是红灯，但路上没有车辆，也经常闯红灯。我最初坚持一个人站在那，等红灯变成绿灯再走，尽管左右两边没有车，但最后发现就我一个人在那儿，别人看着我，觉得好奇怪，然后也就变得有时闯红灯了。我看到的一篇文章就谈到，中国人和外国朋友在那里等绿灯，虽然路上没有车，但外国朋友说或许在对面的几层楼上正有孩子们看着，他们是那么在意孩子们看到了会怎么样。

改革开放有一个好处，中国人出去后不但看到外国怎么样，还了解到外国人怎么生活。比如，到海边游玩捕捉沙滩上的螃蟹，包括海螺，外国有相关规定，如果从沙滩挖出来的螃蟹或者海螺不够尺寸，不可以放在自己的小篮子里，否则就是违法。有心细的中国人特意带了一把尺子，测量之后发现有些海螺确实比法律要求的尺寸小一些，但他已经把它挖出来，就去问海滨的巡逻员，这个海螺差一点就够尺寸，可不可以？后来收到了罚单，还收到法庭的传票，他就觉得很委屈，并告诉人家说带了尺子，对方的回复是既然带了尺子，它不符合尺寸，为什么不当即埋下去。

中国人可能觉得老外们生活太矫情，在中国确实做不到。他们甚至到了这样的程度，即使旁边没有人，钓到的鱼不符合尺寸也要抛回水里，因为如果回到家偶然被邻居发现，会把你视为一个不遵守公共道德的人。

中国的淡水蟹被引进德国，但德国人又不是很喜欢吃，导致泛滥涌上公路；对中国人来说肯定是件好事，但外国人骑自行车到这里都停下，汽车也停下来，没有人会觉得这是我们不喜欢的，就像看到甲壳虫一样，可以用车轮碾压过去，而是会有人拿出手机给有关部门打电话，让他们处理一下。

这是一种什么文化？用多长时间才会使一个国家的公民成为这样？

当然，我们没有必要说欧洲人都是君子，从新闻也可以看到他们的校园暴力、恐怖事件，这样或者那样的社会问题。但我们看人家好的一面，向人家学习，有时他们好的一面又是我们很难做到的。

中国人缺少好人文化教育

中国人最主要的是缺少好人文化的教育。

我们有这么多人，一百多年前全世界的人口也只不过是十六亿多一些，也就是说中国现在的人口几乎接近一百多年前的全世界人口，一百多年前的北京已经是世界人口最多的第一大城市。比如澳大利亚领土那么大，有那么多的资源，那么少的人口，搞什么"主义"都可以，可以搞一百年资本主义，不行再搞社会主义，社会主义不行再搞澳大利亚式的社会主义，什么都来得及调整、转变。

而我们的优质领土很有限，适合人生存的领土事实上也不很多，像新疆一大部分是戈壁滩，沙漠，就这样一个国家有这么多的人口，搞什么主义都难，从这个主义变成那个主义更难、更可怕。

西方国家有宗教；不能说中国完全没有宗教，中国有宗教但是缺乏宗教信仰。据我所知，在西方假如人们到新的地方重新开始建城镇，除了盖好自己的房子，第一是要建学校，第二就是教堂，再接着就是图书馆，小镇都有图书馆。今天到我们的各个城市，原来的老图书馆在上世纪80年代以后，都被出租出去卖服装、卖百货。新的图书馆盖得很大，按照国家要求，有多少人口就必须建一个图书馆，又不能租出去，相当一部分空闲在那，基本没有人借书。

至于宗教信仰，佛教、道教圣地香火依然非常旺，求升官，求发财，求健康，求儿女的未来，甚至也可能有人暗地里求神惩罚别人，同时保佑自己，就跟过去扎面人似的。中国人在神面前忏悔的时候多吗？我们受过忏悔文化的影响吗？进一步说，我们受过好人文化的影响吗？

今天的中国人可能在理论上相信有好人，但在生活中除了自己的亲人和工作单位的至交好友，每天下班的时候是不是经常想谁会在背后做我的小动作？这种互相的揣度在一般人之间有，在官场上更是如此。

另外，我们的文化和文化受众之间有相当奇怪的一种关系，比如前一时期我的电视剧《知青》播出后，有人说那个年代哪有好人。如果谁站在我面前这样说，我会对着他的脸吐口水，这样说的人至少表明在那个年代他就不是好人。电视剧里的女主人公是周萍，一个家庭出身不好的知识青年，她回家探亲时男朋友在小镇的旅店里等着她，而且发高烧，小店的老板和妻子对他们很好。有一次我在外地接受采访，一位媒体的副主编对我说，看过了电视剧，但很失望，他说一直看着，盼着，等着，就那点满足没给他。我问：什么满足呢？他说：在那种情况下，周萍有可能被强奸，你怎么就不写？说实在话，我当时也想吐他一口，这还是知识分子，就盼着看这样的情节，而且认为不这样写就是不符合生活。难道生活中只要女孩子单身住在一个地方就会遭到这种情况吗？我真觉得这是生了病的中国人，而且几乎是不可救药的中国人。

为了证明生活不是这样的，我把前两天翻到的一篇文章《秋雨中的回忆》念一段给大家。

那是三十多年前的一段往事，返城火车站人满为患，行李在仓房里堆得像小山似的，火车票早已售罄。车站的墙上贴着醒目的告示，上海方向三日内的车票已经售完，旅客们请用已购好的车票办理行李托运手续。幸好站上一位值班的师傅发现了我的窘境，帮我把行李挪到了一个小屋里。雨夹着雪花绵延开来，看样子短时之内不可以停息。好心的师傅见我可怜，答应帮我照看行李，让我赶紧找家旅社休息一下。我深深鞠了一躬，谢过师傅，赶紧去找旅社。此刻，我已困倦得撑不住了。

这是别人的回忆，证明即使在"文革"年代，这种事情也是有的，如果我们这样写文章拍成电视剧的话，国人会说什么？真是胡编，哪有那么好的人。如果在今天的生活中碰到这样一位好心的师傅，心里边可能还会想，他要干什么？对我有什么企图？

第二天一觉醒来，已经晌午，可脑袋仍是昏沉沉的。当那位师傅得知我没能买上车票，行李没能托运，答应帮我想想办法，尽管我对他是否真能帮上忙将信将疑，但在我走投无路之际，这不失为一根救命稻草。师傅把我带到站长家，屋里一大家子人正围坐在炕上包饺子，锅里正煮着的饺子热气腾腾。站长原来是位女同志，姓徐，问清原委后，站长极其热情地招呼李师傅和我一起喝酒、吃饺子，顺应了一句东北老话叫"饺子就酒，越喝越有"。当晚我拿到了去上海的车票，并办好了行李托运，这一切想起来我至今都会泪流满面。

生活中当然有这样的事，有这样的人，当然需要人写出来，但是它发表在一本小小的杂志，发行不过几千册，十三亿中国人中又有多少人能看到呢？你们今天应该感谢我，因为我发现了这篇文章，带来了，而且读给你们听，让你们相信在从前的年代，我们中国有好人。

今天也应该有好人，但是我们最有影响力的文艺，为什么就不表现这些？为什么总表现人和人的争斗？穿古装的斗，民国的斗，抗日时期也斗，到现在婆媳、妯娌还斗，单位斗，学校里也斗。

要知道，当写生活中的好人的时候，经常发生的情况是什么？编剧和导演要讨论。在创作的时候我相信人在生活中应该像上面的师傅那样去做，也要通过电影和电视剧这种方式来表现。可导演经常会说，哥，咱别这样写，没人信的，首先自己就不信。

我们的文化剔除了对后人有影响的元素

最近两天我为什么很烦呢？不断写序，给这样和那样的人，中国人终于可以都出版书了，我的知青战友们也写书，看得头都疼，没有看见眼前一亮的东西，差不多到最后一篇，我看到了《烧档案》。

一位北京知青当年十六岁就下乡，后来成为兵团通信连一员。那时因为中苏关系紧张，他们隐蔽在一处没有人去过的深山里，在那里生活了几年，平均年龄不到二十岁。这肯定会使人得抑郁症，最后只剩下三个知青的时候，实在坚持不住，因为一点事就吵起来，其中一个知青就动枪，并且开了枪，所幸没有死人，但是受到纪律处分。后来要返城的时候，另一名北京知青负责为档案袋贴封条，盖上单位的章。他突然发现，全班怎么就这个知青战友的档案这么厚，拆开发现都是关于当年他开那一枪的档案，差不多有七八十页，包括整个事情的来龙去脉，不同级的处理意见，批判他。

当时这位青年就想，他带着这么厚的档案回北京，找工作怎么办？能不能不这样？于是就找到当时的连长。没想到连长也很爽快，两人就达成一致意见，把他叫到连部，关上门拿出档案说，这是怕影响你，虽然是违反纪律的，但"文革"已经结束，现在你要回城，请放心，当着你的面我们把它烧了。

这好不好？我们能不能那样做一点？很多人会说，你以为全中国都像他们一样了？我说的好人不是老好人，是经过自己的大脑思考一下，做一点，然后对别人的命运产生一点小小影响。今天的中国人恰恰有那么多的"拔一毛以利天下而不为"，为了利别人才不会拔自己的毛，这太令人沮丧。

好人文化就是说在不同的选择中，能做出这种选择而不是那种。这使我又想到即使在"文革"年代，傅雷夫妇自杀之后，骨灰没有人认领。两个儿子在国外。当时上海一位姜姓的普通女工，只不过因为读过他们的书，通过他们的书认为他们不可能是坏人，因为他们的书教人好，就去认领二人的骨灰。如果不认领的话，三天之后就会被扬弃。

而且，她不但认领了，藏匿起来，还多方写信，替傅雷夫妇死后的名分进行申辩，自己也遭到不公平对待，一直到粉碎"四人帮"之后，才把骨灰交给傅雷的两个儿子。傅雷的儿子傅聪是音乐家，问她有什么要求。她说给我一张票，听听你的演出。我经常想，就这样的一个女工，这才叫中国人，这么帮助我们中国的一个女工，为什么就不能拍成电影？我多次跟导演说，为什么不能把这一段拍出来，而且字幕上要打出来，根据真人真事改编，让全世界都看看，在极特殊的年代，中国人曾经是什么样的。

民盟前主席费孝通是潘光旦的学生，两人是师生关系，相差二十多岁，后来都被打成右派。"文革"时潘光旦先生在积水潭医院住院，即使住院造反派也还要敲着床，让他交代这样或者那样的问题。他已经感到自己身体非常不适，便让女儿偷偷接回家。可他已经没有家，只不过有一个小房子，水泥地，床上还没有被褥。第二天晚上潘光旦全身疼痛，半夜里让女儿去找学生费孝通，费孝通住得不远，都在民族学院。费孝通来了，当时也没有开夜诊的医院，买不到药，也不能背着他上医院，他是打入名册的人。费孝通只能把自己七十多岁的老师潘光旦搂在怀里，搂了一夜。最后潘死在费孝通怀里。这种师生情，在那样的年代，我也经常想，要拍出电影来，放给全世界看。这不是中国人的羞耻，而是中国人的光荣。

有几千年传统文化和文明影响的中国，在特殊年代里，一些知识分子能把人性和师生关系演绎到这样的程度，可以让全世界都来看。但是，又不能拍，不能表现，我们的文化把我们生活中明明发生的，对于后人有影响的元素都剔除掉，现在就剩下了我们所看到的这个样子。所以，我们说中国人缺什么？当然也缺文化的影响。

文化应该是有原则的

要理性看待我们的国家

陈东有：首先要欢迎梁老师来到江西，您是我们江西老表最喜爱的当代作家之一。

梁晓声：感谢江西人民的热情。我到江西来，受到了又热情又真诚的款待。在江西，有这么多朋友知道我的名字，还有这么多人因为我写的那些作品而尊重我，对我友好。我将这种热情视为大家对文化、对文学的厚爱，视为对作家的期望和鞭策，视为对好作品的真诚呼唤之情。

我是第二次来江西，第一次是在 1984 年或 1985 年，那时的南昌还很老旧，坐火车沿途看到的所有村庄都是老旧的，现在的江西变化太大了，南昌已经建设成了一座成熟的现代大都市。

陈东有：谢谢您的鼓励！南昌虽然有点大都市的模样了，但和北京相比，还是差距明显啊。

梁晓声：每次离开北京，我都受一次很好的教育。在北京时间长了，经常感觉到很浮躁、很郁闷、很焦虑，有的时候还很愤懑。一旦离开北京，沿途走，我又能感觉到这三十年都发生了一些什么变化。这些变化，看到后才能对我们国家有一个全面的了解。

作为一名知识分子，我爱国，爱人民，我希望我们国家强大，希望人民生活幸福。我坐火车的时候，沿途只要看到农村是漂亮的，就会感到愉悦。理性的国民会看到，虽然有这样那样的不足，有浮躁、焦虑和忐忑，这是每个时代都有的，但我们的国家毕竟在进步。

文化应该是有原则的

陈东有： 梁老师，很多人都是读着您的作品成长起来的。您的作品现实主义色彩很浓，特别是近些年来，您把现实社会的变革放到自己作品中，把研究社会和再现社会结合起来，帮助我们更深刻地去观察社会，理解社会，同时又引导我们从文化层面去分析国民人性问题。

梁晓声： 在社会的变革过程中，思想开放则必然多元。但多元不等于没有文化原则。

上世纪80年代，一名大学生为了救一位掉入茅厕的老农，不幸身亡。《中国青年报》为此开展了讨论：大学生救一个老农值不值？讨论的结果是不少人认为不值得。我的思考是，可以讨论但不可以是这样的结果。我觉得我要发言了。于是就在《中国青年报》连续刊登了三篇文章，题目是《冰冷的理念》之一、之二、之三。我在下乡之前读了相当多的欧洲文学，对我影响最深的就是人道主义的原则，我认为这是任何社会都不应变的。我当时就尖锐地提出，一个民族在一份大报上讨论这样的问题，而且得出这样的结论，这是我们民族的羞耻。有一次电视采访国外的学者，主持人问到他们怎么看这个问题，没想到国外的学者说在他们国家是不需要讨论这些问题的。

文化应该是有原则的。

电影《唐山大地震》送去国外评奖和参展时，国外有评委提出，一个母亲要选择是救自己的儿子还是救自己的女儿，这样的事情不必进入文艺。人性有先天的弱点，最柔软的那一部分始终要用文艺去呵护，即使表现在现实生活中，文艺也应该找到更好的方式去诠释。文化当然包括文学与文艺。文学不仅仅是解闷的，文艺不仅仅是娱乐的，还应是时代文明进步的助推器。

我个人觉得，文化应起引导受众心性向善、精神向上的作用，受众需要好的文化的影响。人类的进步，始终是被好的文化所化的过程。好的文化是承载人文元素的文化。实际上人们也在期望。这一课我们没有补上。现在给民众看的一些文化里充满了"斗"，一切阴谋诡计都用上了。我认为所有宫廷戏里的"斗"都不是"义斗"，都是在为自己谋取私利、满足私欲。反映现实生活的电视也是"斗"，公司斗，家庭斗，婆媳斗，同事也斗。很少能看到稍微温馨点的电影、电视剧。

陈东有：您让我想起了《甄嬛传》，这是一个最典型的表现"斗"的电视剧，可谓是集中国古代小说史书中"女斗"之大成，好女成"恶斗"女之大成；更大的问题是收视率还特高，现在又成了出口的文化产品了。不知外国人如何通过这部电视剧来认识中国的女人。

梁晓声：西方名著中最基本的就是人性和人道。人性在最高点上能达到什么样的程度？我们曾经看不懂美国的《拯救大兵瑞恩》，看不懂什么呢？你的儿子也是儿子，我的儿子也是儿子，为什么要救你的儿子？要有那么多人去出生入死还可能救不出来，我们不能理解这件事。但在西方这件事是不必讨论的。因为在组成敢死队的这些儿子中，都不是他们家庭唯一的儿子，而需要拯救的那个儿子，是他母亲唯一剩下的小儿子，其他三个儿子已经战死。

要多看书、多思考、少娱乐

陈东有： 人文精神是以人为本的文化根源。我们提倡国家发展、社会进步，都要以人为本，没有人文精神，很难实现人本的自觉。遗憾的是，我们现在很多人都过于注重娱乐，注重感官刺激，而思想，特别是对人自身的反思却很少很少了。

梁晓声： 对于我们现在的文化，我首先想到概括西方当代文化的那本书——《娱乐至死》。《娱乐至死》其实传达了两个信息：一个信息就是说，作为一个当代人，你的生活好起来了，工作、消费、娱乐，你可以这样生活到死。还有一个信息是谁这样生活，谁在精神上早死。我个人更看重第二种诠释。

可能在江西还不会是这样，在北京你会感觉到人们对娱乐的那种强烈的要求，我发现这种状态改变一个人是那么的容易。我到处看到"手机控"式的同胞，所见读书的人是越来越少了。许多人只要一有空，就一头扎进游戏里，或在网上看八卦。渐渐地，习惯于以"毒眼"看社会了。

如果一个人变成了这样，我个人认为他就完了，不论他是官员、大学生，还是其他人，而我看到现在太多的人变成了这样。在这点上西方人和我们真的不一样。比如美国总统奥巴马规定他两个女儿周末才能看电视玩手机。我个人认为 iPad 正在改变我们中国人的基因，如果我们今天不重视这个问题，五十年后，这个地球上将会出现一个奇特的人种：占世界人口如此大比重的一个民族，却离书本很远，头脑中不再装入思想，情感也十分淡漠，而且还会有些古怪的姿态——有些玩手机的姿态是紧张而古怪的。

中国新闻出版研究院发布的第十次国民阅读调查结果震惊国人：2012 年我国国民人均纸质图书的阅读量为 4.39 本，电子书的阅读量是

2.35 本，加在一起一年不到 7 本书，平均是两个月 1 本，不要忘了，其中还包括教科书，如果扣除教科书，平均每人一年读书 1 本都还不到。与世界上一些发达国家相比，我国的国民阅读水平更显落后。2013 年联合国教科文组织进行的一项调查显示，欧美国家年人均阅读量约为 16 本，北欧国家达到 24 本，而每年阅读书籍数量排名第一的是犹太人，平均每人一年读书达 68 本。据中国新闻出版研究院的数据，当下韩国国民人均阅读量约为每年 11 本，日本在 8.4—8.5 本之间。改革开放后我国经济飞速发展，GDP 已经世界排名第二，但是国民人均阅读量却没有跟上，远低于世界发达国家水平。以色列这个国家人口非常少，但已经出了 8 位诺贝尔奖获得者，为什么呢？因为喜欢读书。犹太人有个习俗，当孩子出生时，母亲就会翻开《圣经》，滴上一点蜂蜜，让小孩去舔《圣经》上的蜂蜜，通过这一舔，让孩子对书产生美好的第一印象：书是甜的。

民族精神由文化决定

陈东有：综观各个时代，文化是民族文明发展的结晶，又决定着民族精神的传承。在这个传承过程中，家庭中的家长起到了最重要的关键作用。

梁晓声：国家与国家、民族与民族之间是一种较量的关系。我更倾向用竞赛关系，这样更低调一些。

这种竞赛，归根到底是母亲们的竞赛。我们从前是有打麻将的母亲，现在是有上网的母亲，自己上网玩游戏不论，还上网交友，在网上跟人聊天，搞得家庭内部不团结，肯定会有奇怪的孩子。有一天我在北京机场看到，两边各坐着二十来个中国孩子和欧洲孩子，可能是组织的一个夏令营。由于语言不通，分开坐。中国孩子都在玩手机，欧洲孩子都在看书，包括拿着中文的看图说话之类的书。我想：哦，原来国家和国家、民族和民族的竞赛也是孩子们的竞赛。如果这个现象一直延续下去，我已经得出结论——优胜肯定不在我们这边。

我个人觉得，民族精神是由文化决定的。我们看西方其实不是"娱乐至死"的。西方娱乐文化一旦面对人文文化就庄重了，而新教文化又是娱乐文化根本解构不了的。美国电影有一个时期是嬉皮士、雅皮士、嘻哈式，这种文化它的前期是嘻哈的，玩闹的，然后是开始解构的。但是它一碰到庄重的人文文化，就缩回来了。因为在西方这种人文文化的底蕴太厚了，它不敢解构雨果，它不敢解构巴尔扎克。即便是在最玩闹、最娱乐的电影和书里，它都要塞入人文文化的价值元素，塞入新教文化的价值元素。我们的文化目前也是嘻哈的，并不断地在解构我们已有的各种文化，但它碰到任何文化，包括庄重的人文文化都不再心怀敬意。

陈东有：作为中国文化知识分子的一员，您对中国文化的现状表现出极大的关心和忧虑，这是文化的良心所在，也是知识分子的责任担当所在。未来中国文化的发展会有一种什么样的趋势？

梁晓声：中国会有新的文化运动，不叫"文化大革命"，是正面的、好的、启蒙的大事件，就在未来。事实上我认为现在已经开始了，最多二十年内就会形成。

我认为健康的、理性的网络文化会起到对中华民族的新启蒙作用。网络、微博的所谓言论领袖起不了这个作用。必然是喜欢上网的普通民众，通过网络表达意见、表达立场、表达态度时候的自我驾驭、自我提升、互相约束，以达成对这个人口众多的民族之新思维的一种影响。在包括文化知识分子、政府有关部门在内的社会各界的努力下，网络上理性的正能量会得到庄重性的表达，当其成为主流的时候就有了力量。

我经常给别人举两个例子，来表达我对国人的困惑和忧虑。美国的马丁·路德·金在林肯纪念堂前，面对二十多万黑人和白人民众，发表《我有一个梦想》的演说时，有一段话是：我希望有一天，富人的儿子和穷人的儿子共处一处，我们饮着美酒，我们谈论着人生，谈论着……那么多的黑人民众静静地听他的演说，没有人说："滚下来，你在胡说八道，你在做梦。"正因为有那样的庄重，还有那样信仰的黑人群众，那个时代所产生的马丁·路德·金才能完成他的时代使命。还有曼德拉，他为他的民族坐了二十七年牢，当他的事业胜利之后，黑人提出要向白人进行血的报复。但曼德拉提出，要宽恕，要允许他们用土地来赎罪。如果南非民众不理解，那南非也不会有今天。

　　我个人觉得，我们需要很多被好文化所化的社会大众，需要更理性的大众，需要能理性地看待我们国家过去的失误、现在的问题和我们这三十年来的成就，并客观、理性地表达意见的大众。我认为只有这样的大众多了，我们真正希望的那个好的中国、那种好的生活才会离我们越来越近。我们只有成为这样的群体的时候，我们才等于支持了真的改革者，因为真的改革者一定是需要这样的大众的支持。

　　陈东有：谢谢梁老师！梁老师为我们讲的实质上是文化与大众心性的关系。他启发我们：一个国家、一个民族应该有文化的主心骨，有精神支柱，才会有理性。而理性的大众才是推动社会变革和进步的主要力量，才能建设自己美好的幸福生活。

为好社会而写作

他的写作始终坚持自己的立场，始终秉持着知识分子的良知和情怀，始终高扬着人文主义的旗帜，他从不因为所谓纯文学的原因而放弃对社会、现实的思考与批判。

——吴义勤

采访手记

郭　红

我如约来到他的工作室时，他正用抹布擦书架、桌子。我说："您还自己做这样的事呀？"他说："我习惯了，我一直是个放下笔就拿起抹布的人。"

他的书房在一幢老式的居民楼里，窗外是元大都城墙的遗址。冬季，那里的景象是颇有几分萧瑟的。他曾多次在作品中提到过这里，能看到早已从文字上熟知的景色，恍惚间会以为能走到故事里去。他看起来很精神利落，他说特意刮了胡子，否则担心采访时若拍照效果不好。梁老师如此严谨自律，加上他破例接受《黄河文学》的访谈，我颇有些惶恐。

上个世纪80、90年代以来，梁老师的书和由此改编的电视剧风靡整个中国。《那是一片神奇的土地》、《今夜有暴风雪》、《雪城》等，无论是书店还是路边的书摊，都置于最显眼的地方。这些作品紧扣生活，既有现实主义作品的真实，又有虚构作品超越现实和经验的一面。他笔下的知青们，带着鲜明的理想主义的热情，从大城市奔赴最艰苦的处女地——北大荒。在一望无际的沃野上屯垦戍边，一群热血儿女演绎出一幕幕荡气回肠或令人潸然泪下的故事。知青们既有敢于战天斗地挑战自然的勇气，又能在残酷的政治环境下仍然绽放出爱和友谊的花朵。经由梁晓声的文字，知青一代们为时代大潮所左右的特殊的命运和为国家奉献出最美的青春年华的精神，深深打动了读者和观众，也为知青们的形象作了一个富于浪漫主义和理想主义的完美定位。

在旁观者看来，梁晓声是一个典型的理想主义者。理想主义并不是说怀抱一个具体的理想，而是对一些终极价值的坚守。他对纯洁的友谊和爱情的肯定与歌颂，对精神力量的推崇，都能使读者从悲剧的故事中产生更强烈的乐观主义精神。虽然获得无数奖项，但对于种种褒扬，梁晓声始终对自己的作品保持清醒。他说："我承认我在相当大的程度上，至少在我所创作的影视剧中确实在一定程度上将知青主体形象美化了"，"我的主观意愿是想把经历过这么多磨难的一代人最好的那一面呈现出来，他们也确实有最好的一面；另一方面，要使他们，中国的某些个体，艺术化地成为时代的见证人"。

在小说和影视作品之外，梁晓声对于中国人的国民性作了许多剖析，对于普世价值进行不遗余力地呼唤和呐喊，《忐忑的中国人》、《中国社会各阶层分析》都展现了他作为一个学者的赤子之心。路文彬教授说："鲁迅、巴金和沈从文等作家继承的都是契诃夫的传统，而梁晓声是个例外，他继承的是高尔基的传统。"他指的是梁晓声关注底层和描写普通人民生活，把人性作为超越时代的判断标准这个角度来说。但梁晓声对现实深沉的了解与悲哀、对中国人的国民性的分析，却另有一种哀其不幸、怒其不争的无奈在里面。他的作品让人更多地想到鲁迅。

作为作家，同时作为一个学者和知识分子，梁晓声用作品把两个身份统一起来。他的作品具有知识分子的那种洞察力，同时也非常富于感性。在对时代的反思中，他的态度是悲悯、坚持而不纵容；对自己的态度则是，有反省却绝不造作地自我贬低，以达到最大限度的诚实。他让我们了解到什么才是一个正直的、负责任的作家的担当和诚实。

采访快结束时，梁老师说："我觉得刚才我说的内容有些过于激烈。时代有它自己的逻辑，有些事情急也没有用。人有时候要甘于退出舞台。待写完这部长篇，我想停下来，做一个读书的老人。"

我和他一起出门。他锁上门，极其自然地弯腰捡起门外的破纸盒，一边下楼，一边捡拾垃圾。他主动负责打扫的公共楼道，水泥台阶一级级接续下去，在昏暗中泛着幽幽的青光。

面对真理我们都是平等的

郭红：梁老师，我觉得您的那些描写知青生活的小说已是我们中国当代文学的经典，不知道现在读这些知青小说的人还多吗？

梁晓声：应该是不多了。一个作家最初的作品的内容一定和人生经历的主要内容相符合。我当过知青，1974年上大学了，比我的知青战友们离开北大荒早一些。我待了六年多，他们有的是十年多。事实上我分配到北影后最初写的短篇都和知青没有关系，包括《这是一片神奇的土地》，都是各编辑部约稿，他们一定要约知青题材的小说。于是就开始调动自己的回忆、自己的经验，按你所知道的一篇一篇写。我当时的想法是，短篇《这是一片神奇的土地》，中篇《今夜有暴风雪》，长篇《雪城》，之后就不再写知青题材了。写完那些，我觉得自己对于知青经历这件事，对我的同代人——有知青经历的人——对我的一些希望，就完成了。但后来又有了《年轮》，那是先写了电视剧，后改写成的小说。

写电视剧是因为新中国成立四十五周年，需要写共和国同代人，这是一次命题创作。这样的一个命题下，大部分的同代人肯定有知青经历，所以又变成了写知青。这部电视剧将《雪城》下部的内容糅进去了。为什么呢？当年《雪城》只拍了上部分的内容，我很希望下部分的内容也能拍。可那在当年很难。知青题材成禁区了。2010年，山东又来人找我，希望创作《知青》。都是约稿。你想山东影视中心到黑龙江去拍，拍黑龙江的兵团，这会使我家乡的影视部门觉得很被动，于是提出联合拍摄。这事没谈成，我就和家乡的电视台和影视部门说：这样，我再为家乡写一部《返城年代》。这些都是在我已经确定的写作计划之外，改变写作方向，穿插进来完成的。

但是所有关于知青的电影、电视剧都给我带来无尽的烦恼。它们的发表、播出，无一例外都大费周章，即使得奖了情形也不是那么好。《这是一片神奇的土地》和《今夜有暴风雪》，当时在获小说奖的时候不是没有争论的，争论是很大的。是在陈荒煤、冯牧他们坚持之下获奖的。后来这两部小说在长影都拍过电影，但又同时下马。这内情一般人是不知道的。你看，纠结吧？读者会认为通过知青的经历呈现出那个年代"极左"对我们青年人、对整个社会危害的程度，写得远不够，应该再深刻一些。但是他们不知道，仅仅那样，评奖就已经很成问题。影视化也很难。《今夜有暴风雪》发表在南京《青春》的创刊号上，主编晚上陪我在宾馆里喝着咖啡聊天，一聊聊到深夜，竟然说出什么话来？"破釜沉舟，壮士断臂，大不了我不当这个主编就是。"

郭红：觉得小说可能会带来一些危险？

梁晓声：觉得已经踏入雷区了。后来它得奖了。大家会认为，得奖的文学作品拍电影会有什么问题吗？事实是拍了一半竟然会下马。当然那是特殊的年份，1986 年，经历了"反对资产阶级自由化"，"清除精神污染"。现在来看，那些作品里污染何曾有过？都很纯洁很纯粹，很干净。

郭红：都是戴着有色眼镜在挑刺。

梁晓声：但是我这个人有一种和别人不同的性格，我会据理力争。我不是争取我个人的作品拍摄，而是为了争一个道理。此外，同时下马要损失一百多万，一百多万在当时是很多的钱，都是人民的钱，怎么可以就那么浪费了？当我这样去据理力争时，致有关方面的信件的措辞会很叫板，完全不像一个青年作家应该写出来的信件。

郭红：您给领导部门写的？

梁晓声：这事今天是可以谈的。我就给当年的陈荒煤部长写信，那时电影归文化部管，他是文化部副部长。我还给电影局的局长石方禹写信，并且把给两个人的信还装错了信封。

郭红：是故意的吗？

梁晓声：不是，马虎了。两个摄制组没有办法了都来找我。我又要出差，一粗心装错了信封。在给当时电影局局长石方禹的信中，我骂了娘。我一直很坚持的一点是：面对一个道理的时候，不管你是谁，我们来辩辩吧。你要是有道理，杀我头请便。如果说不服我，虽然我是一介平民，那也要据理力争。其实他们都是爱护我的，接到我这样的信后，就同意接着拍。多年后一起开会的时候，石方禹说，你看你，信里还写他妈的。我说我日常生活中不是这样的，那是为了给力！使信给力！

《雪城》也是这样，拍完之后，那时候只能送到中央台，其他各地方的电视台还很少。央视不播几乎就作废了。央视负责播影视剧的人，是黄宗江的夫人；我和黄家关系特好，他们都视我为弟子一般。但这是公事公办的事情，负责任的话就得讨论能不能播。然后就请人参加座谈会。不管开多少次会，播不了还是播不了。听说山西的知青还到中央电视台前聚集过，要求播。这倒不是背后有人怂恿他们，我们都不知道。我们怎么敢去做那样的事情？后来当时的中央领导，非常大的领导，工作之余也要看看电视剧，听说有这样一部电视剧就调去看，看完后说挺好，没什么问题。有这个话，才能播出来。《年轮》也是稀里糊涂地就播了，因为是北京台的，北京台就播，播了以后中央电视台才也播了。

郭红：但是播出之后影响非常非常大。

梁晓声：当时的文化部长就请演员们吃饭，鼓励鼓励电视剧这一文化现象。但是在评奖的时候就出了问题，不能评奖。为什么呢？已经有规定说影视中不能出现"文革"、三年自然灾害这样的片段，我的《年轮》是从孩子们上小学写到中学，因此会写到饥饿、到郊区去抢菜、一直到"文革"和下乡。里面还有这样的情节，我挺喜欢的一个情节，一女中学生回家与是区委书记的父亲聊天，说到班主任在课堂上讲了什么。结果班主任被打成右派，女孩回家就哭了。像《牛虻》中的情节。她质问父亲，你利用了我！父亲说这是政治，母亲说这是你父亲的工作等等。评奖的时候有人问，这是什么意思？这等于是呈现出干部人性很卑劣的一面，不能评"五个一"，接下来就是不能评一切奖项。因为"五个一"是中宣部的奖，就等于中宣部否定了这部剧。那我们是不是犯错误了？要不要做检查？但是我们所知道的情况是，部队里战士赶快吃完晚饭看那部剧，监狱里面也允许看。为什么呢？剧中毕竟写了好人性。

人性善是超越一切时代的原则

梁晓声： 这是我的创作理念，我不管写怎样的时代，都是把时代和人性相对地剥离开来看，我要通过某些人的人生和命运把时代病态呈现出来，同时也要尽量呈现人性中使我们温暖的方面。如果完全没有后一部分，我自己也会对社会绝望。我不要我的创作使人绝望。归根到底文学艺术是为了证明良好人性可以拯救世界于水火，而人性恶不能。我不在意评奖与否，播出就行。倘不许播那是不是意味着我们错了？这当然又得抗争。那时候我给很大的领导写信：某某同志恕不问好。我现在还在窄小的家里创作，我的创作就是为了我们的社会好一些，你是管理我们的创作的人，可能你现在在北戴河疗养。谈到爱国主义，我骨头里都是爱国的。我的父亲是中国第一代建筑工人，在"大三线"苦干了二十多年，比你们爱国多了。谈到电视剧的事我说，第一你看了吗？可以肯定的是你没看；第二你也不尊重另一些文化领导者，部长、总局长，你就觉得你官比他们大一级，他们的感觉全都是错的只有你对吗？评奖已经结束了，补了一个二等奖。

郭红： 就是要敢于表达自己的观点了。也说明您对自己的作品很有信心，对自己的价值观很坚持。

梁晓声： 我是有这个意识的，有许多事情就是要争。电视剧《知青》播出时难度也很大。《知青》这个剧还是不错的，自上世纪80年代以来，没有一部电影、电视剧像《知青》那样那么深那么较大面积呈现一个时代的错误与荒唐。但主题歌中"无怨无悔"、"理想的花环"之类歌词，引起反感。作者是一位山东省的领导，他为什么会这样写呢？因为这个剧播出太艰难了，他亲自到北京来了不知道多少次，他不能像我那样地抗争。因此就把歌词写得主旋律一些，用以对冲一些批判的锋芒。因为不写这样的歌就播不出来，他也有他的难言之隐。

郭红：歌词并没有反映出他本人的艺术水平，这只是给这部剧的一种帮助。观众哪里知道这里面的苦衷。

梁晓声：为了能够顺利播出，我们管这种做法叫做"穿靴戴帽"。使之看似是"励志"的。当然这还不能说。总算播出了，《返城年代》又碰到问题了。

郭红：您这简直是过五关斩六将。

梁晓声：《返城年代》很正能量。我说正能量不是指意识形态的，而是人性的正能量。我为什么强调此剧，除了呈现那个年代人们"左"的错误，也要挖掘那个年代好人的好。这很重要。正常的年代你做好人是没有压力的，在那个年代你做好人会带来压力甚至人生危害，那还做好人吗？也只有这样，才能为中国人补上好人文化这一课。我的创作不但要呈现人在现实中是怎样的，还要叩问应该怎样。

郭红：越是这样艰难的情况下，甚至可能会牺牲自己利益和更多的东西的时候，越能呈现人性的善。

梁晓声：这里有一个理想化和现实的关系问题，我创作的动力之一就是弘扬人性理想。比如说，《知青》中有一个情节：当排长写了一首纪念周总理的诗被铐上手铐带走的时候，连队里几名知青执意送他。而实际情况可能是没有一个人送他。当然这样写符合生活，也批判了那个时代。但我要在批判的同时告诉观众人应该那样。因此我就让排长那些好伙伴半路送了他一段。一般的观众就会觉得这不符合生活，没人敢。但我想说的是，如果当年没人敢，我不这样写，今天的人是不是还依然处在那样的人性状态，依然不敢？我要强调的是"我们应该这样"。当我们认为谁是好人的时候，哪怕他被戴上了手铐，我们依然可以送他。

郭红：这依然是您理想主义的一面？

梁晓声：我在生活中也是这样做的。如果谁是我的朋友，我与他有过长期的接触，我认定他是一个好人，他犯了错，凭我们从前的友情去送他看他都是太正常了，不要压抑人的这一方面。但是有观众肯定不理解。《返城年代》也不可避免地又呈现出对于"文革"的反思与批判。这部分元素如果剔除得非常干净的话，就不叫"返城年代"。因此我在创作的时候对导演、演员们说，这部剧还有一个角色高于演员，大于演员，就是"那个时代"。时代本身是看不见的，但是始终在你们背后。把这些元素加入进去，我是理性和克制的。知道触碰到边缘了，很克制地写。

可播不出来的话投资方怎么办？而且投资两千多万是我去说服人家才投的。现在的影视公司都去拍宫廷剧，都拍青春偶像剧，都拍抗日剧，都拍谍战片，人家都不投拍知青题材，就知道会碰到这些问题。怎么办？必须抗争。

郭红：还好您有社会影响，有这些社会关系。

梁晓声：关键是这些作品经过社会检验都是没有问题的。但是，你同样也会承担播出来之后的品头论足、甚至攻击。因此，我发现自己经常在做的事情是，一方面在那里抗争，做困兽犹斗般又不能向外人道的事情；另一方面要承担贬低。那也只能承受。《返城年代》做完以后就再也不会写知青题材了，抗争得累了。

郭红：您已经为知青这段生活和经历，为知青这一群人，写了这么多的作品，表达得很透彻了。

梁晓声：我承认我在相当大的程度上，至少在我创作的影视剧中将知青主体形象确实美化了。知青中有非常棒的人，但绝对不是多数。这和什么有关？不读书。都是很小就去，文化有限。没被好文化所化。那个年代是无书的年代。以后有书了他们也错过了最佳的读书季节。因此，他们中相当一部分人成为了终生不接触文化书籍的人，文化对于他们来说只不过是目前的电视剧。而我在下乡之前已经把 18、19 世纪的世界名著读遍了，那时我只不过是少年。初中时候我已读伏尔泰，读卢梭，已经读孟德斯鸠，读《法国革命史》。那样的一批知识青年虽然和我是同代人，但是和我太不一样了。一个人载着这么多文化符号的时候，在当时会本能地寻找和你有同样文化符号的人。这几乎不是难事，能找到，但是多数是高中生，在我的同龄人里很难找到。那时候我的思想朋友多数是高中生，甚至是忘年交，有已经成名的东北的作家，还有老编辑，他们和我这样的一个小知青成了忘年交。一个小的群体在思想上人性上人格上互相抱团取暖。

郭红：这也是您区别于大多数知青的主要部分。

梁晓声：那时候同吃同住同劳动，互相要爱护。但是思想是没有办法在同龄人中交流的。因为你说的话他们全不懂，也很危险。

郭红：是很复杂的。

梁晓声：但是我觉得我也很幸运，在同吃同住同劳动、手足般的亲情关系中，我有特义气的知青朋友、同学，一群哥们儿，我受到委屈他们会挺身而出为我打架的。在精神和思想上会有另外一些朋友，虽然很少毕竟是有。

郭红：也会是很大滋养。

梁晓声：因此我是很感恩的。我感激书籍。我是工人家庭的儿子，没读书的话，我这个红后代在"文革"中会变成什么样？前天碰见了一位朋友对我说：你是挺特殊的，你看你是工人阶级家庭，属于红五类，你能那么快而且本能地就从一般人们的那种"文革"纠结中摆脱出来，不容易。我说我不是摆脱，我根本就没卷入过，我从一开始就没被卷入过。我会以为这种从一开始就没卷入过的人一定是很多，我指的是思想卷入，后来我发现同样的人太少了，少到了令我非常诧异的地步。

很多人是卷入过然后再挣脱出来，像钱理群教授这样的人都是卷入进去过的。有一些人是粉碎"四人帮"之后才反思的，而我真是一个异类。

郭红：是不是因为您对于人性特别看重？

梁晓声：这是我当年没有从思想上卷入其中的根本原因。很简单，就一个原则：好人性。在我这里没有另外那么多道理。

郭红：我觉得您很敏感，很看重家人的感受。妈妈为你担心，一夜之间苍老了。这就足以震撼您的内心。

梁晓声：你只要以好人性为标准来看社会，就知道什么对什么不对。这个判断标准是从哪里来的呢？我下乡之前读过雨果的《九三年》，雨果热情地赞颂革命，但是他同时提供了新的思维：在革命之上，还有人道主义。当时读到这句话就理解了人道主义在一切之上。《列宁在1918》中，列宁与高尔基在辩论，高尔基去为一个被逮捕的科学家求情，说他是一个好人。但是列宁问高尔基什么是好人？我们认为好人是没有的，只有我们的敌人、朋友，或者昨天是朋友，今天是敌人的人。

列宁让高尔基把怜悯丢掉吧！高尔基是对的，而列宁是不对的。或者说列宁的对只适用于他作为政治家和阶级领袖进行那种政治较量的时候，他的话也有道理。高尔基最后说，要减少那些不必要的残酷和镇压。列宁说，两个人在进行殊死搏斗，你怎么知道哪一拳是必要的，哪一拳是不必要的？就是那样。列宁有他一定的道理。但他的道理不普世，是反普世的。

郭红：就是在他的位置上进行决策的时候。

梁晓声：这让我想到曼德拉。曼德拉最初是主张暴力的，但是当他出狱的时候他采取了一种非暴力的谈判。他达到了另一思想层面的思考。前提是人类进步到这种状态：世界的目光能够同时关注某一个国家并且实行干预，并且有效；那个国家的当权者也差不多达到了和曼德拉相似的思想境界。在以上前提下，人道主义、理想的人性作为长久的社会学的尺度都是对的。

因此，我个人觉得人类对于人性的理想主义永不过时。你看，最近一个十岁的女孩子把一个一岁多的男孩子从二十多层楼上推下去。这种事情都发生了。有学者指出在英国也发生过这样的事情，那是两个七岁的男孩子。在英国那样一个讲民主和法治的国家，那两个孩子虽然未成年也是要判刑的。当然不是和成年人一样的徒刑，是特殊的有针对性教育的一种。

郭红：这不是正常人格。

梁晓声：英国的法学家认为，人到七岁的时候，有些常理应该是知道的，因此判刑是有道理的。人六七岁的时候，虐待小动物就应该知道它会疼，那你对自己的同类就应该不会进行那种伤害。七岁的时候应该懂得人类基本的是非原则，到了十五六岁的时候就基本上应该成为有稳定的人性秉执的人。人格应该已经确立了。我们的现实却是这样：我们很少对六七岁的孩子讲善恶。

郭红：这个差别很大，有很多国外引进的书，是对儿童、不识字的孩子就开始讲哲学，讲善恶和道德，对于有宗教信仰的国家，孩子是从小和父母去宗教活动场所的。宗教作为道德准则、价值观已经都接触到了。成年不是我们十六岁就一夜成年了，是个过程，到十岁的时候应该是成年百分之八十了吧，成年是一个渐进的积累的过程，不能说我没有满十四岁我就可以做违法的事情。

梁晓声：现在大部分人其实都只是生活在不犯法的界限上。前些日子有个调查显示，我们这个国家竟然有百分之七十几的人认为成功就意味着拥有更多的金钱。

郭红：大学教授公然说了，你们毕业挣不到四千万就别说是我的学生。这是什么样的导师？

梁晓声：在世界上任何一所大学都不会有这样的荒唐的教育，不会有这样的言论。

让孩子们从写作中了解普世伦理

梁晓声：我对自己写的书有一个不愿意向外人道的要求就是：我们这个社会人和人存在的一些问题必须解决，靠谁？靠什么来解决？靠宗教？

其实我们的政府很想解决这些问题，也做了很多努力。孩子小时候，你不和他讲什么是爱，什么是谦让，等等，到了大学再去补课，晚了。中国作家不能认为我们只是写小说的，小说按照英国大不列颠字典的解释，是娱乐的。家长不负责心灵怎样。学校会只负责升学率。靠红头文件吗？就让作家负起点责任吧。

郭红：文字本来就是文化的承载体，如果文字工作者和教育工作者都不做这个的话，谁做呢？

梁晓声：我有两本书3月份会出版，是《小学生如何写好作文？》、《中学生如何写好作文？》，我在扉页上写：那些以为看了我的书之后，作文成绩就会提高的人，可以立刻放下，转身离去，这不是为你写的书，我的书起不到这个作用。我是想从娃娃抓起，就是让小学生们在写作文的过程中领略普世价值。

郭红：用自己的眼睛看，写自己的眼睛看到的东西。

梁晓声：我主张小学要"去意义化"地写作，就是去掉我们所说的"正确的思想"，完全是凭兴趣的写作。到初中的时候可以启发意义写作。而到了高中则必须强调意义。我的学生写作能力较好的，有一部分是成为我的学生之后，师生互相碰撞才较好一点；还有的学生初、高中时作文成绩并不好，以学校标准看不好，在我看来他们恰恰是写作潜质较好的。作文将来怎么判分？作文是什么？是不是一级一级升学的入场券？教育界要讨论这个问题。

郭红：我觉得从小学考到大学，作文是试卷里唯一可以是你自己，是你表达对世界的看法而不是测试知识的学科。现在的情况是，作文特别让人分裂，孩子们想的是一套，写出来的是另一套，有意识地同时被迫地成为双重人格。

梁晓声：作文激发我们的想象脑区、感性脑区的活力，不使人成为半脑人。连作文这件事如果都会让孩子们觉得不愉快，肯定是出了问题。人有表达的需要，笨孩子也有。表达的过程中，他快乐，哪怕他写的是，我哪天做了一个恶作剧，令小朋友大大地出洋相了。我是知青时，在课堂上读这样的作文的时候，孩子们也很愉快，甚至被写的同学也不会觉得怎么样。对小学生而言作文就让它成为兴趣的小溪自然流淌，每一个孩子都有这种潜力。

郭红：我发现梁老师您不仅是个作家，而且是个作家学者，您很有思想。您很善良，对弱势群体对底层始终如一持续关注。

梁晓声：这些文章以后我都不写了，我还是要回到文学创作中来，否则人们以为我不能写小说了。我说的其实都是一些常识，只不过是些常识。

继承高尔基的文学传统

郭红：路文彬教授在评论里说您继承的是高尔基的传统，我觉得您关注底层的小说，能够呈现普通民众生活，反思中国社会的某些人性缺失，确实有高尔基的风范。但说到对普世价值的呼唤和普及这一方面，我觉得您也有鲁迅的遗风。

梁晓声：高尔基用他自己的话说，是一个好人，他很善良，但是他很纠结。由于同情底层，所以同情革命。但他终生都是一个人道主义者。我们后来知道高尔基在日记里对于斯大林的批评很尖锐，在某种程度上他等于是被裹挟了或者被绑架了的一个人。其实高尔基、托尔斯泰也都有鲁迅那一面。

郭红：那个时代他不能也不敢反抗。

梁晓声：我们只能尽自己的能力来做，能够影响一个人就影响一个人，能影响一个小群体就影响一个小群体。我们国家有七八千万残疾人，七八千万的概念就是欧洲的一个国家。人家国家的农业人口只占国民的百分之零点几、百分之几。我们的祖父辈大多数也都是农民，我们城里的人口三代以上一半多都是农民。一百多年前全世界才十六亿多人口。我们国家的文化任务将很漫长。

郭红：中国人吃饱肚子也就这么十几年的事情，说到奢侈品，炫富，实在是因为好日子过得还不太习惯，然后还要希望大家知道我过上了。其实我觉得炫富的人群也很天真，这就像过去人吃了一顿饱饭一定要站在街上剔牙一样。

梁晓声：我上小学的时候，全班都没有同学穿皮鞋，女生在当年买一双塑料凉鞋，样式较好的话，穿出来大家都会另眼相看，而且你会感觉到她自己也有炫的成分，不过那时候只能炫一双鞋，塑料的。"文革"时期，姑娘们穿一条自己做的裙子，互相比一比，也只能那样炫。"炫"肯定是人类基因里面的东西，是习性。但是炫财富，这是文化影响。

郭红：昨天还看了一篇文章说，美国人为什么不买奢侈品？因为大家把财富和一些无德的商业手段联系到一起，如果你特别富有却没有为社会做更多，大家会看不起你，在道德上看低你。所以他们并不欣赏炫富，相反很多富人还要装穷。

梁晓声：这就是为什么美国的富豪要捐，因为这已经成了社会的道德尺度，一个文明的尺度。

郭红：如果你的财富没有让更多人幸福，那你这个人就是可耻的。

梁晓声：社会风气进步若此，中产阶级和贫民就不会那样的仇富。

面对时代保持清醒

郭红：您的作品里面让我觉得特别突然的一本就是《浮城》，我觉得那本小说是个寓言。

梁晓声：《浮城》我自己也挺喜欢的。

郭红：您突然就从自己一直以来的创作路径里跳出来了。是约稿吗？

梁晓声：不是约稿。中国很难出现真正的现实主义文学作品。我早就意识到国外为什么对于我们现实题材的作品有一种不屑一顾，他们认为你和真的现实之关系，你所表现之现实的程度，都是大打折扣的。那个时候我觉得用传统现实主义的方式表达不出来我的想法，荒诞的方式可能表现得更加淋漓一些。

郭红：小说里面展示的是人类面临末日的时候，丧失所有的价值观，就像困兽一样。

梁晓声：处在一种几乎是末日的状态。因为浮城随时可能在大洋上粉碎。但是当它接近某一个国家的时候，有人就会变了。哪怕有一个小水坑，水坑里有一点水可先把自己的脸洗干净，照一照自己的容颜，把衣服整理得整洁一些；但是，当用过以后，用土把它埋了，使别人不能再洗干净脸，这样就使我这个中国人，在两块大陆相连接的时候跟同胞不一样。我认为目前这样的中国人也不会比当年还少。

郭红：我读了以后，一是觉得您有很宏大的想象，让我很敬佩，但是特别压抑，特别寒心，不是因为您写的内容，而是觉得生活真的是这样，这个群体是这样的。

梁晓声：我们有时候对于现实不中意，还有一方面是我们也拿我们的同胞不知如何是好。如果马丁·路德·金的演讲面对的是我们中国同胞的话，早被人轰下去了。

假设末日存在，比如再过一百年，再过十年，甚至再过两年，有一个星球撞过来了，我经常在想我们中国人会怎样，我能想象得出西方人大抵会怎样，我能想象我们的台湾、香港同胞会怎样，我能想象同是亚洲的有宗教传统的那些国家的人会怎样。但是我想象不到我们大多数人的表现，我估计就会像浮城上面那样，干脆有仇报仇，有冤报冤。完全可能。

郭红：人性恶的全面地呈现、具体地演绎。国人没有敬畏感，没有把最高的敬畏从小根植在心里。

梁晓声：这非常重要，这里就有一个精神变物质的问题。宗教是精神的。但是第一代人受到宗教的影响很深的话，我几乎相信作为碳水化合物的人要发生物质的变化，整个人会变。第二代也会变。到第三代时，可能会成为基因的一部分，根植在内心。我们现在的父母便决定了我们有什么样的后代和未来，除了文化影响没别的办法使我们中国人变一变。

郭红：您看您的内心里承载了多少东西？

梁晓声：我在想这些问题的时候使我对所处的时代保持一种清醒。人生苦短，但是要活得像人就必须要清醒一些，清醒一些就能对世相看得明白一些。

郭红：适当地保持一种距离。

我的创作是为了我们的社会更好一些

郭红：我这些天把您的主要作品都看了一遍，很受触动。90年代我还是学生的时候，在各地火车站的书摊上看到的都是您的书。估计都是盗版，《雪城》、《今夜有暴风雪》等等，当时我觉得怎么可能到处都是一个人的书？怎么这么红？

梁晓声：那个年代书发行得很多，但是和今天不一样，我没有那么多的稿费，因为我们都是字数稿酬。每千字十五元是最高的。那时候我没有版税，都没有听过版税的事情，也不懂。当年全国出的书也少，我红过使我很惭愧，其实不配。

郭红：字数稿酬加上印数稿酬，印数稿酬非常少。现在看来很不公平，但那时候作家跟工薪阶层比起来还算好，好歹有点活钱。

梁晓声：你说的"活钱"很符合当时的情况。我记得我在北影的时候，每有稿费寄到传达室，无非是十五元、七十元、八十元，但是那时候的基本工资才四五十元。

郭红：那些钱还是很管用的。

梁晓声：住在一个楼层的工人阶级看见你都会觉得不顺眼，胡乱编，写一点东西凭什么就得那么多钱？作家的稿酬算不算灰色收入应不应该交给单位？因为你是单位的人，单位已经给你开了一份工资了，而且谁知道你全部写作的时候都在八小时之外呢？

郭红：现在想一下那个时代真的是不可理解了。

梁晓声：但是还是有人要鼓噪回到那个时代。后天我要到凤凰网做一个节目叫"老家"，因为现在某些人回忆老家的时候，回忆从前的生活的时候一片美好。

郭红：觉得是田园牧歌呢，天是蓝的，水是清的。

梁晓声：其实是在回忆自己的童年和少年，而童年和少年只要没有大灾难，那都有天生的快乐和喜感。就像二战时期，德国轰炸了英国伦敦，只要家里没有死人，孩子们还会在轰炸后的废墟上捉迷藏。回忆这个，好玩。但是那些孩子长大了，就会知道那只是童年视角。如果我们的参访者没有这个认识的话，一片美好的回忆组合在一起的话，那可不就是从前很好，而今天很糟么？从前真的很好吗？那歌里为什么唱"我的家乡并不美，低矮的草房，苦涩的井水，男人为它累弯了腰，女人为它锁愁眉"？这才是真实的。我们的影视剧与观众与年轻人的接触面那么大，如果滤掉贫穷与愁苦的话，使他们对今天的发展就会看不清楚。这就是历史观和现实之间的纠结和矛盾。一是一、二是二，科学看历史，理性看现实。

郭红：事实上，现在年轻人在心理上，已经和那一代人拉得很远很远了。那您现在怎么评价您在小说和杂文方面的创作？

梁晓声：我能写比较好的小说，有一个时期我的中短篇小说只要发表转载率都是非常高的。但是我觉得，要及时要快的对现实表达态度，还得靠杂文和散文。

郭红：您是不是觉得有些话不吐不快，得挑明了说？

梁晓声：仅仅名和利不能持续支持我的写作。我不是一个能做到完全超越名利的人，但我认为自己一向比较能做到，秉持作家责任使我觉得写作更有意义。如果写某篇小说仅仅是为了得奖，给你一个奖又怎么样？如果一路写下去就是为了得一个国际上的什么奖，得了又怎么样？这里有一个标准，你得一个奖是那些评委肯定了你的作品。但是你的这些作品，对于你的国人同胞有什么价值和意义？如果他们读完了觉得有一读的价值，那我觉得这比任何奖项更能慰藉我。因此我经常问自己：

今天写作还有意义吗？这个意义是什么？当我这样问的时候是超越名和利的。当我怀疑这个意义的时候，我就会想，那就算了，这个不写。因此我不断地说服自己要相信有意义，有意义，哪怕是一种一厢情愿的存在，但是我必须抓住。

我觉得这是一种情结。我经常以自己为例子，我下乡之前读的那些书极大地影响了我，我要感谢那些书和那些作者。当我也是作者的时候就要学习那样的作者，就要写出那样的文字，然后使别人在什么时候也会说，这样的文字对我有过一定的益处。我始终坚信这一点。但是客观地说，在今天其实很难。文化大娱乐的时代，书籍和人的关系不同了。什么是好书？到哪里去找好书？或者同样的就是一本好书，当年影响过某人，时隔三十年，处在一个极端娱乐化的时代，已不能同样影响另外的人。这已经完全不同了。完全不同的时候你就会动摇，就会沮丧了。觉得我热爱了这么长时间的这件事只剩下了一些浮名？只剩下了稿费吗？经常叩问，抓住意义。

郭红：钱不足以衡量一切。

梁晓声：总是要自我相信，或是自我慰藉：可能是有意义的。因此我才会写《小学生如何写好作文？》、《中学生如何写好作文？》，成年人我不可能影响他们，我看能不能影响一下孩子们。

郭红：我觉得您特别善良而且勇敢，在很多道德准则上是一个很固执的人。

梁晓声：我现在要做到的就是及时用文字回报，及时地感谢。我确实是幸运的，小时候家里很穷，但是一路走过来，左邻右舍，知青战友都对我家好。我始终是不缺乏友谊的人。我相信人间自有真情在。

郭红：别人如何对待您，其实与您怎么对待他们有关系。他们是您的镜子。

梁晓声：正是因为好人确确实实的存在，我有理由相信，继续写作还有一定的意义。

答众学子问

问：老师，你为什么认为中国人要补上好人文化一课？

梁：因为社会变得太冷感了，文学能否起到增加一些温暖元素的作用呢？我认为能。除了《解放日报》上的那篇文章《中国要补上好人文化一课》，在这本书里还有一篇关于文化的思考，也是谈的好人文化，这是我最近一个时期和以后创作的一个支点。我所提出的"好人"，我在答记者问的时候，已经给它界定了。不是生活中的老好人，我所言好人其实是早在近一个世纪以前，比中国"五四"更早一点，俄国的车尔尼雪夫斯基提出的"新人"的概念。然后，也是中国的梁启超们提出的"新民"的概念。其实雨果也提出了这个问题，就是要用文学来改造，来匡正人性。西方有一种理论，在普世价值中，自由是放在第一位的，自由、平等、博爱，博爱是放在后边的。在中国传统文化中，泛爱众，或者博爱，是放在第一位的。我个人的观点，人性善还是要放在第一位的。人道主义，也即善，它是好人即新人的第一要素，如果没有善的前提，自由的人性其实会变为相当糟糕甚至可怕的事情。只有在善的前提下，自由本身才有了更符合社会进步的原则。所以我理性上会提出好人文化。好人文化其实就是我所主张的新人文化。

我小的时候经历了三年饥饿年代。城市人口粮食定量很低。我们家男孩子多，要申请补助。某天，快到月底，已经没有粮了，母亲刮面袋子，做了一盆疙瘩汤。这时有讨饭老大爷出现，因为家里再没有其他可吃的了，母亲只得让出一个座位，说那您老只能坐下和我们全家一起吃吧。事实上，他是把母亲应该吃的最后那碗疙瘩汤吃了，母亲那天饿了肚子。再申请粮食补助的时候，街道就不批了，说如果你们家粮食不够吃，怎么会收留了讨饭的。这件事给我留下很深的印象。生活中这样的影响，是母亲的言传身教，它很重要。《母亲播种过什么》一文是母亲去世后，我回去操办母亲葬礼的时候有感而写的。母亲有很多干儿子干女儿。实际上是整个街区的这家或那家的男孩儿女孩儿，他们没有下乡，但是哥哥姐姐都下乡了，他们有的有工作，有的没工作，这些青年们迷茫，因此他们到我家里来，我母亲就会将他们当成自己的孩子一样。因此当母亲去世的时候我回去面对那么多人都叫我"二哥、二哥"，这个是干儿子，那个是干女儿，十几个。母亲就是这样的一位母亲，对我是有影响的。

第二点就是文学的影响。文学的影响主要分两方面。一方面是传统文学的影响，比如说《秦香莲》。这个故事给我的印象最深的其实是韩琦。韩琦是陈世美家的家将，是驸马府的人，陈世美命他去斩杀夫人和两个孩子。当韩琦了解了情况之后，不忍杀，也难复命，他就自杀了。我曾写过一篇杂文，叫《论不忍》，就是不忍心，可见我对这些是关注的，人一定是要有不忍的。在《论不忍》中，还举到另一个例子，就是战国时期，跟《赵氏孤儿》的那个故事差不多，相近的年代，奸臣派家将去刺杀一个忠相，家将发现宰相家里非常简朴，宰相夜深了仍在秉烛办公，这时候他意识到这个宰相可能是一个好人。于是他自己以头撞柱而死，也是以他的方式告诉那个宰相要提防了。我论不忍，意在强调人要有不忍的底线，如果没有，那这些故事也不存在。如果这些故事也不存在，结果便是命我杀就杀。如果这种逻辑成立并泛滥开来，那社会肯定是令我们沮丧的。至于西方文化，雨果对我的影响很大。《悲惨世界》中米里哀主教的形象比我们今天的孔繁森还孔繁森。冉·阿让由一个苦役犯最后变成那样一个接近大写的"人"，也就是像米里哀主教的人，是米里哀主教的善影响了他。沙威也像韩琦，或者像刚才说的那个战国故事里边的人物，他一直追捕冉·阿让。但是最后当他明白冉·阿让不是社会和国家的敌人时，他投河自杀了。我们现在来看，以雨果的智商，他不会没有意识到自己太理想化了。不是所有的主教都会像米里哀，不是所有的苦役犯都会像冉·阿让，更不是所有的警长都会像沙威。明知如此，雨果还是要把人性善，通过他的作品摆放在那样一个高度。而那样一个高度，对后人肯定是有影响的。它被改成戏剧，改成电影。西方人道主义价值观的确立，至少在法国，雨果是功不可没的。我没成为作家之前，还是中学生的时候，所看的，对我造成影响的，再有就是托尔斯泰的《舞会以后》。主人公伊凡在边塞做副官，他爱上了边塞司令官漂亮的女儿。在司令官的花园里举行聚会时，这一边是绅男淑女们相互碰杯，说笑，调情，那一边突然传来鞭笞声和哀号声。原来在执行鞭笞，惩罚一名开小差回家看自己生病儿子的士兵。年轻的伊凡不能忍受，他就向小姐，也就是他的未婚妻请求：请你的父亲停止行刑，他是可以原谅的。小姐却说，我的父亲在工作，士兵是不能原谅的，惩罚他是我父亲的责任。伊凡吻了她的手，转身离去，并在心里说，即使她是天女下凡，我也不能够和她结为夫妇，因为她不善。当年轻的时候，读到这些故事，他不可能不受影响。还有两篇作品，一是《比埃洛》，内容是这样的：一个乡村的女地主，为了防止花园里的蔬菜被偷，又要省钱，就捡了一条流浪小狗，给小狗起名叫比埃洛。比埃洛给她带来很多欢乐，但是收税人来说，你要交八法郎。在钱和这只小狗之间，她要做出选择了。她觉得钱是不能交的，但是这只小狗认家了，那只能把它遗弃到回不来的地方。她想到一个废弃的矿井，这个废弃的矿井是人们经常丢弃狗的地方，那里经常发出狗的哀号。就这件事，也要花五生丁雇一个人来做，这钱她也舍不得花，她就亲自去做。她有一个女仆，在莫泊桑笔下女仆是爱小动物的，心肠也善良，叫洛斯。洛斯头天晚上给小狗喂了一顿面包泡肉汤，怕它路上受惊，将它放在小篮子里盖上布，陪着女主人一起去把小狗扔下了。小狗当然惊恐哀叫。两个人回去都没有睡好觉。第二天，这个女地主去看比埃洛，她带着面包不断地往下扔，同时她在井边说，我一定要使你在临死之前的每一天都是快快乐乐的。因为它肯定要死，她还是不打算救它，但是她的良心，觉得我这样做了，就安了。她第一天去了，扔了面包，回去她就睡觉了，但是等隔两天她再去的时候，发现那个井里边已经不是一只狗了，是两只。又有了一道粗厚的，洪亮的，大狗的声音。面包一投下去，就听到狗们在打架，以及比埃洛的哀号声，这时她想我可喂不起两只狗，心安理得地转身走了，一路走一路吃着带去的面包。我们明白莫泊桑是通过这个故事写金钱对人性的异化。我小时候看过这个故事后，把它的结尾改变了。因为我也有不忍。比埃洛的命运刺疼我的心，我虽然承认不改更有批判的力度，但是我想既可以批判，也可以保持温暖。所以我让女地主掉下了矿井，大狗要攻击她，而比埃洛这小狗竟保护她。人和狗都被救上来后，从此她就不再抛弃比埃洛了，而且比埃洛一直伴随她终生。我为什么要这样改呢？这样改肯定对原作的深刻性会有伤害，结尾变成了我们所说的"光明的尾巴"，但是这个光明，它是人性的光明。我宁可使它的深刻性受损一点点，也要让疼感少一点让温暖多一点。再说《木木》。《木木》的故事可能你们都知道的，屠格涅夫的外婆是女地主，庄园里有一个聋哑的农奴叫格拉西姆，他曾爱上一个洗衣女工。女地主把女工嫁给了醉鬼，那么他就移情爱了小狗，他养了它，相依为命。因为他哑，发出"木木"之声，小狗就过来了。别人不跟他交流，小狗是他唯一可以交流的。有一天女地主到庄园来，被小狗咬了裙子，女地主下令把小狗处理掉，就是弄死。而且要由格拉西姆亲自来处理。小说中写格拉西姆划着小船，把木木抱在船上，木木没有怀疑，狗是不会怀疑主人的。他给狗的项颈上拴上绳子，一端栓了砖头。小狗一直在看着，以为主人要跟他玩游戏，直到他把小狗捧在手上，放入湖中那一刹那，狗眼望着他，眼神都是信任的。当然小狗死了。屠格涅夫要由此来表达农奴制异化人性的可恨。因为是命令，我是农奴，一切都要服从，不管我多爱这狗。他要表达的是这个，这是我们都知道的。但是对于我可能也会有不忍的那一面，在少年的时候就曾经把结尾给改成：他并没真的把木木放入水里，过了几天人们在别处看到了又聋又哑的他，到处做工，后面跟着一只小狗叫木木；又不久，农奴制宣布取消了。我在成为作家之前，少年时就是这样看社会看人生的。

再回溯一下我的人生经历，可以读一下《从复旦到北影》。我从团部下到一个木材加工厂抬木头，起初是因为一件鹤岗青年腿砸断的事儿、要不要开除他团籍的事儿，我反对，结果从团部到了木材厂。当时有名女知青，十八岁多一点，是新华书店的售书员。我跟她不太熟悉，但我认为，从团部精简下来，她心里承受力要很强的。所以我陪着她，送她到四十几里外的她姐姐的连队。在生活中，我会这样去做的，会这样做，因为我读的那些作品，已经影响了我。

事实上，在成名以前，写作的时候，其实我理念已经那样了。只不过没有概括出来，但已在不自觉地那样做了。一篇极短的小说叫《交情》，就是写"文革"一个老工人和一个老干部之间结下的友谊，"文革"结束之后，这种友谊还持续，可是下一代开始利用这种友谊了。友谊怎样被利用呢，也只不过为了买一台十四寸的黑白电视机。因为当时电视是凭票，老工人感觉到自己曾经那么看重的那段友谊，被儿女所用，他伤感，又无法来说。另外还有《椅垫儿》，这都是在成名之前，跟你们一样刚开始习写时的作品。《椅垫儿》写"文革"中作为干部的父母挨斗，儿女们还未成年，但是家里的老阿姨照看了他们十年，"文革"结束后，要落实政策了，父母都不在了，要补发工资，要给大房子。这时，作为儿子，已经感到老阿姨老了，没用了，就逐出家门吧。老阿姨也无奈，倒是女儿觉得不能这样，她就想到她这么多年坐的那个椅垫儿，是在特殊年代，老阿姨用布片儿，给她做成的一个椅垫儿，怕她受寒啊。所以女儿把老阿姨接到自己家里去了。还有一篇《长相忆》。《长相忆》是写我们的一个邻居陈大娘。我后来视她为义母。这种关系，那篇作品写得比较详细。那个院落动迁了，就我们两家还留在那儿，不是钉子户，是因为最初不想动迁我们，但周围都是工地了，就像现在拆迁的那种地方，你就等于生活在工地之间了，一到下雨挖壕沟渗水，我们两家的房子本来就矮就破，地上有水，只能搭上跳板才能走。就剩下这么一个陈大娘家，我那时候上学回来的时候，因为母亲在上班，一回到家里没吃的，就会到陈大娘家，掀开锅盖，有什么吃的吃什么。总之是这样一种关系，当年不会有特殊感觉。从小我家与她家就相依为命抱团取暖。成了作家认识到这种关系弥足珍贵。它在民间是弥足珍贵的。因此我会写一篇《长相忆》纪念陈大娘。除了这篇，我还写过一篇散文《感激》，其中我提到我要感激许多人，都是真名，其中就谈到一个王阿姨，她在街道办事处发票证什么的，发豆腐票，糖票，酒票，烟票啊，偷偷就给我们家多一点豆腐票。这种事，一般人经历了也不应该忘，能写作的人经历了，就要把它写出来，写出来让别人都知道。它原本在民间是那样的，所以我一直强调，民间有一种它特殊的原则，不是任何外力能够轻易摧毁的。整个国家整个民族就是建立在底层之上的。底层像积水岩一样一层一层地积淀着。整个国家都是建立在这个基础上的。不管经历什么，这底层的积水岩保持着的话，人心就不至于完蛋。我一直深信并且强调，我所主张的好人文化，它一直成为底层的最主要的原则，如果底层没了这个原则，底层也变得像官场一样的话，那整个国家就完了。

还有电视剧《知青》，你们只记住这么一个镜头就是了：排长，因为写了纪念周总理的诗，被公安机关给逮捕了。然后班长和几个战士在半路拦住警车，要求打开手铐，要求和他们的排长话别。公安同志居然同意了。中国观众，包括知青，大多数知青都认为这不可信，生活中才不是那样。这里有一个问题，我也知道生活中绝对不是那样的，生活中一个命令说不许送，那不管和他多好，就不能送，生活中说揭发他，那就揭发他，说批判他，也就批判他。但是从前生活中那样，以后他就应该那样吗？人就应该一直那样吗？文艺作品既不但要表现人在生活中是怎样的，更主要的还是要表现人在生活中应该是怎样的，文艺作品高于生活，恰恰就高在我们应该是怎样的。这是多少人不明白的道理，这也正是雨果想的。还有一个问题，实际这些作品达到了作者所想的那种影响了生活的目的没有呢？老实说，我也不知道。但是我想，当人们看的时候，那些人不感动，认为虚假，也可能另外一些人就感动了，感动了就是影响了。正如雨果的作品当时许多人看了也会觉得太理想化了，但是我们今天纪念他，还是有一部分人感动了。人在生活中应该是怎样的，而没有那样，我们人性应该放在作品中，把我们对于人性的温暖的那个社会位置，放在那里。这种理想主义应该是文艺的永远不放弃的一种责任。它和批判的责任是同等重要的。

我们这个国家的作家跟其他国家的作家不一样。我总是要叩问我的创作放在这个国家的文化背景下，它究竟能起到什么样的作用和意义？

这个国家没有宗教，这么多人没有宗教，再没有好人文化的影响的话，结果是堪忧的。我们的作品往往只写人在现实中是怎样的，不太自觉地写人应该怎样。文化完全放弃人在生活中应该是怎样的这一点，将来这个民族文化完全会是一个问题。甚至我很难想象，若干年以后，如果我们的文化完全变成娱乐文化的话，十三亿多人，没有宗教，文化都是娱乐的，在文化中看到的都是人在生活中是怎样的，而这个是怎样的，又由于创作者的眼不能发现那些生活中存在过的真、善、美，一味地、不断地重复假、恶、丑。在重复的过程中认为，应该是那样的，那这个国家就很糟了。这种不断重复，实际上会形成一种暗示，人在生活中可能就应该是那样的，最后不变成那样才傻，最后变成我那样才是天经地义的。这委实不好。

有两个概念，一个概念是，人是无法选择时代的；另一个概念是，任何个人在极不堪的时代面前，他都是脆弱的。在这种以卵击石的状态下，人只能靠自己的坚韧，去保持最低的那种状态。这有时候从理论层面很难说清楚，只能举一个例子来说，比如说伽利略。伽利略发表他的学说之后，宗教要判他刑罚，人们幸灾乐祸，当然肯定也有支持他的青年。伽利略如果不向宗教屈服，他两个选择，一个是被绑上火刑柱，烧死，而他的学说也没能最后完成；还有一个选择他屈服了，屈服之后他一切都忍下来了，但是他的信仰没有变，他在默默书写。包括女儿都开始轻蔑他。大家都希望他从容赴死。但是为了学说他可以苟活。布莱希特在导《伽利略传》这部戏剧的时候，所要挖掘的就是特殊的勇敢，它和赴死是一样勇敢的，因为他背后有一个学说。当然这里还有一点，首先看你的底线是不是危及别人。我的创作原则是，我会通过我的作品挖掘一种人性的无奈，我要挖掘出，那直接是要批判的，批判时代本身，这种压力本身是一个不堪的年代造成的。还有一点我一定要大力地歌颂，少数人的坚持，但是当大家都已经对那个时代，它的负面，它的残酷，它的什么呈现很多的时候，我可能就不把重点放在那方面，因为不用我再去说，很多人已经说了，我还去通过文学呈现干嘛？它已经在那儿了，它已经有了共识了。而后一种情况，如果没有的话，那这个民族会被认为是非常令人失望的民族。他的眼睛不能发现人世间的崇高。而它存在于那儿，一般人可以不发现，但是文学家的眼要发现。着力地呈现它会出现一种情况，它和许多个人的感受会有区别，一个人不是作家，他只在意现实中的人曾经是怎样的，他认为文学就应该是那样的，他不知道文学还有另外一个功能，那个功能可能更重要，甚至对于没有宗教的中国，它显得尤为重要，就是人也应该是怎样的。人曾经是怎样的，和人应该是怎样的，这是两大同样重要的问题。而我们这个民族，你看一下，我们全部的作品在人应该是怎样的这一点上，做得相当不够。就这一点而言，我甚至可以很骄傲地说，我远比他们思考得要成熟得多，我不断地在写人应该是怎样的，你看完书的人，想想我应该是那样的，这是文学影响的重要性。这一点事实上又不是一种很高级的思想，你要看雨果的话，没有几个主教是米里哀主教那么好的，没有几个苦役犯是冉·阿让那样的，也没有几个警长会像沙威那样宁肯自己去死，很少。但那是人应该的状态。我们现在缺的就是这个，我们全部的文艺，包括研究缺的就是这个，而西方文化一直没有放弃这个。

这个不可以跨越的"文革"历史，我的观点是这样，我在前天参加作品座谈的时候也谈到这一点，就是说，为什么我这一代作者要不断地在作品中表现"文革"？有一种观点认为，是不是对当下关注得不够？还有一种观点认为，左一点的评论会认为，眼睛像长了钩子一样，就记住了我们的"文革"！事实上不是这样的。当我们考察人性，它所能达到的善和它所能达到的恶，只有放在极特殊的环境下，才能看得更清楚。

也就是说，在今天的社会环境里，你如果做好事，行善，是没有太大争议的。没有人在今天做了好事、善事而对自己不利。也就是说，授人玫瑰，手留余香这句话，可以实行。最多人们误解你，说你作秀。但是在从前可不一样，从前你要同情一个被打入另册的人，暗中帮助他，划不清界限等等，那是要给你的命运带来极大危害的，因此也只有在这种情况下强调，那还行不行善，那还保留不保留同情？你一旦同情了，你会和对方一样的命运，你还同情么？也只在底线上来叩问，同情和善，它才显得更有意义，所以不断地再把它回到"文革"那个时期，善对人性的考验会更大。

　　这是我第一次对你们讲过的。因为人们不太容易理解。《知青》是个特例，它播出之后，估计不会重播了。它依然是一个雷区。在《年轮》中我写到一个区委书记的女儿，也是一个思想很革命的人。但是她爸爸经常问她，班级怎么样，老师怎么样，对不对，她去跟父亲讲，她父亲最后就作为情况掌握，最后她的班主任老师被打成右派，没了工作。这女儿就哭了，回到家里说爸爸出卖了她，她父亲就跟她讲，你不懂，这是政治，这是爸爸的工作，等等。但《年轮》正因为是这样的，当年，在其他省播出的时候是把前面砍掉了的，是把这一部分砍掉不播的，只播后来的。曾经是不允许评奖的。这使我给当时的丁关根写信，进行了极严正的抗议，后来又补上奖了。

　　对于"文革"的反思，如果仅仅停滞在对于红卫兵们这一代人的否定上，是远远不够的，它不是最深层的。最深层的恰恰是，从党内民主的这个更高的层面，去反省，恰恰是要从个人崇拜所造成的危害去反省。而这些呢，它受到限制，所以只能停滞在红卫兵们那儿。那我呢，又是一个没有劣迹的人，又是一个可以站出来抗争的人。别的红卫兵，他有劣迹，他就不敢了。但我可以抗争一下的。

问：好人文化会不会纵容人性恶？

我在《解放日报》那篇文章中，谈到歌德说我们对于好人文化，对于善，对于人应该怎样，怎样的一个人更符合一个现代的、文明的、新社会的人的标志？我们对于这个文化任务一旦放弃的话，人性可能又相当迅速地回到原点的状态。因此我们会不会觉得全世界都面临着一个后文化时代的状态。甚至有一天可能全世界都会从文化上来进行思考。歌德曾说："我们实际上在做前人一向做的事。"

经历"文革"的中国人，不是所有的人都在反思。有相当一部分人是不可能产生反思的，他们丧失了反思的能力。还有一些人面对今天出现的问题，由于对今天的怀疑，本来想要反思，结果越反思越觉得过去好。过去还是对的，因为今天有一些是不对的。要多么理性，才能分清今天的问题和昨天的"革命"这二者之间孰是孰非，要特别理性。当然我赞成必须反思，因为那是对普遍的人性造成的伤害。当我们在谈到反思"文革"的时候，经常说"文革"对普遍的人性造成的伤害，因此这场运动是应该被否定的。当我们这样来表述的时候，其实真相可能是，反思并不普遍。当我们"粉碎四人帮"后，看到新闻纪录片里，天安门广场上一些人载歌载舞欢庆的时候，它并不代表着全部的中国人，为什么呢，你在欢庆，肯定就有另外的一些人，心中在纠结，因为在此之前，他们可能正在红色列车上，是最如鱼得水的。这种中国人，从党政军要员，一直到普通老百姓中比比皆是。普通老百姓如果是工宣队员呢？农宣队呢？他们"文革"中肯定特风光，甚至威风。

这是中国特别奇特的一个地方，那么多人经历了"文革"，整整那一代经历了"文革"，但是你从作品中很少看到有忏悔。北京一个月内，就打死了将近二十位校长或者老师，但是很少听到人忏悔。这是中国的一个问题，都想忘掉别提了。我个人曾经有一个观点，就是在这种运动中，凡是以暴力的方式对待别人的人，跟他头脑中的任何忠与不忠，或者革命啊，太革命了，跟这些毫无关系，我直接的界定就是邪恶。比如说在"文革"资料中有一张相当著名的相片，就是哈尔滨市的市委书记任仲夷，他应该是老抗联吧，在揪斗他的时候，当然将他手臂向后扭过去，从他头顶，不知道是几层楼泼下一整桶墨汁。这种行为本身，把它解释为说我当时太单纯，太愚忠……我个人认为直接就是人性的恶。这种恶也可以叫做青春期暴力倾向，就是这些调动起来了。我们如何疗治当下中国问题，"文革"给我们的启示是，不可以是那种方式的。经历过"文革"的人，非常警惕"文革"，一直想要告诫下一代，不可以重复。

初中毕业的时候我差不多已经把哈尔滨市的书都读遍了，不是大图书馆的那些书，只是书店里罗列的书。但是当年书店里罗列的那些书，不会比我们教研室书架的书多多少。因为四九年以后我们出的小说加上我们翻译过来的名著，六七十本而已。在哈尔滨市最大的书店也就是四五十种名著放在那儿，其中一半儿是我们国产的，另一半儿是前苏联的和欧美的，因此你就完全可以读完。由于我读欧美的和前苏联的多一些，前苏联的也就十几部，更多的读俄罗斯时期的，托尔斯泰、车尔尼雪夫斯基、莱蒙托夫、普希金、屠格涅夫、陀思妥耶夫斯基的作品等等，当你读了那些作品，非常强烈的人道主义就在头脑中打下了烙印。什么都别说，是否人道，以此作为标尺。也可以用到"洗脑"这个词，我这个少年被人道主义"洗脑"，哪怕是一个贼，对他也有一个你的做法是否人道的问题。以这样的眼来看世相，当时就会有一种区别于同代人的立场。人道主义的原则，它会促使人如何行事呢？智利曾经有一位总统，在革命的时候，三个亲密战友中的一个背叛了，被捉住了，要处死。我们的革命有时候很残酷，会株连家庭。叛徒请求说，能不能不让我妻儿知道，就告诉他是可以的。你看，这种思维，使革命与革命很不同。

"文革"结束后，毛泽东的思想与民间结合发生了断裂。接着是市场化，商业时代。你就是用任何其他的思想来这么快速地来填补都是不可能的。所以中国才会出现老人讹诈中小学生这种事，在其他国家是不太会发生的。在这个世界上都不太会发生，甚至倒退回去，中国的古代也肯定不会发生，西方的古代也还是不会发生。一个人活到老了的时候，一般来说应该是向善的。因为他的经历多了一些。所以我个人觉得讨论这些的话，总归是好嘛，就是重视。但是这些都不构成评价我们整个民族和世界其他民族心性相比较的差异性，是一种什么样的状态。因此也可以说，古今中外的好人，都是差不多的，也都是不多的。古今中外很邪恶的人，也都是层出不穷的，中国有，国外也有。但为什么说这个国家民族心性好一些，那个国家差一些，恐怕更多的是从我们这些既谈不上是君子，同时也绝不是邪恶人的这一部分人，总体来比较的那种差异。而中国可能就差在这个方面。文化所能教育的也只是这个方面。因为一个人本身就很好，文化对他的影响只不过使他更好。那种很坏的人也不是文化能够改变的，但是大多数人不好不坏的人，好人文化或可使之趋向于好……